U0478394

有一种力量，叫文学；
有一种美好，叫回忆；
有一种感动，叫青春；
有一种生命，在鲁院！

像玫瑰和亚里士多德

鲁迅文学院「百草园」书系

赵月斌 ◎ 著

一位批评家的闲情偶记，
一个小说家的原始草稿，
一部重现梦境的沙之书，
省察另一个自我，窥勘尘嚣飞扬。

江西高校出版社
JIANGXI UNIVERSITIES AND COLLEGES PRESS

图书在版编目（CIP）数据

像玫瑰和亚里士多德 / 赵月斌著. -- 南昌：江西高校出版社，2021.8

（鲁迅文学院"百草园"书系）

ISBN 978-7-5762-1407-9

Ⅰ.①像… Ⅱ.①赵… Ⅲ.①散文集—中国—当代 Ⅳ.①I267

中国版本图书馆CIP数据核字(2021)第103563号

出 版 发 行	江西高校出版社
社　　　　址	江西省南昌市洪都北大道96号
总编室电话	（0791）88504319
销售电话	（0791）87919722
网　　　　址	www.juacp.com
印　　　　刷	北京一鑫印务有限责任公司
经　　　　销	全国新华书店
开　　　　本	700mm×1000mm　1/16
印　　　　张	15
字　　　　数	211千字
版　　　　次	2021年8月第1版
	2021年8月第1次印刷
书　　　　号	ISBN 978-7-5762-1407-9
定　　　　价	45.00元

赣版权登字-07-2021-706

版权所有　侵权必究

目录 Contents

唯一的高地 …………………………………… 1
青春四季——我的心灵断片 ………………… 8
方形废墟 ……………………………………… 61
2002年去北京记 ……………………………… 64
我的藏身之处 ………………………………… 67
在隐秘的灾难中 ……………………………… 70
谁说爱情只是神话 …………………………… 73
在自己的房间，做普通读者 ………………… 76
不敢轻易变老 ………………………………… 80
捕风捉影者说 ………………………………… 84
只要我们无悔 ………………………………… 89
命里注定的阅读 ……………………………… 92
记念英雄：一次对忘却的拷问 ……………… 99
诗：拒斥与收容 ……………………………… 102
"细腻"的人性 ………………………………… 105
怀念几本一去不返的书 ……………………… 108
趣味的可怕 …………………………………… 113
英雄式的努力 ………………………………… 119
以诗为重 ……………………………………… 127
我们的大师和玛格丽特 ……………………… 130
我和我想象的作家 …………………………… 136

逍遥与沉迷……………………………………151
看哪,这个爪哇土著人…………………………164
我们何以求生,何以爱…………………………176
上了岸,何去何从?……………………………186
到灯塔去?在深渊中?…………………………191
为何狗镇只剩一条狗……………………………198
像玫瑰和亚里士多德……………………………211

唯一的高地

大平原上唯一的高地就是这儿了。这唯一的高地却成了我精神上的重要寄托。它是我的精神高地，每一次登临都意味着一次扩张和高飞。大平原上突兀而起的这块高地给了我超越地平线的依恃，让不甘拘囿于现实的我得以四望远处缥缈的风烟和模糊的形影。

我把这唯一的高地叫作雪。在我的想象中，是在两千年前的那个严寒的冬天，一场铺天盖地的大雪凝固成了这座梦幻之城。也许从那时起，这座城就开始融化了。

确切地说，这片高地是一处古城遗址，是片古老的废墟。这片以土夯筑的城墙来自于土地却高于土地，它漠然地匍匐于乡村四野之间，似乎又回归于土地了。如果你不注意去分辨或者不了解它的历史，你很容易把它误认为是土地的自然隆起，但是，它的确是一座古城，在史书上，它的名字叫作薛。

薛国故城位于鲁南平原的滕县境内。《滕县志》载："薛国……周二十八里，盖古奚仲所封国，城则田文增筑。"面对这段贫瘠的文字我只能揣想被历史的灰尘所掩盖了的繁华。我情愿相信那些美丽而离奇的传说，比起车祖奚仲和食客三千的孟尝君来，让我更感兴趣的倒是那位早夭于豆蔻年华的奇异公主和那个使薛城在顷刻间化为灰烬的怪物"祸"。

我下意识中竟觉得那纯洁无瑕的公主应该叫作雪儿。雪儿，我这样呼唤你，你该听见了？你骑一匹白马掠过空旷的平原，闪电一般倏忽而逝。你一袭长发流泻至今，你一支利箭射向远在天际的星辰。雪儿用生命的瞬间留下了永恒的背影，千百年来一直美目盼兮，气宇轩昂。痛失娇女的国王用奢侈的方法埋葬了雪儿，八个方向的八座坟墓给后代留下了几多疑惑，几多迷惘。如果按一般的想法，国王以倾国之资为公主殉葬，八座坟是为迷惑那些觊觎金银财宝的人。我却不这么想，因为八座坟毕竟还是给了人们八种可能，国王的想法不会这般简单，至少，他会用八座坟掩人耳目而另外为公主选择绝佳的安息之地。或许，做父亲的晓得女儿生性不愿拘谨，所以才给了雪儿这么多休歇的地方，让雪儿继续打马远行。这八座坟如今成了八个村庄，但它们被冠以"堌堆"之名：刘堌堆、高堌堆、白堌堆……我听说有个村子从前有一个高高的土丘，那就是雪儿的坟吗？还听说有个村子曾在"堌堆"里挖掘出一些碗盘之类的器皿，村人以其作红白喜事之用，但"文革"中，这些古董被破"四旧"的人破掉了。

这八个"堌堆"曾引得历代目的不同的人前来寻宝，可所有的人都失望而归。这是雪儿给人开的玩笑吗？她用她的死捉弄了所有活着的人。其实，这本身就是一个悖论：也许那宝物确确实实存在着，但永远也不会被人找到——这莫如说宝物根本就是子虚乌有；如果人们只顾四处寻找那纯属子虚乌有的宝物——这又等于承认那宝物确确实实存在着。世上很多事不都是这样吗？有或无，永远都无法应验，人们只能屈从于模糊，屈从于懵懂。这也是一种明智吗？我曾觉得自己、他人，包括身边的一切：地球、太阳、宇宙，是不是都是另外一个人的梦？一旦他猛然醒来，所有的光怪陆离都会消失。所以，人的最佳状态就是处于混沌之中，如果陷入生死荣辱之外的冥想，就会趋于绝望。

人只能安慰自己，借着最后一点幻想。雪儿是我登临古城时最后一点幻想。这位单纯的公主当然不会想到她的死其实意味着大薛国辉煌的终结，她悲痛的父亲竟然为此断送了一个国家。老国王接受了一个诸侯国的礼物"祸"（我只能很主观地猜成这个字）——这是一个吃铁吞金的怪物。老国王最初侍弄着这个可爱如猫的小家伙倒也暂时忘却了失女之痛。可"祸"却日渐长大，胃口也越来越大，老国王不得不以兵器盔甲来填塞"祸"的巨口。三个月后，那怪物已大比王宫。薛国的国王惊恐之间令人驱"祸"出城。然而城门太小，早有怨声的薛人拼命往外赶。谁料这怪物喷烟吐火，偌大一座城池顿时化为一片焦土，剩下的仅仅是那一圈悲哀的城墙。这一圈城墙围拢了一片骄傲，留下的却是一场悲凉。所有的鼎盛必以衰败的结局映衬方能遗世而立吗？像秦纳四海八荒终究还是破灭，像古罗马帝国占三洲之地还是不免消亡。也许盛极必衰是必然，这世间原本就是盛衰剧变的轮回。可我还是会为之感到悲哀。

因为薛国的强盛早已了无踪迹，史书无载，民间亦无口碑，即使终生处于废城中的村人也不会想到从前这座城池该是何等荣耀，连素有"善国"之称的滕也难与之比肩。这座曾拥有六万之家的战国古城内，如今散落着12个村庄，那个叫皇殿岗的村子据说就处于当年的王宫位置。然而无论如何你也找不到任何证明历史的痕迹，而且人们一向漠然于过往，很少有谁在意这座城缘何而筑，缘何而毁。他们心中从来没有有关薛国的骄傲或耻辱，这一段城墙在他们眼里全然是土地的一部分，没有任何特别之处。所以古城墙上种满了庄稼，有的地方已因烧砖瓦窑而被夷为平地。本来就已颓败不堪的古城墙更加伤痕累累，它不再连贯，生活于其中的人似乎打通了很多通向外界的缺口……

不过，这片平原并未因此再度繁华，薛的辉煌随着那场大火被熄灭了。骤然间的明亮之后是一片黑暗，人们只能从秦汉的残砖断瓦摸索至唐宋的破陶碎瓷，从元明的动荡流离逃亡到大清的内患外辱，民国的枪炮声还响在远方，人们不经意已走到今天。这悠长的历史静如麦子的生长收割，一茬一茬的人终究没有收获祖先的荣耀，大平原依然平整如旧，只是那一段一段的城墙和一个一个的堌堆偶尔阻挡你的视线，它是在提醒也是在逼迫你登上高地。

登上高地其实一点也不困难，登上高地其实也看不太远。然而，这样的高地最早出现在我眼里时却委实让我惊异了一番。在大平原上疯惯的孩子远不知什么是障碍，所以在蒙蒙的雾里看见一道高高的墙的确感到新鲜。那是我10岁的时候吧，生病的我从父亲那里第一次知道了薛国和"祸"的故事。我家离这座废城有十来里地，13岁那年我有幸去废城里的一个村子中读书一年，这时候，古城墙才真实地出现在我面前，只是我很容易就把它踩在脚下了，13岁的孩子觉得自己很高很高。也是在那时，我第一次从老师那里知道孟尝君，知道毛遂，我开始为他们自豪，他们在小孩子里眼里极易成为至尊至上的楷模。但是我不清楚孟尝君和毛遂是何等的英雄，直至后来读中学、大学，我才明白养客的孟尝君无非是战国时一个很会利用人的贵族，他本身并无多少过人之处。要我看，孟尝君不过是利用钱财赚得了一世美名而已，他没有高标可言。至于毛遂的敢于自荐，也不过是一个人的胆量与勇气的爆发，他也没有留下什么。像这样的人在战国时期或可风光一时，但他的豪勇最终于事无补。如果让我评说，冯谖其实高于田婴（孟尝君），张仪要胜过毛遂。当然，我看的是他们的终极价值。

这块大平原（它是华北平原的一部分）几千年来也就出了这么两位名人奇士，战国至今一直空白。这沉默的土地像冻结的湖面一样，平静得近乎入梦。有学者说，古徐州的中心就是这儿，但是后来它南移了。就这样，这座废城从此再也难以勃发，最后连"薛城"这个名字也被30里外的另一市镇取走（原"临城"改称"薛城"），薛国故城终于丧失了仅有的一点虚荣。

但它的城墙还存在着，并且被人以全国重点文物的名义保护下来。人们开始以各种理由去挖掘和发挥祖先曾有或未曾有过的事迹，以赚取新的光彩和利益。我知道北辛文化遗址、前掌大墓葬群的珍贵文物（早至商周时期）已被陈列在现代化的博物馆内。我去看过新建的孟尝君陵和毛遂墓。现代气息似乎已吞没了青铜的锈斑和坟茔周围的仿古建筑，看门人在我眼里像是一个游戏人间的幽灵。很多人把灵魂抵押出去，再到别处收买更廉价的灵魂。这一块高地已很少有人登临了，大平原上矗立起很多高于城墙的楼房或水塔之类的水泥砖石建筑。

我的这块唯一的高地开始萎缩了吗？我想起15岁时与文朋诗友组建"雪飘飘"文学社（这"雪"其实正出于我对薛的怀念）的情

景，我在发刊词里那么慷慨地宣告："我们是雪，五彩缤纷的雪。……我们要站在薛国古城上呐喊。也许，这喊声不能激荡长天；也许，这喊声不能让人听见——我们也要用赤诚的心做出卑微的贡献！"如今，那一群激昂少年已经长大。有的远走，有的高升，有的回到田间，有的徘徊在城市的喧嚣里，我则继续带着诗歌和梦想探寻。

　　古城墙这般沉寂是为了什么？我曾查找过地方志，发现抗日战争时期，这片土地没有留下哪怕一个流血牺牲的革命先烈的名字。作为补偿，值得欣慰的是这儿也没有出现过多大的坏人，这一片土地似乎安然地躲过了战争，远离了子弹和血光，人们就这样平安和顺地生活。这儿的人不偏不倚，不优秀也不恶劣。这就是幸福吗？这块平原不是生长传奇和壮烈的地方。吃惯了煎饼喝惯了糊涂的人已习惯了平淡无奇索然寡味，谁曾想过要改变什么？这块离孔孟之乡很近的地方竟然如此固守着夫子圣言不加怀疑，一举一动、一言一行都那么畏畏缩缩唯唯诺诺。人们已不自觉地在血液里渗入了那种恪守成规、安于现状的成分。几年之前又有专家学者把墨子论争给了这块平原：据说墨子故里就在故城东北十多里的地方。于是此地又成墨子圣地，人们又争相捕捉墨圣的光辉，树雕像建故居忙个不亦乐乎。我不否认这些做法的积极作用，我只是担心，这位小生产劳动者会不会把本来就不甚进步的人们带回他竹杖芒鞋的时代？大平原需要改变的是内在精神，大平原甚至需要危机，或许只有危机才能引发它积蕴了两千多年的潜能。

　　这块大平原属于谁？古城墙属于谁？在可登楼远眺的情况下我们是否还需要一块坚实的高地？至少从我的感情上，古城墙永是平原的一条脊梁，只有它才能背负起历史和未来的沉重。两千年前的那场雪融化了，露出的应该是现在。古人筑起的城墙仅剩遗迹，我们怎能不在心灵上为它留下一点位置。

　　然而谁能理解它的沧桑？慕名而来的人见了它总是失望。它一点也不雄伟，甚至还有些寒酸。我曾颇有兴致地引了远方的朋友来登临古城墙。他的轻佻和讪笑简直令我难以容忍。我从心里反感他的浅薄。他也写诗,也难怪怎么也写不深刻。从那以后我们渐渐疏远——我们之间隔着这块唯一的高地。我还曾陪黑龙江的一个女孩登临古城墙。她一语未发,只是望着远方。这已足够。这位腿有残疾的朋友也写诗,她的诗有城墙般的分量。理解了古城墙也就在很大程度上理解了人生。这是有生命的一块高地,你怎能对它无动于衷。它存在于你的生命之前,也将存在于你的生命之后。你不可不看它。它的生命就是人类的延续,它是土地的精魂。

  一片辽阔的旷野中横亘着那连绵不断的高高的古城墙。它的脚下是荒石野蒿,它的身上长满了长长的枯草迎风而舞。站在城墙上迎风而立,满目苍凉。茫茫的宇宙唯有火红的夕阳挂于天际。前不见古人后不见来者,唯有你在此喟叹世之沧桑、人之渺小——这是我的想象,是没见到古城墙之前通过你的言语想象的它。虽然没有说过,可在心里早已默许,有机会一定去看看它。可真的看到它时却非我所想,也不由感到些许失望。它的周围、它的上面是青青的麦,它旁边的小路上是往来的行人,极目四望也是青的麦、没叶的树和升烟的村舍。它已和周围融合在了一起,安静、平和。唯有那黄土中的枯草在风中昭示它的久远、它曾有过的辉煌。我是站得高才看它很低吗?我真后悔没有站在它脚下,站在那壁立如削的一面去看它,可能会是另一种感觉吧?回来之后,也不时地想起它。想象中的东西和它的真实面目总是有差距的。平常的事物一旦渗入了人的感情色彩就有了不同寻常的意义。你对古城墙的钟爱是不是也是这样呢?

  这是L随我看过古城墙之后写来的信。诚如她所说,我看古城墙,的确渗入了我的感情色彩,正因如此,普普通通的土墙才在我眼里变得不同寻常。爱情不也如此吗?那次和L同上古城墙实际是为了诀别。她第一次从她所在的城市来到我所在的乡村中学,我首先想的便是带她去看古城墙。我明白,她看了肯定失望,就像对我的失望一样。正如我预料的，L 说："这就是城墙吗？这么矮……"我无话可说，对即将消逝的爱情我更是无言以对。

所幸那次告别并未断送我们的爱情，反比以前更牢固了。我从心里感念古城墙，是它，给了我们一个重新审视对方的机会。

后来我又带 L 去了古城墙以北的一个沙塘，去看那两口古井和碎陶片。古井是人们挖沙时发现的，被泥沙淤泥堵死的井被剥除了原来的井壁，仿佛是用模具铸出了两个坚实的柱子。这就是井吗？它沉积了什么？我曾和一个朋友在这片沙塘里挖取出一个庞大的瓷器，它造型奇特，让我难以命名。我们小心翼翼地把它搬回家的途中，有很多人问："挖到了什么？里面有宝贝吗？"我回答他们："怎么没有，宝贝就是很多的泥沙！"

我怎能不感到悲哀。我甚至担心有一天那仅剩的古城墙也会踪影全无。据说城后那个村子从前很穷，据说只有把村前的城墙挖光了，这个村子才能富起来。现在这个村庄的确把村前的城墙挖掉了，这个杀鸡宰鸭的专业村，的确财运亨通了，可当我从它腥气弥漫、污水四溢的街巷中走过时，总觉得少了点什么。在这个机器时代，民间的失落尤其让人痛心，人们只顾追逐，忘了歇息，往往为了一点小利小惠就出卖了这块平原。没有英雄的土地啊，沉默如万古洪荒。聒噪的是人群，他们忽略了这块平原上还有一块高地。

你知道吗？这块高度仅有五六米的高地，已没多少人能爬得上去了。

这唯一的一块高地，像我一样孤独。

青春四季——我的心灵断片

  这些不成篇的文字是从我的笔记本里抄来的。我从中学起开始写日记，至今已积攒下了各式的笔记本一大摞。这对我个人来说，是更珍贵的文字。有几年我把日记写到了电脑上，谁知硬盘出了问题，其中未及打印的那部分再也找不回，让我很是痛心了一阵子，重又拣起了笔，还是写到纸上安全些。不过有时还会做梦把日记本丢了，就像丢了半条命，在梦里发疯寻找，直到把自己吓醒。日记里当然不是什么金玉良言，不过是我的一点小心思、小感觉罢了。一个经历贫乏、无甚作为的人，只能以这种方式对抗虚无，只能这样制造一点存在感。此等文字是最适合带进棺材，不值得拿出来示众的。不过十多年前我倒是心血来潮整理出了几万字，算是让它们活过一回。这部分文字写于我 24 岁前的几年间。起初我还是在校学生，那是我最文艺青年的时候；毕业后到家乡的镇上教书，又是典型的小镇青年。那时候除了间或聚众打牌、喝酒，就是埋头读鲁迅，读钱锺书，读卡夫卡，读尼采、韦伯、福柯，或是在本子上写一些不免愤青的话。重读这些文字，会看到明显的幼稚、不成熟，甚至偏颇、错误，但同时也为现在的自己感到汗颜——比之过去，固然是成熟、正确了，可是那种纯粹、胆气，却也消耗、折损，不复重来。所以，我愿留下这段青春记忆，愿意重温我的小镇时光，愿向那时的我好好学习。

（2015 年 11 月 21 日附记）

第一季

我常常莫名其妙地产生一种漂泊的感觉,像浪迹天涯的旅人,离家越来越远了。

又仿佛在苦苦寻找那个让人爱又让人恨的故乡。

……人活着的过程竟是与亲人远离的过程,与家远离的过程,这个过程的最终结果,却又是最终与亲人团聚,回到那个永远的家。团聚和回家都要通过一种宿命的方式:死。

活着就是流浪,就是离开家乡又回到家乡的过程。在时间和空间上离家越来越远,在那个被称作苏庄的中国华北平原的小村里,只有父母惦念着他们的儿子,并且猜测着哪一天儿子会突然回来。一个月的距离,一百里的距离,似乎在人生中只是微不足道的间隔,但是有些时候哪怕只有一秒一步之遥,你也难以超越无从跨越,更何况宇宙茫茫。家在符号意义上存在着,使我们灵魂疲惫的时候有一处歇息之地。

而实际上,家又在不同程度上把衰老转嫁给所有的人。

亲情意义上的家是血缘关系的组合,也是情感建筑的大厦。哲学意义上的家却是人类的起因和归属,应该从哪里来,到哪儿去?

从来的地方来,到去的地方去。

那个来的地方和去的地方,就是"家"。可真正的家在哪里?我依然在流浪。

……

* * *

其实我也明白自己的想法是属于乌托邦之类的,"如同生活在梦里"。我的超现实主义的想法在很大程度上是童话式的自我欺骗。有些明明知道不能兑现的事情,却还义无反顾地去做。这不是执着精神所能替代的,其本身又是一种超越。太囿于客观现实,很可能会表现出一种麻木不仁的冷静，认可美的同时也认可丑，认可善的同时也认可恶，认可真的同时也认可假，这是死亡的态度，只可能在固有的脚印上原地踏步。

我并没有在梦里沉睡。我常常有一种感觉，就是在做梦时能意识到自己正在做着梦，尤其是凶险的时候。这能说是"梦里的清醒"吗？有时候梦见自己从高空中摔下来，就闭上眼睛往下落，心里明白反正是做梦，摔不着的，竟觉得这种坠入死亡的过程是莫大的享受。在梦里自己被恶魔追赶、与亲人离散、丢失心爱之物，我都表现出一种出奇的冷静，告诉自己别怕、别哭、别找，反正是梦。我怎么也说不出这是怎样的精神状态，假如现实生活中真的遇到那样的事儿，我能临危不惧、处乱不惊吗？如果能像梦中那样把所遇到的危难、不幸、意外看得很轻，我一定能拥有很轻松的生活吧。把生活当成梦，不可能会像个孩子，把毒蛇当成美丽的玩物，只可能像捕蛇的人，熟稔地把危险投入竹篓。

我还常常在一件事发生后忽然觉得曾经经历过，觉得以前就做过这样的梦。

我怀疑自己是在重复过去的梦境，是在清醒的状态下验证那些沉睡状态下的情景。

真实的生活与虚幻的梦境就这样不谋而合，我甚至怀疑冥冥之中已有谁偷偷导演了我的命运，并且在梦中排练，在醒后上演。不能不说也许有一种不可知的力量左右着人生，当不可名状的孤独感空虚感把一个人唤醒时，他最渴望的就是梦。或许在梦中显得杂乱无章的、荒诞不经的种种境遇，就是现实生活中最本质、最真实的东西。而梦只是一个被创造出来的客观世界，是做梦人另外建立起来的、与现实剥离的含有主观渴求的空中花园。人一旦醒来，就将面对尘土飞扬的世界。我不止一次地追忆那些影影绰绰似曾做过的梦，我并未试图使其与现实生活吻合，我只想在这种带有唯心、虚无色彩的对照中，发现那些完全对立的东西。我固执地以为在我意识到自己的经历纯粹是在重复自己的梦时，必然会发现生活的外在溯源，可我什么也没发现。唯一可以借以宽慰自己的是，并非所梦到的，都发生过；并非所发生的，都曾做过梦。在更多情况下，它们截然不同。
……

* * *

你无法回避，当有人用数字估价你，就像把你随便拉上一架天平，然后轻佻地读出一个数字一样。

时间归于数字，财产归于数字，生命和价值亦是如此。

你的年龄和学历，你的尊严和影响莫不屈膝于一个数字，你无法回避有人用数字出卖你。

你生活在托盘里，你的分量或被压低或被抬高，全取决于别人的需求。

你很清楚自己的体重，但不清楚，心在其中占了多少。

* * *

太阳之美在于热烈，月亮之美在于清幽，星星之美在于遥远，流星之美在于结束。

* * *

你偷偷原谅自己，生命成了鞭子，它抽打着你的影子，你包庇自己的灵魂。

* * *

……禅宗主张直指人心，见性成佛，安于自然，乐于平常，而又在自然平常之中孕育奇迹、不平凡。不执着于外物，不苟求自性，在空中显灵性，无中示真情，使人生有风无风，无风有风，有风有风，无风无风，但留心意在。过分追求结果，开始与途中便有得失在，患得患失便抹杀了行动之悦，凡事还是留一空白好。要紧的是此时此地此心如何，人活呼吸之间，荣辱、功利、声名，皆在一念之中，一念之外。

* * *

……好久没见了，好久不见像是刚刚分别，时间的距离感被宽容之后，就变得毫厘可测了。一个在城里，一个在城外，像是居住在两个星球上，空间的距离感被计较之后，就变得远不可及了。谁心里还有残雪，谁就被纯洁冻伤，像自杀，感情的距离被宽容之后，就变得若有若无了。……飞鸟的翅膀也能划破天空，让它流血。……我不知你是戴上了面具还是摘下了面具。……那天晚上我整理那些信，用火嘲笑它们，那些纸张哭不出泪。……

* * *

要用小说打击世界。生活就需要你一再去揭露、怀疑和否定——它在人面前是：穿了衣服的动物；人在它面前是：动物穿了衣服。语言的能力在于无形的力量，在于感情和认识的力量。小说的实质：进入人类自身。

* * *

有些思考：在纸上喷洒香水，为了吸引蜜蜂，结果引来了苍蝇。

* * *

语言凸现在眼前时如同玻璃瓶：你明知其空空如也之时亦充满气体并且能够注入其他可见之物，还在寻找它的蕴含——它界定出一种范围又使人迷惑于范围之中。

有的话语是杠杆，它有能力撬开一些无形的重压，却永远找不到合适的支点。

于是旨在暴露的句子最后走向自圆其说，意在批判的话语最后归于赞美。

* * *

爱情具有流动意义？

* * *

侥幸感使我像小虫一样爬在鸟窠旁,希图吃到随时可能发现我并吃掉我的巨鸟所不慎丢掉的粮食。整个人的一生似乎都是这样。我小心翼翼又野心勃勃,不幸和奇迹就在面前摆动,说不定哪个会变成硬物击中我。没有中间状态?永不满足的欲望是在冰上烤火,取得温暖的同时也就失去了温暖。

* * *

为了刺痛别人,你蜗居在一根刺里,自己也变成了畸形。

* * *

生活的现实感一点点逼近,才发觉以往的种种努力近乎河里堆沙。不确定的各种可能随便把人带到一个地方,于是幸福和不幸跟踪而至。自我在怎样的权力下拥有将来?不可预言。生活之美随处可见,或许应该永远用欣赏的目光看着世界,看着自己。从来不敢用肯定的态度去预言以后,虽然总在用美丽的线条勾画它的模样,但我知道,那只是愿望。但我必须做一些实际的事,为了让愿望更接近于现实。当人类在童年时代把鱼烧制在陶罐上时,就注定有一些生命以静止的形式永存。

* * *

摆脱了重压之后的精神一下子坠落了。如同一只被倒空的杯子,失去了重心摔在地上。失眠变成蛇吞掉了本该属于梦的时间。似乎应验了刚刚看完的那本小说:《生命中不能承受之轻》。看似解脱,实际却陷入一种无形的苦境,它使你为了取悦于似乎注定要幸福的生活而不得不制造出一些以痛苦为内核的灵丹妙药。

我在逃避什么?什么在逃避我?也许生活就该把琐屑乏味的事压在你头上,使你不得不一点点把它们搬走,可是一旦头上空空无物,又觉得失去了与世界的关系。

我并不是在快乐地做事，我能快乐地做的又是什么？离毕业仅剩一月之瞬，这30天我能做些什么？昨天的计划顷刻云散。从未显得这样孤独过。我被抛弃了。

* * *

把非物质的东西借助于物质来保存：声音藏于磁带，影像藏于照片，思想藏于文字……时间怎样保存？也用磁带性质的东西把它录制下来，让其循环往复？

* * *

"精神的事实总是不可改变的，哪怕只是一点点，就像没有任何山峰可能改变地球表面的弧度"。爱默生的话为我提供了思考的路。世界上事物尽可被忽视，永存的是精神。精神像永不干涸的河一样流于历史、现实和未来，精神的事实总冲击着河床，然后归于海洋。总有一些东西被触动、被改变、被带走，也有一些东西以运动表达着永恒。你看着它变了，却不知它坚持的始终是自己的灵魂，似乎不为证明什么，也不为表现什么，即使在消失之后仍然不可置疑地存在着，像火焰中的火焰。

第二季

沧桑只在思考时浮现。所有的事物只依附于我们的心情。当经历的尘一点一点落在心头时，其沉重已不可感知。我注意到某些实质的东西全都闪在一旁，总要靠无形的手把它提起，并且伴随我们一生。其实很多拖累是我们执意带上的，连天空也成了人类无边无沿的草帽。

* * *

一经客观、理智的雕刻，爱情就成为凝固的石像，那用刀子加深的微笑，总保持着僵硬的姿势。现代生活就是用这种姿势走向文明。

不得不在物的压迫中丢掉一些什么。像一个不会跳舞的人，在舞池里理解不了那样的声音，于是把一些音乐踩脏了、踩伤了。在高雅行为中走动，没有一双与之相匹配的鞋子。

有一些话使我愕然。在其中我听到有灰尘碰撞，把我最初的幻觉碰得粉碎。

于是很多尸骨砸下来，把我埋在一片伤痛里。

在很大程度上，过去仅是一种心情，而对过去我选择坚持或者背叛，仅取决于现时的心境。很多事亦此亦彼。

本来毫无意义的人生只是由于人类的错觉和幻想才得以繁衍生息。我们很多时候执迷不悟其实是在跟自己作对。怎么样都行，发生之后就有原因和理由。

* * *

重读红楼，心之静已非前几次读时所能比。雪芹之语不紧不慢，弃华少奢，却又醇厚如酒，品之心传其意也。

至二十回，即睹三人死：可卿死色也，贾瑞死色也，秦钟死色也。于此时人之糜烂可见一端。

* * *

有出去走走的必要。不但我自己这样想，很多人也这样给我说。

羁绊太多，顾虑太多。许多尘缘难以抛舍。比如工作，比如亲人，比如爱情。

或许我就应该有破釜沉舟的勇气，有放弃的勇气。

首先，放弃一些什么，才能再说取得什么。抱残守缺终不是丈夫所为。那么，我要有一种随时去漂泊的准备。

去浪迹天涯？

我肤浅、幼稚，还需要更丰富的人生阅历。

做不同寻常的人，不被世俗淹没。

只要有信心，就一定能做到。

我将用自己的生命去证实。

* * *

读《心灵史》。张承志对历史的看法与我对历史的想法不谋而合：历史全是秘密。偏执地追求历史而且企图追求心灵的历史，有时全靠心的直感、与古人的神交，以及超验的判断。

而我有一句话：历史在想象中呈现真实。

历史只是理解的历史，理解文物，理解古书，理解无迹可凭的人和事，它不能告诉你什么，你只能把自己的语言交给它。

哲合忍耶的悲壮历史使我震撼，我在想是什么力量使一辈辈人从容赴死，从而使哲合忍耶屡灭不绝？他们坚守的是什么？他们如此惨烈地抗争是为了什么？

哲合忍耶是穷人的宗教，它在晨礼之后用响亮的高声赞颂念即克尔（念辞），其中有一处激烈的否定和肯定，念时全体都随节奏，否定是摇头向右，肯定是把头向左指向心灵——"俩依俩罕（万物非主），印安拉乎（只有真主）"。这时举行仪式的形式是"打依尔"。实际上，它代表一种神秘主义（苏菲主义）。

而哲合忍耶的 200 年的活剧，却是以与另一教派花寺派的纷争为开端的。而后花寺派向甘肃总督衙门控告，总督勒尔谨及甘肃省官员的介入，使教争骤然变质。

"公家"的介入使"民间"的哲合忍耶面向清朝廷举起了卫教造反的大旗。

从此，哲合忍耶劫难不止，至民国初年始有短期和平。

历史显得如同玩笑。本来哲合忍耶辉煌的开端那样令人鼓舞，只是一个意外，就把它引向了百年拼杀，这也是教内所谓的"前定"吗？只是发生了，才认为它是"前定"。这是人在最无力的时候对神的认同。

* * *

曾给人设想过一个没有痛苦的自杀方式：跳入一个永无尽头的

深渊。

跳入一个永无尽头的深渊，像抛进一个虚空，一个结果，一个幻想。这个想法终是浪漫的。因为事实不可能为你提供这样一个永无止境的深渊。

况且又有人提出了：在这样漫漫无期的坠落过程中，要是饿了或是渴了，岂不又是一种痛苦，岂不和绝食而亡无异。

带上食物和水？这不又表现出对生命的依恋吗？既然连死都不顾了，还会在乎是否饥渴难忍吗？

像一个自由落体，生命结束在坠落的过程中——或许一个人被抛入茫茫宇宙中会有这种可能。在宇宙中成为围绕某颗星星运转的尘埃，这是最好的自杀方式吗？

或许人的一生本来就是这样一个自由落体，在坠落的过程中用水和食物驱赶着对死亡的恐惧。

可不管怎样，这个深渊还是有止境的。

* * *

很多石棺，暴露在我眼前。它们破碎、残缺，早被毁坏过了。空洞洞的石棺里甚至没有一块安静的骨殖，坍塌的土重新埋葬了它们的惊恐，现在墓群的黄昏又格外沉寂起来。死亡的财富被盗取后又复活，死者拥有的只是一个假设。占有的态度使那些攫取的手蜕掉了恐惧的皮，然后鲜血淋淋地取走沉睡的古物。石棺里剩下的，是谁的灵魂？

一个灵魂被另一个灵魂打搅，一个灵魂捕捉另一个灵魂。

* * *

沙塘位于薛故城北一公里处，有古井两眼。井的空间被土填满，凸现在眼前的一土柱，就是当年的井了。像是一个模具，井被时光填埋，铸出了具体的样子。

有人称它为缸井，概因其壁皆为陶质的圆桶也。可惜的是陶桶被人击碎，陶片散落"井边"，如同战士被损的盔甲。沙塘四沿明显可见沙的层次。有一陶罐仅余一片镶在沙层中,以铲轻掏周围沙砾,及其中所淤泥沙,又见另一小罐与其对口相并。小罐尚且完整,亦破裂。小心翼翼继续淘沙,猛然小罐滑落,惜其碎上加碎,怎么拼接亦难复原了。遗憾中再巡视四周,得一陶质花瓶座,再看西面还有一碎罐,且有一条碎砾层。扫兴中欲走,有几孩童呼叫又见陶器,急转,一童举起陶盖便摔,我呼之不及,已碎于水中。挖出一颇笨重的U状陶物,孩童摔者为与其相对之盖,其形如C。

有好奇之人皆问有无宝物,有无金银。这也是一种悲哀吗?

* * *

从那儿经过时雨水已冲尽了水泥路上的血迹,如果不是听说,谁也不会想到这儿曾有一个遭车祸的人因流血过多而死去。从黎明时分到黄昏,那个血肉模糊的人绝望地躺在路中央,围观的人一个个散去,路过的人一个个绕开,没有一个给予救援。人类的同情心去哪儿了?人们似乎越来越冷漠,相互之间形同异类,谁也不关心谁,仿佛这个星球上只是他自己在过着与世无关的生活。

* * *

从农村走来的和在农村生活的人大都知道农村的野地上承载了太多的苦,那种牧歌和田园诗一样的生活其实是诗人们想象的。城市的人们幻想着乡村的小河、玉米、菜园和瓜地,想象着月光下的乘凉和冬天的火炉,却不知道乡村生活中的干旱、收获、劳累、失望和急躁,他们看不到农人背着喷雾器淹没在棉田,扛着沉重的粮食爬上粮站高高的仓库,或者用一块块石头围拢起容易被雨水冲垮的土地,他们不知有人因此中毒死去了。有人送出了自己好生看管的粮食还要遭到收粮的吃"非农业"饭的公家人的责骂和白眼,他们不知道那手心大小的一小块土也会成为农人侍奉一生的梦幻。

可我们的乡亲并不知道这些。他们低着头弯着腰把自己收获的蔬菜瓜果送到城里人的嘴边,却不敢大声说一句话,他们离开自己的土地来到城里的硬化地面上似乎就失去了根基,他们像被拔掉的麦子一样，在城里的阳光下蔫萎了。我们的乡亲只有站在土地里和他们的麦子玉米站在一起才显得精神，才显得腰板挺直，光彩照人。我们的乡亲赤膊站在乡村的太阳下，他们脊背上的汗珠晶莹闪光，这些含盐的汗珠落在地上使土地变得更加坚实。我也是从麦茬地走出的孩子，我也见过那些小心翼翼地捡拾麦穗的老人。我知道我不可能再蹲在麦茬地里拾麦穗了，但我知道我还是属于麦地。

* * *

谈起当代作家，发现女作家几乎没有出身于农村的，而男作家，特别是一些很有成就的，恰恰是农村出身。

农村的女人那么容易满足，她们的父母也根本没对她们寄予多大的期望，当然也没给予多少支持，父母们认为女孩子认识几个字就已经不错了。考上大学，脱离农村，对普通农村人家来说是一件不敢奢想的事。女孩子们甘愿承受困苦的生活，一旦结婚后为人妻为人母就俨然是一副家庭主妇的样子，在农村，这样的女人遍地都是。她们对生活的要求不高，她们任劳任怨直至衰老。一般的农村男人其实也一样，能与女人区别的或许仅是他们身上的恶习而已。而离开农村的女人又被新的生活俘获，她们很快蜕变了，很可能马上变成了尖酸刻薄的小市民。她们忘了家乡的劳累、贫困和痛苦，她们享受着城市却全然记不起麦茬地里的母亲。农村里的女孩子即使成为作家，可能也只是肤浅的低吟轻唱。她们缺少思考，她们从农村到城市只不过是使她们获得了一种幸福感而已——从农村到城市的改变恰恰扼杀了她们内心原有的纯真和善良。

那么出身城市的女作家又如何？那些曾经在乡村生活过感受过的出身城市的女作家，比如王安忆、张抗抗、毕淑敏，还是不错的，或许正是两种生活的反差使她们得以出色地思考并写出出色的作品。

而农村出身的男作家尤其让人钦佩。他们因为出类拔萃，因为顽强的毅力，因为勤恳的劳动，因为深刻的忧患而在城市生活中傲然不群，他们懂得对比，他们怀念着田野并且默念着那些和梧桐一样纯朴的乡亲。他们由此为整个人类思绪万千。出身农村的作家一旦跳出了

"小农意识"，马上变得博大精深，变得锐不可当，变得现代、超前，他们在超越自身的同时又发现了更深远的东西，所以他们仍然像在土地上劳作那样，认真地、耐心地、虔诚地伺候他们的庄稼，书写刻画他们灵魂的文字。这样的作家保持了他们自己的同时又辉煌了自己，但他们依然谦逊。

＊　＊　＊

关上灯，躺在帐子里大口大口地啃。

苹果甜而脆，在暗夜里留下一个囫囵的核。我困倦得迷迷糊糊，吃苹果的过程像是在梦中进行的。只是苹果的可口是亲有所感，所以吃起来未免有些贪婪，有点不顾一切忘乎所以。因为这是一个暗夜的苹果吗？我闭着眼睛毫无目的毫无选择地接受它，如同因为一时快意或一时疏忽或一时盲目而不由自主地接受一个事实。

暗夜的苹果用它的香甜可口诱惑了看不清它又想品尝它的人，在夜间吃苹果也成了具有快感的冒险。这苹果如何可人并未有明确的迹象，或许仅是为了吃掉它而已。只是第二天醒来，看着地上长长的果皮和丑陋的果核，才记起夜里曾狼吞虎咽地解决了一个苹果。那苹果是什么内容的，有虫子居于其中吗？如果有虫子，你会怎样恼恨？曾经可口的苹果成了事实上的骗子，你如何恶心如何痛心也无济于事了，反正吃下的苹果已不能吐出，你只能怨自己。这如同你在梦中仓促地与一个下作女子苟合，醒来后骂自己下贱骂自己肮脏没有什么两样。而暗夜的苹果妙就妙在剥了皮之后还那般光洁无瑕，让需要它的人毫无戒备之心，而内里却又不知埋藏了何等气人的阴谋，更可气的是你在遭受玷污遭受不幸的时候还有一种甜美的感觉，竟不知已经被巧妙地给耍了！享受幸福的时候更要提高警惕吗？

暗夜的苹果，可怕！

＊　＊　＊

忏悔意识和人类良知当然不止一次地被提及和讨论过了，但中国作家的确很难站在世界的高度思考自身及自身所在的民族。他们关心的重点从来不是人类的生存及未来，他们往往被一点小名小利左右，怎么也走不出自设的牢笼。

* * *

这是一个让人无所适从的时代。

很多人就那么如草木一般漫无目的地活着。生活在每天的无聊平淡中度过，仿佛只是时间强加给人们一点小恩小惠，你还来不及回味，很多事物就已经是过眼烟云。

日复一日地重复千篇一律的动作，很少有人为此烦心或觉得异常。他们满足于一日三餐的准时与实惠，满足于月薪的如实发放不拖不欠，似乎再无他求。生活的乐趣根本无从谈起。

也有一些人正相反，他们不满意自己的低档消费和低下的地位，他们不平衡的心理使得自己为之奋斗或钻营，以求谋得一种奢华高贵的生活。当然也有人早已身处其中，花天酒地，长醉不醒，不知今夕何夕。这样的生活似乎又落入了另一个可悲之境。

享受生活当然并非一定要纸醉金迷，享受生活靠的是一种达观的人生态度和祥和的心境，这样的人如同高超的厨师，能用简朴的菜蔬做出令人回味无穷的佳肴美馔。他能忙里偷闲、举重若轻、由小见大、伸缩自如、游刃有余，他不会轻易失望或伤心，他能自得其乐，也能苦中求乐，他像一个智者在生活中左右逢源、化难为易。

更主要的是，这样的人始终能热爱生活，坚持着自己的原则，但又不固执己见，他每时每刻都在调整自己但又不扭曲自己，他心性深处的东西其实是指导他一生的智慧。

这样的人耐得住寂寞，能安守清贫。这样的人常常是这个时代最具有洞察力又最具爆发力的精英。

* * *

他默无声息之际恰恰是他内心汹涌澎湃之时。他不善于表白和表现，甚至有些木讷，但他的内心的确美好。他保守着的东西极具内涵，他其实是用诗人的眼睛观察着这个世界，他把自己的爱藏得很深，像一首隐晦的诗，只有少数几个人才能读出其中真意。他喜欢微笑，他的动静那么安然，他似乎害怕惊动了别人，他柔软的心肠却缠绕着整个人类的命运。他常常要为一点点悲剧动情，他体会着人间的悲欢离合和生老病死却只能默默把泪忍住，为此他又陷入自责和愧疚之中，他的力量太小，他只能默默忍受一些什么。

* * *

所有的人都梦到有一只老鼠变成了一个人，当他们谈起此事来都大惊失色，他们猜测身边的哪一个人是老鼠变的，并且怀疑：自己是不是就是那只老鼠？

* * *

大自然是一本最大的书，它让你阅读一世受益一世。

不为大自然的变化而心动的人不是缺少热情就是可能缺少同情，他生活在大自然的怀抱里却不知感受其美好恩泽，这样的人只是冷漠地枯燥地夹在人群之中，他很难使生活充满乐趣和生机。

在我看来，喜欢一花一草一虫一鸟一山一水或一片云一缕风的人肯定也很容易把自己融入生命的绿意和流动中，他会因为珍惜一个小小的生命或一个优美的环境而珍惜身边的一切，因此他会珍惜自己活着的机会，从而用他善良的心关心其他生命，关心这个世界。

在大自然里，每个人都是一个需要温暖需要爱的孩子，同时每个人也要舍得献出自己的温暖和爱。

* * *

"如果法国突然损失了50位优秀的诗人，50位优秀的作家，50位优秀的化学家，50位优秀的物理学家和工程师，法国马上会变成一具没有灵魂的僵尸，因为想要重新培植这些'对祖国有用处'的人至少需要整整一代人的时间。"

"假如法国只是不幸地失去了国王的兄弟和一些王公大臣、议员、省长，并不会给国家带来政治上的不幸，因为这些人并没有用自己的劳动直接促进科学、美术和手工业的进步。"

(圣西门《寓言》)

这段被列宁称为"圣西门名言"并抄在笔记本上的话也许说明了这样一种现实：文化的夭折是猝不及防的意外灾难，哪怕是自然的。

我这样认为：领导的推举在很大程度上是类似盲人骑瞎马的相互蒙蔽和相互嘲弄，因为在必要的时候曹锟之徒也能成为总统，袁世凯之流也能成为皇帝，他们的子民一样对他俯首称臣，三呼万岁。权力的"契约"实在是可笑的假象，因为大家都乐于接受。

文化却往往是人的心理认同，你的言语或成就想让耳闻目睹的人有所触动，让人从内心接受它，这样的接受很可能有时间延续，甚至影响一个人的一生，影响千秋万代。文化的威力就在于：它是精神上的，而不是过眼云烟。

* * *

流俗的可怕之处：它能够成为一种堂而皇之的行为规范，让绝大多数人趋之若鹜、乐此不疲，并且津津乐道他们的所作所为。他们在如数家珍地讲解他们身体力行的丰功伟绩时，最显著的特点就是推人于己：所谓他人能为自己怎可不为，不为便属傻瓜笨蛋。普通的原则、标准道德规范都是耳清目明者的樊笼，装聋装瞎者往往走得顺利而又风光。流俗在生活之中渗透到人们的骨节牙缝里面，往往举手投足之间便被暴露无遗，但由于流俗无缝不钻，反而又不易为人注意，倒成了一种定式，稍有不合便成异端，遭人菲薄。这个时候不媚俗或少媚俗的人往往形影相吊，被嘲弄或疏远。流俗成了巨大的势力，成为人类赖以生存的病菌。

* * *

海子是农家子弟，确切地说，是土地的儿子。他15岁离开皖南农村，到北大读书。20 岁到 25 岁这五年中，他以惊人的天分和毅力，以献身诗歌的灼热之手，留下了史诗级规模的《太阳七部书》和近三百首优异的抒情短诗。他燃烧了自己的短暂的生命，弃世之日，身边只有四本书和两个橘子……

  海子是我迷恋的诗人之一，上高中时读他的《家园》以及其他只言片语便不由被诗歌里质朴的意象和真实的情感打动，仿佛只有从他的诗里，我才懂得了土地、麦子、家园、母亲。我也从而意识到作为一个乡村的孩子，应当怎样保守自己的善良、勇敢和真诚，从而热情歌颂我的村庄、庄稼、太阳和天空，渴望一种人类共有的归途。

  海子以他的死昭示了仍然活着并终将死去的人：我要以自己的生命去唤醒那些活着但早已死去的人。

* * *

  一般来说，标榜平民意识的大都是那些功成名就的人，而自称精神贵族的往往是那些穷困潦倒的人。似乎一个人在这方面缺少了，总能找到另一方面来弥补，而弥补的往往又是非物质的——属于意识和精神。

  我听作家说过，说一个人最难以保持的就是那种平民意识。

  我也听那些生活得总不顺心如意的人说过，说一个人最难得的是做精神贵族。

  平民意识是一种回归，精神贵族是一种追求，它们其实该是统一的啊。

  平民意识是什么？它是一种贴近人心体察民情，把自己埋在大众中间而不凌驾其上的观念，它不是要求你吃糠咽菜穿旧衣住破房干累活，而是要你用心和平民融合到一起。但这不等于陷入庸常生活中而变得俗不可耐。真正的平民是什么意识？真正的平民往往具备市侩嘴脸小农肚肠。看来，平民意识又是远离平民之后的一种回顾、反思，平民意识是反差后的自觉，是外部观照后的自省。它就是要求智慧的人不要忘了自己来自人民，自己也是人民中的一员。

  精神贵族又是什么？是那一群不为物欲所动不随波逐流而一意孤

行的人吗？

　　他们为了人类的理想或孤独一生，或痛苦一生，或奋斗一生，或迷惘一生，他们善良的心只得向自身寻得安慰，因为精神是隐藏无迹的，他们的胜负荣辱只有自己知道，最无助的时候，也只有向心灵求救。精神的实质在于勇敢的坚持，他们操守一种信念，本身就是伟大的选择。

　　精神上的贵族考虑得最多的还是平常生活，平民意识也包含其中。精神贵族的可贵之处就在于具备平民意识，只有如此，才能成为一个不染世故、不沾流俗的活生生的人。他由平民向贵族的转化实际上是灵魂获得了解放。

　　做一名具有平民意识的精神贵族。

* * *

　　我注意到有些名利观念很强的人，平常做出一副清高的样子，或默默无语或笑骂某些投机钻营之徒，看似清淡无为。然而一旦关涉切身利益，或者眼见不如己者或与己无异者捞取到好处，便再也无法气沉丹田，不是牢骚满腹便是纵横比较，仿佛某些蝇头小利非自己莫属。这样的伪清高实则不如真小人，至少，真小人能够正视自己的所作所为，不掩饰自己的私心。

* * *

　　善待他人，善待自己，善待生命，善待灵魂。

第三季

　　在居里夫人的《我的信念》中读到了这样的句子："人类需要寻求现实的人，他们在工作中，获得最大的报酬。但是人类也需要梦想家——他们对一件忘我的事业的发展，受了强烈的吸引，使他们没有闲暇，也无热忱去谋求物质上的利益。"

居里夫人把人类分为两类。前者通过劳动换取报酬当然无可厚非，因为人类要通过获得报酬来生存，而且这个世界的进步，少不了这一类人的推动，从最普通的田间劳动者到航天飞机上的宇航员，从日理万机的政治家到追求工作八小时以内的工人。他们获得的报酬也是一种自我认知。可是一旦把关注的焦点放在报酬上，他的劳动就失去了应有的价值，这也是对自我劳动的物化，他把自己的劳动仅仅当作物的交换，这样的劳动缺少相应的人类精神，这样的人最让人鄙薄。像某些派头十足底气不足的歌星，像某些财大气粗心胸狭窄的大款，像某些以权谋私贪赃枉法的官员，他们追求的报酬是出卖自己的结果，他们已失去灵魂。

居里夫人欣赏的还是后者：梦想家。她所指的当然不是那种只有空想而无实绩的人，她所指的是那种超越了世俗杂念而致力于某一事业的人，这样的人只是梦想通过自己的努力让精神自由飞翔，他们忘我地工作完全不是出于要用劳动换取荣誉、功勋或者利益的目的，他们是为了让自己的灵魂劳动。居里夫人用她卓越的智慧实证了自己的梦想，她所从事的科学事业构成了她生命的主要部分。她发现了镭但不据为己有，她把自己的梦想贡献给了全人类。当自己的梦想成为全人类的财富时，人们的幸福就是给梦想家最好的报酬。

要做这样的梦想家。是的，在人类愈加被物化、异化的时候，这世界就更需要梦想家。在越来越多的人只知追求实惠追求物质的时候，还需要一些人去思考去探求去梦想，否则，这个星球与死亡无异。我相信越是在有人完全放弃了梦想，完全放弃了神圣，完全放弃了崇高的时候，越是需要有人去梦想，需要有人歌颂神圣，需要有人崇尚崇高。这样的人不需要太多，但他们能代表一个时代。只有等这一个时代过去了，人们才会发现他在那一时代所处的重要位置，只有这些少数人才是那个时代的精髓，只有他们的梦想是那个时代夜空里最亮的星辰。屈原、李白、苏轼、曹雪芹、荷马、莫扎特、贝多芬、布鲁诺、普鲁斯特、卡夫卡……这些梦想家用他们的思想照耀了身后的时光，他们的梦想成了全人类共有的精神财富，他们的梦想与这个世界永存。

我的梦想就是用自己的想象构筑一座文字大厦，它要包容高尚的思想，能够蕴含广阔的空间，而且具有独特的感受和风格。总之我要通过不懈的努力，抛却急功近利的观念，慢慢地向那个梦想靠近。

＊　＊　＊

……能够超越时间阻碍而显现存在价值的，还是那些表现出人的真实的作品……

那些文字可以为人类共同拥有，人们能在悲剧的战栗中怜悯自己爱护自己，在绝望时抬起流泪的头。

鲁迅。鲁迅以觉醒者的身份启蒙懵懂无知的国人，自然有一种独行者的悲凉，所以鲁迅痛打不饶斗争到底，对小人坏人奴才愚才不惜掷以"匕首""投枪"，因为他稍一懈怠便会腹背受敌。鲁迅以思想家的身份剖析自己也剖析国人的灵魂，14本杂文集就是他开出的解剖报告。杂文是学医出身的作家急于治病救人的处方，他希望通过自己的诊治，人们能抛除劣根，让思想意识健康、文明而进步。但通病、遗传病并非那么容易医治，况且，治病，也需要病人予以认真配合。

《阿Q正传》。作为典型的病例，阿Q是作家留给世人最有力的警示。小说反映了当时的历史真实，更重要的是借助那一段历史刻画出人类共有的那种可悲的自我欺骗。很多人像阿Q那样幻想，那样下贱，那样软弱，那样卑劣，那样自私，并且还带着一点善良、勇敢、不满、反抗。事实上，人很容易就会妒忌别人的钱财，别人的地位，别人的女人；也很容易就会沾沾自喜，唯利是图，道貌岸然。阿Q能做贱民，能做茂才，能去造反，也可能去做皇帝，他所缺少的就是还没学会用一种"正当"的理由、"高尚"的名义去掩盖自己的狼子野心。事实上，很多人糊里糊涂地做了官，很多人糊里糊涂地被砍头，这其中并无清晰的界限。希特勒只是在死后才被唾骂为魔鬼，他做最高统帅时也是风光威武。一旦众多的人一致公认什么是什么，那么，真理就可能是谬论。人也习惯如此附和，像公鸡打鸣一样，即使天未放明，只要有一声像鸡鸣的声音响了，所有的鸡都会争相预告黎明的来临。人即使明白了也不说，于是忍着。

阿Q不说是因为他尚未了悟。但现实状况是，人们对着彼此的丑行心照不宣。比如行贿，比如以权谋私，比如形式主义。其实大家都明白错了，但是这样的错误却是"正当"的、"高尚"的错误。阿Q缺少的，就是这样的错误，他过于真诚，不会掩饰，所以，他没做成皇帝。而世人皆摸清了皇帝老儿的便道，所以，他们比阿Q进步，阿Q身上没有的病，他们有了，这不能不说是一种进化。难道人类走的是渐将病入膏肓的绝路吗？也许不是。

郭沫若。郭沫若是那个时代的号角，但也只能是号角而已，他只从表面上表现出一种狂热，他的狂热鼓舞了一些人，但他没有魄力把他们引导到幸福岛，这样，反而会使一些人在失望之余发觉上当，从而诅咒诗人的预言，重新投入封建故国的怀抱。

《女神》是第一声号角，它只能代表一种历史。同样，《屈原》《蔡文姬》无非是打碎了一种历史的历史。屈原和蔡文姬成了作家的工具，所以他们是拔高的郭沫若，而不是原来的诗人。

茅盾与郭沫若有相通之处。他们都是政治型的学者，而不是本质上的诗人。茅盾从"大规模地描写中国社会现象"的目的出发，企图像撒网那样收纳"全般的社会现象"和"全般的社会机构"。这样做的结果是一方面记录了全景似的社会生活，也表现了一些代表人物，但另一方面也显得铺展宽泛，有社会报道之嫌。茅盾以社会分析家的眼光分析当时的社会状况，无疑有其精到之处，但还是缺少了人的精神，人与环境密不可分，但人更有自主性。……人的活动过多地加入政治观点极有可能失真。在人类社会中，人与人之间的关系远非政治关系、阶级关系等一些简单的概念所能概括。茅盾就是忽略了这样一个事实：人是自由的。这种自由当然不是脱离了社会脱离了现实的自由，但这种自由又不能为作家的主观意识左右。

你不能先画出一幅全景图再往上面安插人物，人物活动应当是自主的。除小说创作外，茅盾还有散文及评论。他的散文可作历史文献，评论则有指导意义。可以说，他是现代文学评论的鼻祖，且多有精到见解。

《子夜》作为茅盾的代表作最具茅盾特色，它是一幅巨大的场景，它写出了当时条件下资本家的艰难处境，吴荪甫的失败是时代的失败。

巴金，一位个性作家。巴金始终坚持着自己，这并不意味着巴金只在个人的小圈子里抒写个人恩怨。巴金描写的是人在艰难的处境中是如何痛苦地抉择和抗争的。

《家》《寒夜》。人在无力或失望的时候可能妥协，可能抗争，也可能逃避。觉新、觉慧与曾树生分别代表了这三种情况。他们追求幸福，但又不能按心中所想去获得，所以即使求得了，心里仍然不满意。《家》与《寒夜》写的是两种家庭，但结果都是破败，巴金其实是在提示弱者，怎样把握自己的人生。

老舍。老舍是一个平和的人，他用沉稳的笔调再现了复杂而有味的北平。老舍笔下的平民大都多灾多难，大都善良懦弱，大都平淡无奇。他们的命运是那一代中国人的缩影。

《骆驼祥子》《月牙儿》。事到了那个份儿上，你不得不做，这是我从祥子和月牙儿身上得出的结论。人的那种妥协性就那么富有市场，这也是人的可悲之处。为了生存可以忽略很多。祥子买车的欲望和生理的欲望其实相差无几，他无法抵抗虎妞的诱惑也无法放弃买车的信念，可是一旦二者皆失，祥子仿佛失去了灵魂，所以祥子可以通奸可以告密，那时他对自己已经失望了。月牙儿不也是这样吗？她在由鄙夷自己的母亲到理解自己的母亲这一过程中，放弃了自己。生存让人放弃了尊严。她没有想到过死吗？祥子与月牙儿的悲剧是社会的悲剧也是人的悲剧——因为即使在和平年代，并不是不得已的情况下，也还有人在出卖灵魂出卖肉体。

沈从文。沈从文以乡下人的身份游弋北京，靠的是他的才气和记忆。湘西是他在都市里回眸乡村时的一个梦想。正因为沈从文没有忘怀，湘西才名正言顺地成就了沈从文。关于湘西的文字是沈从文可资骄傲的经典，他在抒情中返回故乡，那里的山川风土、人情习俗在作家笔下凄美绝伦，仿佛世外桃源，这也是有人批评他逃避现实、粉饰太平的一个原因吧。

《边城》讲述的是湘西一个极有可能发生而又极不可能发生的爱情,翠翠在有选择余地时难以选择,在不必选择时无可选择,她的爱正当而执着,然而生活却一再摧毁这似乎合理的爱情,最后留下的是遗憾和无奈。傩送不是一个血性汉子,但他是一个有情有义的男人。面对情义的矛盾,傩送只能逃避。《边城》弥漫的是温柔的人情气息,它的审美价值似乎大于认识价值。

张爱玲。张爱玲在人们一再给予褒赞且多过誉之辞时溘然辞世,去得无声无息。

张爱玲在我阅读的四种文学史中皆未提及,而最近又有报章将其推至现代文学四五位的交椅上。作为一名颇有特色的作家,张爱玲被重新发现当然有其历史原因。

张爱玲的小说婉约别致又颇有唐诗宋词余韵,且显哀怨缠绵,似与人心相合。

冰心。一生著述颇丰,小说诗歌及散文皆以真情真爱贯通。但依我之见,冰心只属才女之列,作品未必传世,似无此深度。

* * *

过早地涉足爱情对于一个理想主义者来说可能是一种不幸,感情的牵涉会成为一条无形的绳索,使他无法无牵无挂地前行。他或许以殉情的精神向爱情让步,或许忍痛与爱情诀别。有没有中间道路?走向理想的爱情因其脱离现实往往趋于失败,而走向爱情的理想因现实的平淡往往陷于困顿。爱情与理想的矛盾似乎永难化解。谁能让二者完美无缺地结合并使之成为人生中最炫目的明珠?对理想的忘我追求使爱情黯然失色,对爱情的痴迷向往使理想相形见绌。爱情与理想怎样才能二者得兼?这也许又是生活的意味吧?只有在抉择中,人才确定了自我的位置,人在不断选择和放弃的过程中规定了生存的价值。

爱情作为生活的一部分无可逃避。多情如我者更会为其躬身劳形,神魂颠倒。

能不能将爱情置之旁侧?过多地考虑爱情是不是占用了属于理想的领地?爱情也是理想的一部分吗?我注定要背着爱情追赶理想,我不知道最后获得的是什么，是二者兼得，是择其一得之，还是二者俱失？对于结果我只能美丽地幻想。

　　理想至上还是爱情至上对于我并不重要，重要的是我怎样去完善它们。理想和爱情都需要以现实来体现，那么，我要做的就是应该"怎样做"。

* * *

　　我内心坚守的那份纯正、真诚、神圣和崇高被我用表面的随和、迁就、戏谑甚至亵渎掩盖了，想到这种妥协我就感到悲哀，我是以一种退让的方式向肮脏、虚伪、庸俗和低劣投降了，这是一条自欺的道路。因为你和那些人混杂在一起说着极不负责的话做着很消极的事，你可能在别人眼里比一般人更脏更假更臭更坏——你违心的伪装比小人更像小人了。你已没有做一个正人君子的勇气，你已经把自己逼到了内心深处。这正是我不可原谅的悲哀。

　　我曾在给特别高看我的朋友的信中说过："我只是一平常男儿，只是有些自己的想法、自己的做法、自己的活法而已。"这句话貌似高深，其实是浮浅的自圆其说，有关想法、做法、活法的伸缩性自不待说，二者之间的关系更难把握。我又在诚挚的朋友面前老奸巨猾地卖弄了一回。朋友理解的正是我有意引导的美好、高尚那一面，我怎么想的、怎么做的、怎么活的只有我自己心里清楚，一旦认真起来，只会不安，并且自责。因为我并没有按自己想的去做，所谓的"活法"只能是一种不真实的表演。

　　我开始怀念起盛气凌人的少年时光。那时我无所畏惧地揭露着那些令人窒息的丑恶，怀疑那些道貌岸然的尊严，宣告着自己忧国忧民的思想，那时的我虽然不乏幼稚、单薄、虚弱，但精神尖锐、亮丽、健康。我呼吁中国"冲出重围"，抱怨"天空太低太低"，盼望人们"睁开眼睛"，指责"伪造的行云流水"。那一个可爱的孩子由用"眼睛和泪"写诗到用"心和血"歌唱，渐渐地白了头发，他还执拗地自我安慰"只要我们无悔"。可成长的过程那么地艰难，在经过几年的沉默、反思之后，我开始成熟，开始转变，开始在人群里隐藏自己的影子。我抛开了那份勇敢,变得宽容、大度,我用挤出来的笑附和着心中厌恶的人和事,我鼓励自己去认可去接受,做出"我不生气"的样子,其实我心里早已愤怒至极!可是你为什么不去反抗?反而钻进《菜根谭》,到"禅"中去寻求理论依据?结果,我总结出来的名言是:"没有什么不可以接受,也没有什么不可以放弃。""任何事情只要发生就有理由。"我用这两句话指导着自己,可是我发现有些东西就是不能放弃,有些东西无论如何也不能接受,有理由的事情也不一定就是正确的。这就需要心里有一架天平,否则,就会使心灵承受重压。我心灵上的重压已经承受很久了,我还做不成那种漂若浮萍毫无根基的人。有些东西必须用生命和灵魂去坚持去捍卫去张扬,我必须让自己的思想和行动一致起来,不再惧怕表现高尚、善良,我要对自己的言行负责。

不回避高尚和善良本身就是一种挑战,世俗的人已习惯了自私、狭隘、平庸,一旦出现了神圣和崇高,他们就会怀疑神圣和崇高的真实性,人们已被欺骗得不敢轻易相信,因为的确有人穿着"神圣"和"崇高"的教服,做着心怀鬼胎的布道。

怎样做人?如果不认真考虑这个问题真的是一种悲哀。我应该怎样做人?是,我不能再一味地退却了,我必须把自己的心灵完美地展示出来,让自己的行为真正与心灵吻合。那样,才真正问心无愧。

这是与自己为敌吗?高尚的人最容易被孤立。

* * *

每每听到有小姐先生以某种炫耀的口吻抱怨"都市"生活节奏太快或烦恼太多时,我就感到可笑,因为他们居住的"都市"实际上不过是一介弹丸之地,是一个小城镇,或者是一个人群比较集中车辆比较集中的村落。城市文明只是刚刚下嫁的女子,所以表现在某些人身上不免有些忸怩作态。他们所津津乐道的都市是怎样的都市?乡村的鸡鸣狗吠仍然惊动着城里人的睡梦,你站在街的此端可以望见彼端摆脱了缰绳的老黄牛正旁若无人地把拖拉机挤到路旁——所谓的都市上空仍然飘着来自乡村的炊烟,红绿灯仍然被人视为街道上倒还耐看的装饰品，人们大口大口吐痰，抢先上车，占小便宜，散布着流言蜚语，或者吊起嗓子学港台歌星一番。再不就前呼后拥地在大路上摆摆自行车阵，真的无聊了就到处瞅有没有不顺眼的人，如果有就上前去很威武地叫板……他们所以为的都市似乎就是几座楼房加几盏霓虹灯，他们的意识仍然停留在村气土气中，并且还有邯郸学步东施效颦之嫌，有点不伦不类，让人肉麻。

* * *

许靖华从恐龙及一些古生物的突然灭绝出发，对达尔文的生物演化规律提出了质疑，他认为决定生物生死存亡的是机遇而不是优越性。正是大自然的灾变促成了生物演化的巨变。同样，如果人类最后消灭了我们的自然环境，人类也会灭亡。

在生命长达十亿年的自然演变过程中，互助共存是通则，互斗而亡才是特例。地球的生命史上根本没有生存竞争这回事，更没有保存优秀种族的自然选择。许靖华在《大灭绝》的结尾这样说："根据我们从地球生命发展史学到的更古老的格言，我相信人类必须真诚相处，不要假装明了谁是适者，谁又不是适者。相反，我们倒应当对各种生命形式和滋育生命的各种方式采取兼容的态度。"科学家的那种关心人类生存的入世态度使其学说有了超学术超科学的意义。对现代文明的忧患足以使一位科学家通过科学以外的方式说话，他的偏激的言辞能否引起有良知的人的思考？

科学道德应该和艺术良心相通，真正的科学家不会只顾眼前利益而不考虑将来，不会为一点小利而导致环境恶化或更严重的后果。人类毕竟要共同在这个星球上生活，人类只有互助互爱才可能拥有这个共同的家园。

* * *

陈村《意淫的哀伤》中将贾宝玉与西门庆相提并论，认为二者是两个极端。

贾宝玉意之所淫，同西门庆行之所淫一样，都是无边的，其对象不可穷尽。

在对个别女性的态度上，贾宝玉与西门庆二者相同，都是多情或多欲，都十分认真。他们全心全意地投入，企求回报，收获却是异曲同工的失败。贾宝玉牺牲了肉体，为的是保全精神。灵与肉之间的这种抉择，不光是女孩儿对他的要求，也是他的必须。

为了不至于沦为蠢物，他必须纯情，必须无为而治。他只能走一条与西门大官人相反的路。西门庆的动到了极端，贾宝玉的静到了极端。贾宝玉以动心代替动身，始终保持一个正常男子的情欲和目光。曹雪芹是勇敢的，没让他的宝玉逃入见美不审的境地。

曹雪芹的勇敢在于，他无奈地写出了贾宝玉的爱不仅不是女孩儿家的福音，而是祸水。

贾宝玉一面欣赏女孩儿们的纯洁，一面又抗拒着纯情。因独得意淫二字，所以他不能不是孤独的。《红楼梦》前八十回中，曹雪芹始终在用太极推手般的法术，将贾与林的爱情这条主线置于不进不退的尴尬境地。曹雪芹是不能和不忍，而不是无能。

贾宝玉始终是个世俗中人，他在虚幻的伞下，放任自己的情思，从不拒绝女孩儿指向他的情与爱。西门庆可以无耻，贾宝玉却要固守高洁与趣味。他领略过两性间肉体最亲密的最高境界，因其不是出路，不过尔尔，便自觉压抑着自己对肉体的向往。

他将什么都看破了，却什么都不可说破。他常常想到将来，不愿苟且，在现实中便只能得过且过。信仰肉的西门庆失败了。他的肉一再盘旋，无法制造出新的意境和快感。信仰灵的贾宝玉也失败了，他的灵最终走向虚无。行淫殆于肉，意淫败于灵。

那么灵与肉之间完美的结合就是出路吗？肉欲补充以精神，精神补充以肉欲，这本身又是一种乏味的结合。出于本能的肉披着灵的外衣变得神圣，而灵一旦归结于肉又近于伪道德的自我欺骗。

* * *

新闻上说，美国人为了看一位荷兰画家的画展，在头一天晚上就连夜排队购票。我在思考他们何以会有对艺术的那份虔诚。艺术的感召力竟会如此巨大！这是人的欣赏水平使然吗？我时常想，是什么力量让众多的人痴迷地守候在大厅里等待倾听大师的音乐？他们洁净自己的思想而进入艺术圣殿，他们在艺术的享受中忘却自我。艺术是一种引导，是一种消解，是一种净化，是一种超越，是一种心灵境界的升华。艺术是人类休憩的共同家园。

可是我们的文化氛围、艺术氛围是如此淡漠，很多人对文化艺术一无所知，他们奢侈的精神消费至多是卡拉OK，至多是录像电视（这其中又包含着很多污秽不堪），他们其实是不自觉的奴隶，生活像一个玩笑，他们玩弄着自己，也被别人玩弄。

我想，我们缺少的就是这样一种环境，人们还不能放弃庸俗无聊，他们离审美的人生还很遥远。

艺术的星辰无时无刻不在闪耀并且辉映大地，我们缺乏那些抬头仰望星空并且渴望与之接近的人。

* * *

金克木《莺莺》一文从张生对莺莺要的只是"软玉温香抱满怀"这一感观上的要求，推出"男人心中不以女人是有血有肉有思想有意志的活人"。但女人又只是表面上蔑视男人色字当头的卑鄙，却仍然要掩着脸褪掉原本很贞洁的裤子，任凭男人去发泄去亵渎，莺莺就是这样；而脸皮厚又没心没肝的男人怎怕这些，张生就如此。

因此金克木就问："不仅看见女人身体还能重视女人灵魂的有几个男人？不过像老鹰，饥则来食，饱则飞去。不过是想吃肉，吃饱了就飞去了。"以男人为主体的社会关系似乎决定了这种两性关系。男人对女人的评价往往从色相出发，男人很少重视女人的独立性，男人把女人看成附庸，所以一般的男女关系之间无爱情可言。尤其是在中国。

女人的美并不只在长相上，女人的美应该表现在一种全面的气质上。她长得并不出色，但你不能不承认她的确很美。再者，对女人的认可、欣赏或向往如果仅停留在色相、肉体上，那么夫妻关系与嫖娼何异？如果仅是追求感观之快，不如去妓院风光。

* * *

鲁道夫·洛克在《六人》中，通过浮士德与唐璜、哈姆雷特与堂吉诃德、麦达尔都斯（罪恶的和尚）与冯·阿夫特尔根（诗人之王，世间罕见的歌手）之间的对比与结合阐明了灵与肉、智力与意志、自我与大众的关系。斯芬克司之谜要人回答的就是人本身。"人应当是他自己的救赎者。""凡是始终只想着自己的爱，是次等的爱；然而完全牺牲自我也绝不能给地之子们带来拯救。只有在联合中我们才会有繁荣。"没有灵光的烛照肉欲会向兽性回流，而失去肉欲的灵光会因失去依恃而熄灭；没有智力指导的意志可能走向偏执和失落，而没意志维系的智力又可能在犹疑不决或半途而废的阻遏下沉沦；自我意识曲张时如果忽略了公众会被公众抛弃，只注意公众则可能使自我丧失，只有让自我体现于民众并让民众体现了自我，才可能使一归于一，一高于一。

* * *

对痛苦的讨论结果是陷入更大的痛苦，痛苦源于认识和智慧，痛苦的消解方式只能是假象的掩盖，人们只能在有限的生命中安慰自己鼓励自己，要做到永不绝望。

人活着的过程其实就是一种自我精神的认同，赋予生活以意义，"意义化"实质上是人类自救的唯一出路。这是我的感受。当然，"无意义"也是一种意义，人与人的意识因其不同才显示出思考的重要性。"活着"在意识中呈现何种意义，只有人自己才明白。

* * *

鲁迅以他的文字和行动辉映了一个时代，他不但写了，而且像他写的那样生活了。他不远离社会，他敢于指摘，敢于恨，敢于针锋相对，敢于树立敌人并与之战斗。林语堂在《鲁迅之死》中称："鲁迅与其称为文人，无如号为战士。战士者何？顶盔披甲，持矛把盾交锋以为乐。不交锋则不乐，不披甲则不乐，即使无锋可交，无矛可持，拾一石子投狗，偶中，亦快然于胸中。"鲁迅把生命投入了战斗，他不能不战，不能住手，因为他知道战斗就是救助的一种。为民族而战为未来而战，鲁迅以决不饶恕的姿态与邪恶鄙俗拼搏，鲁迅投入战斗就再也不能住手，他不能松懈，他以自己的生命抵挡中国两千年的流毒……

鲁迅代表的是一种精神。向这种精神靠近本身就需要一种心性。你没必要强求所有的人都理解鲁迅，更没必要强求所有的人理解你。并且你还要准备战斗，投入战斗。

* * *

摸彩的时代。

很多人乐意进入设好的圈套，大家用共同的侥幸心理掏空早已缺失的自我，去填补整个社会的漏洞。用一种不足去装点另一种不足，这个时代只有借用掩盖来抚慰一颗颗投入虚空的心灵。应该珍贵的偏偏丧失了，丧失的珍贵偏偏成为一钱不值的自欺的等价物——拿尊严、灵魂换取奴役和耻辱，交出骨头，获取奖赏。

大众人格普遍物化，碾碎了本应独立的个人意识，把一个个自足的血肉之躯掺和、搅拌成一片混沌的混合人。这个混合人只以欲望与世界联系，他萎缩掉了所有的器官。亏是内耗，盈亦是难以缝合的多余，得失成了可以随意割取随意添加的肉，没有疼痛，更没有血。

摸彩时代完全由物质构成。

* * *

陀思妥耶夫斯基。

《冬日里的夏日印象》。可以看出，个性与"联合群体"并不矛盾。在我看来，恰恰是自私的、与群体对立的、不顾整体利益的人失去了自我，失去了个性——他们的独立意识、人性丧失在俗世之中，成了飘飞无定的尘土。正是那些悲天悯人、注重社会价值、将自己的行为与整个世界联系起来的人，才真正成为自我，找到了属于自我的真。

《地下室手记》。手记里的病人自轻自贱，心灰意懒，他追思着自己40年来的生活，感觉自己像是生活在地下室的"鼠人"。"鼠人"自认为是鼠，他有强烈的屈辱感，甚至他有残忍的、丑恶的以牙还牙的刻毒的报复愿望，但他又难以像那些"天性愚钝"的自然人、真实人，把报复看作是正义行为。他即使等到了报复机会，也会被"可恶的疑虑和问题"搅得心绪不宁，这样除了起初的刻毒以外，他会不知不觉地陷入一片臭气熏天的污泥浊水之中，"他只好就此罢休，讪笑着做出连自己都不相信的轻蔑的样子，羞耻地溜回自己的洞穴"。小小的"鼠人"一生都在这种恐惧、羞愤、不满中度过，他永远也难以自足，他在与世为敌与己为敌的状态中做出不得已的善举恶行，他的好坏都取决于外界，他的洞穴其实是心灵的避难所。

"鼠人"缺少的，还是自我承认、自主精神。

* * *

给自己的生活定一个意义，并且不遗余力地去完善它，这就是人一生的法则？

生命的诞生本来只是一个偶然罢了，但一个人出生后，就不得不穿上属于他的衣服。人谁也不属于谁。他不属于某个家庭、某个地方、某个国度，甚至不属于这个星球。但人总要有一种归属意识，他必定要被家族、地域、国家和地球容纳，于此，他不得不具备相应的家庭观念、集体思想和爱国精神，由血统、乡土或历史规定一个人的位置，鲜血流过空间和时间，让人艰难地漂泊世间。

世界越来越小。人类发展的严整计划性已经以先知的方式提前写好了，人其实是走进自己设计的剧情当中，充当永不失败的英雄。定性的和形式的，政治的和俗化的东西无孔不入，集约化社会化的生活像一架巨大的机器一样，修整和塑造着统一化、产品化的人。人类渐渐走向没个性没区别没履历的模糊时代。于是忙着用各种票据各种参照证明自己，最后却走向永无休止的追问——我是谁？

意义只是一次成功的假设，这"成功"也是假设：意义是一次假设的成功。

你认为这样生活有价值，于是你选择了这种人生，这种价值的人生只是在你身上假设成功了，在另外一些价值视野当中，你的人生可能一钱不值。你认为必定有一种东西是永恒的，于是你尊奉了，追求了，付出了。这种永恒只是在你眼里假设成功了，在你生命结束之后，永恒也会随即消逝，即使是那些流传百世的"永恒"，又有谁能证明它不会消失？永恒也只是意识上的永恒。但人又必须依靠意识生活，人必须确认一些什么，为"意义"寻求理由，并用各种方式去维护它。

人已看破了生命的历时性，未免不在绝望中寻求慰藉——如果不会安抚自己，人只能走向真正的永恒：死亡。

人死亡的是精神，留下的是肉体。但从另一方面又可以说，人死亡的是肉体，留下的是精神。前者是对死者而言，而后者，则是针对生者。人是靠精神延续的，但它又是依靠着血缘。血缘是人永难摆脱的宿命，它在很大程度上又决定或左右了人的精神，这是要首先正视的。如何摆脱血缘的浸染而回归自然？人的生命是不是就是一个自足的世界？一旦诞生，人就形成了一个宇宙，他谁也不属于，他只是宇宙中获得思维能力的一个点。他与一切具有生命的生物一样，他来于自然，也最终会归于自然。一切规定性的东西，都是人性巨大的丧失。人类共有一个家园，但人类进化、文明的过程却分割了这个家园。人类把自然视为可占有的财产，于是开始画地为牢，监禁自己。而事实上，这世界根本就不存在归属问题，存在的只是人类如何去除界限，如何回归自然的问题。

然而人类的真正觉醒还遥遥无期，个性的消失使人离自救之路越来越远。怎样抵达精神？形而上的境界如何走向人间？正是自私使得人失去了悲天悯人的情怀，同时也失去了塑造自我的机会。如何在生命之旅中树立责任意识和自主意识？如果每个人都看到了茫茫宇宙中那一个渺小的我，他必定能够懂得珍惜自己，进而珍惜每一个生存的机会。

* * *

是我越走越远了吧？我在寻找什么？人类诗意的栖居地在哪儿？

我在悲愤的回眸中更加确信自己，我认定一个人的生命应当以形而上的东西来提举，来烛照，必定要有一个信念支撑着，否则便剥离了附着在生命上的意义。现在似乎还不是太执着太独特，相反，我缺少的还是更执拗更个性的东西，我还没有极尽可能地走向完整的自我。走自己的路是很难很难的。你能拒绝人云亦云与流俗垢弊隔离岿然不动吗？你能对你不愿意的事说不吗？你能独守一室走入心灵吗？

缺少的正是异常、古怪、冷漠和高傲，你还没有胆量做一个与众不同的人。大众化普遍化还有什么意思，能够把自己从人泥中抠出来，自行其是，才是真正的生活。不要怕人疏远你，误解你，嘲讽你，这未尝不是好事。人类的精神决不会产生于庸俗无聊轻浮浅陋，人类的思考在很大程度上必须凌驾于庸常生活之上。俯首人间能有几人不觉悲悯？走进人间的思想决不能向潮流和时尚投降。这样的灯盏无需太多，它闪闪烁烁已凝集了人类最久远的光芒。

必须决意成为不放弃呓语不放弃梦想的人。这世界苦难太多，人类尚未完全睁开双眼。你必须用自己的声音触动这个世界，做一个启蒙者。纯洁、善良、勇敢、真诚，首先要做一个真正的人。做一个战士，对黑暗、邪恶、卑鄙一点也不姑息，你必须把恨、把反击永系心头。

* * *

我请你，请求你不要用一般性的成功标准来估价我，我只是用我的心灵去触及一个遥远的故乡，我做的决不是世俗眼光所能理解的。如果发表一两篇哗众取宠的文章就意味着成功，我情愿不去成功。我决不用我的文字去取悦时尚或潮流，你不要指望我用出卖灵魂的文字去换取所谓的荣誉或利益。我写，是因为我不愿屈服。为此我还要更苛刻地要求自己。我钦佩曹雪芹、普鲁斯特、卡夫卡那样的作家，他们把写作与生命融合，他们一生都在写作，却没有把写作当成跳板，他们用心灵写，他们写给心灵，写作就是他们的生活。如果你一定要把写作推到等同于职位的晋升或工资的提高这样的实惠，请你去找另外的人，我坚决不。

我有勇气就这样一直干下去，我想我能够这样毫不松懈地坚持一辈子。我不再害怕写不出"好"作品，只要我在真实地记录心灵就行。我放弃一切机巧的做法，放弃一切虚伪的招数，我只勤勤恳恳地劳动，真心诚意地生活。写作也是一种活法，但怎么活，还是在于自己。我相信自己的大气魄决不是虚张声势，我要把我的胸怀同整个人类、整个大自然紧密联系起来。我爱着自己，更爱着这个世界。所以我写，是给自己，也是给世界。我最终会把自己的血呈给人，真正的人。

* * *

我很是怀疑某些小说，其中某些唯美成分是否来自作者刻意的美化？像那些心地善良的女子果真存在吗？反正我在现实生活中没有发现过。

在我们身边更多的是一些愚昧、狭隘、丑陋，甚至卑鄙的事物，我们身边令人感动的人和事实在不多。我拿不出赞美的心情来。或许是我缺少发现的目光？我看到的和听到的，有没有值得倡扬的？

生活本身不尽如人意，美和丑往往又混杂难分，不是吗？可能是你十分鄙薄的人却奇怪地做了一件有人味的事。或许，就要用一种就事论事的标准。在村庄里，淳朴如何存在着又如何表现出来？人与人之间的真情怎样才算自然流露？必须把心灵沉下来，耐住性子去体验，把自己与所观察的人重合，去发掘他身上的闪光之处。不用对立的心态去思考，而是尽力去理解他人。每个人活着不是都很难吗？

* * *

我总觉得你身上缺少一点什么，好像是血性的东西。比如我觉得你不够豪爽，有点萎缩；比如我觉得你不够坦诚，有点虚荣；比如我觉得你不够坚忍，有点惰性；比如我觉得你不够踏实，有点钻营；比如我觉得你不够沉稳，有点卖弄……

……我用朋友的目光挑剔你，或许我对你的要求太高？我回忆着我们近十年的交往，我发现书信上的你比现实中的你多少显得可爱些,但与你多次正面的接触却使我一再失望,我已经很难再把你看成同路人了,我只能客气地把你当成一个还算说得过去的朋友。你的一些想法我难以苟同,并且我觉得你太世俗化太社会化了,从你身上我很难看出与众不同的地方,我多么希望你表现得特别一些,哪怕有些古怪也好啊。可你实在太容易屈服太容易改变了,你急于推出自己,于是也失去了自己,你没有保留住你身上的血性。或许从一开始,你就根本不具备艺术家的真诚和勇气,你至多只适合搞一下通俗的、营利的东西。你的确守不住寂寞。

* * *

严格的称谓观念也是等级形式的外在表现。人的繁衍生息代代相传,本身就像层次清晰的有序排列,因此,父母子女姊妹兄弟秩序井然——严格意义上的衍生过程应当是这样的。但血缘关系的发展远非如此简单,也就是说,非同一层次的异性结合,很容易就打破了这种次序,这就造成了称谓的困难。

而事实上生命的产生仅是精子卵子的偶然结合,谁也难以辨别它们是否属于同一时间层次。那么,也就难以判定一个人究竟属于哪一层次。这种无序的点阵结合方式最多只能在小范围内确定伦理、血缘关系。扩大一点说,每一条生命,无论其生活地域、生命时间长度如何,对于茫茫宇宙来说,其称谓都可忽略。再宽松一点说,对于选定的时间标尺,人只有长幼之别,年龄成为称谓的主要标准。

人类的文明程度也表现在称谓上。过分追求称谓的严格,只能陷入一种悖论,一个人可能弄到最后要叫自己为叔叔或侄儿。

由血缘为纽带联系起来的人际关系是农业文化的突出特征之一,在农村,人们还生活在称谓的泥沼之中。城市文化打破了这一樊笼,使人更趋于走向独立的自我。但城市文明仍未摆脱称谓的束缚,本家、亲戚仍然是确定无疑的集团组合。

人际关系仍以此为基础。"近"与"不近"的判定还是要靠早已模糊的血缘,称谓还存在于人的潜意识之中。

冲出称谓的束缚或许是全人类的事。尽管西方对此淡化了许多,却依旧还残余着来自民族社会的那种排他心理。"世界大同"是指什么？"全世界的人都是兄弟姊妹"仅仅是一个口号吗？破除称谓观念是人类走向真正平等的开始。站在同一层次上——每个人都是大地的孩子，我们大家都一样。

* * *

20世纪已近尾声，100年的风云变幻皆已飘散，所有人应当感谢的是那些伟大的思想者，他们面对世界，独立思考，他们把中国唤醒了，再引导她走上征途，他们积极探索着，并以自己的行动对未来负责。我的生命正处于这个世纪末，我有责任面对纷纭的尘世做出正确的价值判断，我思考着，不怕上帝发笑。我在思考的同时不得不追溯那些可敬的先行者，所以我回眸这个世纪，同伟大的思想交谈，我力求抓住这100年的灵魂，因为我要面对的，是下一个世纪……

从五四运动到今天的文化论争，面临着的，都是一个启蒙问题。五四精英们激进地捣毁孔家店，号召全盘西化，从总体上看还是要求我们摆脱封建思想，从而走向个性的自觉，进而达到世界大同之目的。而当今再度燃起的文化争论，无论在人文精神、价值重建、理想主义哪一方面，人们面临的仍然是反封建的问题。

农民意识存在于广大农村，也存在于都市，集体意识（或无意识）基本上还滞留在封建模式中。再度提出启蒙似乎又回到了五四时期，但启蒙的确刻不容缓。

这不是文化界或思想界的问题，也不是学者思想家的书斋文章，它需要与经济发展同步进行（这里的"同步"当然不是依附，同步指的是启蒙要与经济发展共同前进，思想不是经济的胎儿，思想在一定程度上要超越经济）。

现代科举制度造就了应试人才，应试人才上升进而形成了应试制度。为了应试，人们不得不背教条、实践教条，社会于是倒退回腐朽陈旧的状态中。人们仅仅从"小康"式生活上，感觉比过去进步了。但实际上，人脑和电脑里装的，大多还是早就被先知们痛斥和摒弃的东西。启蒙也就成了当务之急。并非思想者们写几篇文章就能形成气候，思想进入民间还需要一种力量——什么力量？

* * *

你说从初中时就觉得我卓尔不群品性优秀，你说我当时的诗闪烁着超越年龄超越庸俗的光芒，你说我的思想已透露出一种咄咄逼人的个性……我回忆着我的少年时光，咀嚼着那些诗歌岁月，我承认我在灵性上具备一种自发的自足的精神，它在一定程度上排除了世俗的干扰，像山野里一棵自在成长的树。这对于一个人来说不能不说是一种幸运。我任由心灵发展，这就不自觉地形成了独立完整的自我，使我敢于去藐视去揭露去斗争，我要保持灵魂自由飞翔。

但现在我回视自身，却发现自己似乎正在像一枚逐渐收缩的干果，再也没有丰盈浓郁的汁水，我感到自己枯燥无味，好像还有点力不从心。我去除了很多狂想很多纯真，我在力图把自己安稳下来，一点一滴地、小心谨慎地、不急不躁地去做一件件不起眼的事，甚至是琐碎、无聊的事。我把自己沉下来，冷静地面对嘈杂，我一点都不急着抛出自己的想法或做法，我还要找一些不引人注意的朴素的东西把自己隐藏起来，我觉得静下心来做自己想做的事再幸福不过了。

也许我并没有失去那种天性，我只是又回归到深层的真实里罢了。这其实还是操守自己保全自己的一个办法，像一只蚌，把沙子一层层包裹起来，把痛苦孕育成珍珠。

你可能是与我最谈得来的一个朋友了，能有一个可以交谈的朋友实在难得。更多时我沉默着，有时就拿起笔，与纸交谈。与你交谈使我关闭的心灵敞开了，虽然我们有分歧，但我相信即使错误的观点也带着真诚，我会珍惜。

请你注视我的孤独。

* * *

对权力的向往造成了太多人对权力的屈从，为官的君临一切，人们成为权力的附属品。那些稍有一些职权的人成了特殊公民，公共利益的损失促成了个人私利的满足，这已成了心照不宣的共识，不合理的由此变得合理。

* * *

只有在冬天，大自然才肯毫无羞涩地坦示自己，让有心的人看到它不加掩饰的缺失。鸟飞走了，树叶死了，山单调了，水沉睡了，冬天以静止的方式表达着生命的力量。

冬天更像一个流浪的人。他一无所有，他只拥有心灵。这样一个丢弃了重负的人，只用坚忍和沉默诉说。这种声音如同风雪一般，抚过这根树枝，又扬起那根枯草，它敲打着某些关得很紧的窗户，全然不顾会遭到怎样的拒绝或记恨。

我注意到树上那孤零零的鸟窝、蜂巢，它们随风摇晃着，像颤巍巍的老人。

这被弃置的家园，最终将以飘落大地作为永恒的归宿，只有大地会收容它们。

* * *

"有的人生活，有的人提炼生活。"你在生活中被溶解了，你就成了生活的附庸，你属于生活，但生活不属于你。

你在生活中保持着自己，你处于生活之中又能把自己与生活区分开，你把握着生活，活着才有意义。

让生活进入意识，在自己的意识里生活，这样的人生才会有滋有味。盲目地活等于没活。"未经省察的人生没有价值。"你对生活有自己的认识，便能确立自己在生活中的位置，从而决定应该怎样做人。在生活中，你是智者，你对生活了如指掌。

第四季

……就是那孤单单的几个人，成了人类最有希望的一部分，他们是人活下去的勇气。所以，我要不遗余力地去抗争，哪怕去死。

我要自己沉寂下来，我深知无言的重要。……默无声息地走路需要多大的耐力啊，忍住一些什么，一个人就是要平静地走路。现在，我宁可孤立起来，宁可与自己为敌。

……把自己领上灵魂的祭坛，情愿充当人类精神的最后一个守卫者，要给自己明确责任……永远都不能退缩。

* * *

人在最孤独时才自觉地返回内心，观照自身，他在自己心里流浪，他在最绝望的时候终于找到了生存之根。

一个人活着靠的是他自己，在心的世界里，人毫不虚伪地为自己流泪。这世间需要同情的事物太多，只有那些失去灵魂者才满不在乎地活着。一个人活着怎么能没有责任？人类还挣扎在混沌之中，走向孤独的人才获得了审视自身的机会。有谁在痛苦地思索着？他把整个人类认作自己的命，他就那样固执地拷问内心，他在寻找精神的高原，他要像鹰那样自由翱翔，他把思想视作生命，他要用崇高的思想去拯救卑下的思想，他已不能继续坐视不理！

怜悯这个世界。人需要有一个博大的胸怀，容得下人类所有的苦难，忍着痛去救助。救助别人还得冒着被敌视被围攻被仇杀的危险。这需要多大的勇气啊，甚至注定了要准备失败准备牺牲。

人走进孤独其实是迈入了死地。

为了捍卫生命的真，甘愿去死……

* * *

看来我还没有真正进入内心，外界一点诱惑就让我动摇了。问题是我能不能甘于清贫甘于寂寞甘于无为。为了自己的信念而埋头苦干拼命硬干，这需要勇气，也需要耐力，必须坚守自己认定的目标。

……

我还需要继续修炼，要真正能做到岿然不动多么不容易！正因如此才能判定一个人属于哪一类。就这样一点一点累积着，生命的重量才能一点点增加。浮名如枯草，挡不住一阵风。那么，在能保证正常生活的前提下，就不必费心思去囤积财物，囤积优越感、出人头地感。最重要的，是心灵取得的场地，是精神占有的空间，唯其如此，才确实得到了生活的幸福。

* * *

如果偏激一点，我认为现在要砍掉那些庞杂的电台、电视台、报纸、杂志，不让那些矫情的声像、拙劣的文字去混淆视听，甚至教人堕落、犯罪。砍掉那些不负责任的传媒，让社会的眼睛和耳朵不再遭受那些煽情信息的强奸；砍掉多余的传媒，让传播更有选择余地，从而也让接受者更有信赖感。为了保持文化的尊严和纯洁，就要开展净化运动，清除垃圾以及垃圾制造者。电台、电视、报纸、杂志不应当是某些牲畜排泄脏物的马桶，更不能做让他们上吐下泻的直接出口。

如果保守一点，我认为现在人们接受的不是太少而是太多了。各种各样的说法、做法、活法充斥耳畔、眼前、身边，人们已无暇分辨真伪优劣。所以，还是让声音少一点好，至少可以让人的心灵有一个空间，从而有所思索，有所取舍。声色犬马最容易让人忘乎所以，失去准则。让人们安静一会儿，不要用无休止的信息攻势侵占心灵的自由机会。让节目少一些，让版面小一些，文化传媒要传播真正有分量的"干货"。所以，有时候，就要对电视机、收音机、报刊书籍表示拒绝，对某些文件、潮流、时务、舆论表示拒绝，对专靠嗅觉读书的"文盲"表示拒绝。

不妨做一次与尘世隔绝的隐者，做一次与心灵贴近的自己。

* * *

还是不能急于说话，还是要沉下心来，去观察去深入去思索，要坚信，越是沉得深，越是接近那个高起点，要沉默不语，敛起所有的欲求，只是用心积累着生活，剖析着生活，让生活最终显露出坚硬的骨骼，只有如此，才能摇撼人类灵魂。这就需要继续锻炼眼力，当然眼力之所及，最终还是决定于心力。

愿意去真实地生活，不温不火，带着爱心去体味、体察这个世界。

准备着，最终说出去唤醒灵魂的话。

那样的话语无需太多。

* * *

哲学是一个人精神的自觉，它超越了日常价值而寻求那个来自生的恒常意义。

某些既成事实或社会观念在哲学的手指下不值得推敲。

思，才能意识到活着。无论思指向何方，这个过程就是生命之途。

生只是一个平面，耽于规则耽于现状的人，他没有移动脚步，这无异于死。

超越世俗的思想是使生命激活的要素，唯其如此，人才能诗意地安居。

聚敛财富，追求吃喝，沉湎玩乐是动物本能，如不从中解放出来，就不具备自由的灵魂。

除了满足生存之需、生理之需外，人还要满足心理之需，那就是哲学和诗。

* * *

那个杀人犯鲁荣福就是诗人阿橹，听到这一报道后我一点也不感到震惊，我似乎稍微一思考就宽宥了他。或许他本人也不需要同情？我觉得这不是诗人个人的悲剧，这应是一个社会的悲剧一个时代的悲剧，诗人忍无可忍了吗？

阿橹出身农家，他靠自己的努力和才华上了大学成了诗人。他的作品多次在国内外获奖，他当然也愉悦于自己的这点声名。但这并不能改变他心里的那种自卑感，他痛恨那些毫无才学却靠着逢迎拍马、父母荫庇或钱财开路而居高位享奢华的人，他迁怒于这个社会。他也开始向往金钱了，他的工资、稿费收入远不能靠近汽车、洋房，况且他常年带病的老母亲还需要一大笔钱款。于是阿橹去炒股了，他遇到一个农村来的股友。那个人渐渐赢得了阿橹的信任。因为炒股见效太慢,股友与他商议杀人夺钱。阿橹同意了,他要用这种方式报复社会吗?杀人的事成功后,阿橹坐卧不宁,经常做噩梦。后来,台湾邀请他去参加笔会,但单位领导不同意。他便伪造了单位证明,办了签证。阿橹在台湾发表了长篇讲话,讲神圣的诗歌,他赞美诗歌的圣洁。回来后阿橹被单位解职。于是,他更觉愤恨难平。他决定,把那领导结果了。阿橹又一次杀人。

阿橹已为死囚。报道说,如果事情不败露,不知他要杀多少人才会罢手。还说,阿橹自己也弄不明白,他那么热爱诗,为什么却走向了诗的反面?为什么要残忍地夺取别人的生命?

诗人是否无辜?如果从金钱出发,他的行为十恶不赦。一个诗人原应保持心灵的那片净土,视名利为草芥。如果是从不满出发,这种报复却也值得思考。

诗人也是人。诗走向了神圣,灵魂走向堕落,究竟是什么把它们撕裂开了?

这也是死亡的叩问吗?

* * *

文盲文化——是不是可以这样说,那些低层次的传媒,像某些报刊、电台、电视台,尤其是地方的,尤其是电视,传播的是文盲文化。"识字"的人不去看它们,只有文盲才趋之若鹜,津津乐道。那些粗糙的甚至低级下流的节目不需要文化水平去欣赏,有时甚至能吸引学龄前儿童围坐并击掌,他们不需要识别,只需要从画面和声音里汲取所需。文盲文化由某些"文化人"制作出来,实质上,他们也和文盲无异。他们制作的东西连起码的教化作用也起不到。能"扫盲"吗?恐怕这种文化只会更加蒙蔽人的眼睛,使盲者更"盲"!

必须扫除文盲文化。

* * *

注意到你的边缘身份。

首先你是农民之子,来自农村的土地。可是你又通过一种途径

（考学）取得了法律意义上的城镇户口。你实质上是站在非农业户口簿里的乡下人。你被命运从原有的大家庭中"扒"出来（我这才体会到扒户口的含义），独立成"户"。这仅仅是一个标志，可你的确具备了非农业的身份。于是你又要有所改变。

你改变了语言。把爹娘、馍馍改叫成爸妈、馒头，把干活、歇着改说成劳动、休息，把农村常有的没白没黑美其名曰加班加点。你尽力进入城市话语体系，你学着说你好、再见之类的城市礼仪，多少显得有点生硬。

你改变了装束。你扔掉了布鞋、草帽，开始西装革履，你扔掉了手上的茧子，戴上了戒指，你扔掉了背了多年的手缝书包，换上耀眼的真皮包。你竭力进入城市服饰潮流，你扎上领带走在城市的街头，已经没有一点村气。

你改变了举止。你习惯了握手、接吻，体面地交友、恋爱，你习惯了舞厅、酒吧，娴熟地抽烟饮酒，你习惯了无聊扯皮，应酬着麻将甚至黄色录像。你竭力进入城市的举止模式，你双手插在衣兜里，竟然有些自负的意味。

……

你喜欢如绅士一般欣赏别人称呼你为先生，你的确开始城市化了。可是尽管如此，你还是处于城市的边缘，那些"正宗"的城市人不会轻易地把你纳入他们的体系，甚至还会排斥你。

况且你还要不时地"返回"，返回原有的户口簿里。你就那样一派洋气地走进仍然土气的村庄，你的话多少让爹娘听来别扭。或许你还会本色一些，往吃惯了鱼肉大米白面的嘴里塞一些萝卜菜煎饼，或许还会操起镰刀去田里割几捆麦子，或许还会随和地蹲在叔叔大娘院里给他们拉拉家常——你又回到原来的样子了。你喝着家里的大锅烧出来的有点油腻的茶水，你看着屋里为你考上大学挂上的匾额，你容忍着院里的不整不洁……这就是自己的原来啊。你嫌弃她吗？你是不是想推倒大锅，摘下匾额，拾掇拾掇院子？你想让她摆脱原状吗？有些原状必须保持，有些粗陋不能触及，只有这样才能拥有一个完整、一个真实。她让你睹物动情，让你不由自主地感动。

毕竟你是农民之子。

可是农村的土地不再收留你。你在乡亲们的眼里已是另外一个陌生的模样,你不再是他们中的一员。你又处于农村的边缘。

你处于一个夹层。尤其是你,工作在一个小镇,更使得边缘身份明显而突出。

这儿不是城市,可你却有城市身份;这儿是农村,可你又不是农民身份。相对来说,这儿的农村气息更浓一些,因为单位里就有实验田,走出大门就见农田。

身边的同事大都与你相似,外面就是与自己的村庄无异的村庄。这样又很容易淹没你的意识。

边缘状态也要保持?

还有另外的边缘意味。

* * *

"一切事物,在转变中,是总有多少中间物的。动植之间,无脊椎和脊椎动物之间,都有中间物;或者简直可以说,在进化的链子上,一切都是中间物。"(鲁迅《写在〈坟〉后面》)

在分析人的类群状况时,我曾用简单的二分法将其区分为"强/弱"两个对立互补的方面,从而就有:特权层/隶属层、胜利(成功)者/失败者。

特权层因为被纵容成为胜利者,他们因此具有优越感,从而贬低或轻视隶属层。而隶属层因为受压制成为失败者,他们因此产生自卑感,从而不满或羡慕特权层。于是无论是特权层还是隶属层,都有一个共同的生存向度,即占有特权。

占有者沾沾自喜,尚未占有者期望摇身一变。社会就在这种传递与转化的过程中发展,人们在使用特权的欲望中获得快感,特权既是起点也是终点。所谓"是官强如民,官比民贵",哪怕只是一个受雇于人的合同警、办事员、拦路虎,也要趾高气扬地让小小的职权发挥尽可能大的威力。

以权谋私这个成语一针见血地指出了"权"的效能就是"谋

私"。以"私"为出发点而去占有公众权力，最终以服务于"私"结束。"私"之所以能够获得地位、尊严、荣耀，却还是因为它以"公"为理由和借口。人类从野蛮、蒙昧进步到文明，从酋长、国君、皇帝到总统，始终要把全部权力分割给一部分人掌管。大家期望那一部分能为全部服务，所以就要认同他们的权力。这种原始目的使得权力成为公众契约，人们必须服从或遵守。在历史的演进中，权力渐渐曲张，渐渐篡改了原有的契约，然而因为固有的程式观念，人们仍然对扭曲的特权保持无意识的认同，仍然服从和遵守那种"偏离"。时间长了，这种偏离又成为共识中的正统，谁站起来反对，谁就是异己，是不识时务。社会就是在这种可怕的认同和服从下缓缓流动的，特权层与隶属层相互依存、相互转化如阴阳鱼一般完美。这个世界上不满的人太多，他们诅咒着特权，却又向往特权，他们认同不合理、不人道，他们又时刻在寻找制造不合理、不人道的机会，摇身一变确是理所当然。

"现在这社会人越坏越吃香。"我苦涩地品味着这一流传在民间的俗语，我感到心寒。人们的心理已经失去了起码的标准，这就是认同。社会心理从而遍布流毒，人们已经为目的而不在乎手段。

很多人都在期望摇身一变。曾听人说非得再有一次"文革"才能改变腐败状况，因为缺少惩治腐败的执法者，腐败才如此盛行。且不说这种说法本身的荒诞，单说假如老百姓真的把腐败者打倒了，新的权力层由谁充当？恐怕权力的占有者不可能是善意的领导者和勇敢的战斗者，很可能倒是那些对权力觊觎已久的人（隶属层？）摇身一变成了新的替代物。况且，即使是最初的反抗者占有了权力，他们的动机也值得怀疑，他们的立场也需要考验，他们的本来面目也要让时间来澄清。他们也会摇身一变。历史上，这样的例子一再重复，比如朱元璋和蒋介石。

缺少的是"中间物"？缺少的是那种"走出来"的人？

社会发展需要转变，但不是那种轮回式的转变，这种转变应当是更新——谁能拒绝诱惑，不再走进历史的深渊？他应当坚持，应当做"特权/隶属"之外的中间物。那是人类的希望？

　　　　　　　＊　＊　＊

　　自然环境、社会环境、心理环境应当是一个作家深入把握的三维空间，它们互有包容互有重叠又各自独立，一个作家应当自由地分解整合它们，使得作品有巨大的内涵。尤其在自然条件恶化、失衡，社会状况混乱、芜杂，人的心理世界浮躁、盲动——这种情况下，一个作家更要自觉地把握自己，坚持人类最起码的良知。

　　任何时代都少不了必要的分化，作家有真伪之别丝毫不让人奇怪。那些把写作当成杠杆的人有一个"伪"支点，他们能撬动什么？真正的作家就是敢于避开流俗而执着地为人类精神歌唱的勇士，他们具有强烈的使命感和生存的悲剧意识，他们勇于探索，是自觉自在的诗人。

　　我有时也不免这样认为：成功的作品在很大程度上是反时代的，作家们的文字是命运的前奏，往往揭示了一个社会的发展方向，代表了普遍的社会心理。一味地歌颂只能蒙蔽人欺骗人，它让人放松了警惕。一部耐得住咀嚼的作品怎能没有忧患意识？忧患正是发展和进步的前提。

　　　　　　　＊　＊　＊

　　文学评论应从思想史的角度观照中国文学：从作家人格到作品内涵到社会观念把握中国文学，尤其是现代文学的发展及其得失，从理论上指出中国文学的出路。反映在作家本身、作品本身及社会本身的思想是否统一？一个作家应把目光投注在何处？他的作品要反映什么？他应怎样把握他自己？他的作品与社会的关系是什么？……

　　这可算是我在对中国现代文学的探究稍感入门时找到的一个切入点。

　　思想——呈现在文学中究竟怎样才不可摇撼、贯注古今、直指人心？反映在文学作品里的伪思想与真思想怎样才能澄清？如果一个作家没有立场，他所留下的只能是人类的流弊流俗，他所起的作用只能是蛊惑人心、助长通病、阻碍或延缓人类思想的发展，这种不良导向实质上使得某些作家成了千古罪人。当然这种危害是潜在的、隐蔽的,甚至可能源于某些良好的意愿。一个作家怎能不有所坚持、有所立场,他怎能随便妥协、认同?一个真作家就要有敢冒天下之大不韪的勇气,面对社会垢污他怎能甘心被染,他怎能泯然如同众人?他应当在保证正常生活的前提下,下一个为人类为未来写作的决心。也就是说,他要有写一部(哪怕就是一部)不准备发表、不希图被当世承认的心灵之书的打算。这可能是一个作家一辈子的事,但作家要负的责任却不止一辈子两辈子,他要面对的是一个永恒。

真正的永恒应是心灵的歌唱,是人类血脉相通的命运之诗(思)。"思想"怎样才能永恒?它怎样才能超越时空而烛照人类、让人类诗意地生存?这当然需要作家在孤独的操守中做清醒的、干净的思想者、探求者。他注重的不应当是短暂的社会效应,或者生前的名誉、利益、权势、地位,死后的影响、口碑、史迹,他注重的应是支撑人类生存、发展的东西。至少,他应做到必要的提醒、推动,哪怕只是一句忧患之辞。

思想是全人类的实质。尽管文学本质上是一种呈现在话语蕴含中的审美意识形态,但它的意识形态性决定了文学的巨大能量在于思想。作家、社会、作品三者之间的联系及其终极取向还是在于思想。一个作家不能是宽容一切的"百忍堂",也不能处于逃避一切的三界外。他应当是社会的介入者和深入者,他置身其中又有选择、有拒绝、有指斥、有抗争、有还击、有制止。他是社会思想的引导者,有时过于超前,走得太快太远了,就成了孤独的流浪者,被人视为怪物。作家就要敢于孤独、敢于远行、敢于被抛弃,他就是要相信自己所抵达的地方正是人类最后所要栖居的家园。当然,他的思想去向应是人类的总体去向,这就要求作家思想是包容性的,作品思想是前卫性的,它们源于社会思想又必须高于(或超越)社会思想。对于作家——真正的作家来说,这个要求是最起码的起点,又是不易抵及的终点。很多作家也明白作品必须站在人类的高度上,可愿不愿站、愿站能否站上、站上了又该如何——站在人类的高度的确是好说难做的试题,一个作家要想做好只能尽心尽力。这本身又是一个考验。于是分化出现了，出现了真伪。作家面对社会也要像其他人一样有所分化。有些人伪得如真，欺世盗名；有些人真得像假，排在主流之外。文学也被世俗化、功利化，真正的作品不能期望被多数人认同，它像一颗被冷落的种子寻找确实属于自己的土壤。

　　写作本身就是一种心灵操守。那么，作家就没有专业和业余之分——如果不仅仅把作家视为一份职业的话。卡夫卡从来没从事过专业创作，但你能说他是业余作家吗？某些才子夜以继日地炮制和抛售让人应接不暇的"作品"，我却不敢恭维他们为专业作家。立场变了，身份随之转变，我们要看待的还是最本质、最真实的——思想。

　　从思想史的角度观照文学只是一个途径，我应当为自己的探寻而付诸行动，用文学为人类做启蒙和救赎，像黎明的灯盏，献出最后一点光，不再害怕熄灭。

* * *

　　似乎，作家致力于写作的一个重要目的就是终其一生赢得一个话语资格。

　　街头巷尾茶余饭后的话语无资格，那些声音的寿命只是那一刻，人们随便地就能说这说那，除非在三缄其口或莫谈国事的年代。这些民间话语当然不是被全部消灭了，它们中的一部分可能进入文人话语之中，被作家们借用或改造了。于此，话语的生命力呈现出来，不只影响一两个侃客。

　　作家穷其全力将话语推出，可能有两个目的：一是借话语为自己赢得资格；一是借资格扩大话语的影响。作家面对社会选择和社会风气再也没有中间道路可走。因为在多数情况下，大众看重的不是话语，而是资格。所以古往今来作家走的多是以文取官的路子。李白一生跋扈，也未免屈尊去做皇帝老儿的私人秘书。

　　作家以文换名，被社会承认本是无可厚非之道。可一旦以名卖文，以文取巧夺利，话语随即失去独立性，成为从众话语。这样的话语一钱不值。

　　话语资格应当是一种实力。它不是媚俗的产物，它是心灵的勃发。真有实力的话语并不能仅凭是否发表、是否出版、是否畅销来衡量，它的资格最终要用时间证明。真正的话语资格是一种共识，一种信赖，它先于人的意识而存在，它代表了普遍的人类精神。这种资格如同星座，它好像在变化、移动、消失，然而真正变化、移动、消失的，却是面对它的一茬一茬的人。

为时间写作，让话语指向未来；为空间写作，让话语指向世界；为心灵写作，让话语指向人类；为全人类的未来写作，把话语资格建立在无私的天地之间。不能把写作当成捞取资格的手段，也不能借资格掩人耳目。沉寂下来，写一部灵魂深处的书。甘愿用一生的时光，孤独地歌唱……

* * *

茅盾是那个时代的眼睛，鲁迅是那个时代的心脏，郭沫若是那个时代的嘴巴。

他们或观察或思考或呼号，他们用自己的方式理解和感受生活，成了中国现代文学发端的三座高峰。对作家进行深入的研究可能会发现他们也不无例外地表现或隐藏着某些难以服人的东西，甚至可能有鄙俗之处。

作家在生活中的表现和在作品中的表现有必然的联系。作家首先要具备一种坚不可摧的人格，他经得起颠簸和非难。写作是一种生活，作家要努力进入他的理想。要写出好作品，首先要活好自己。

* * *

一个阵营即使表面多么统一和谐、步调一致，也不能排除内在的分野。即使牺牲的全是烈士或英雄，也只能说那是从结果和现象上做出的硬性判断。不同的目的（尤其是终极目的）可能带来一致的行动，所以鲁迅说："对于敌人，个人主义者所发的子弹，和集体主义者所发的子弹一样地能够制其死命。"往往一些堂而皇之的理由掩盖了一些罪恶的目的。有人盲目跟从，有人心怀叵测，有人悲观失望，有人别有所图。所谓高尚，往往是人们根据结局做出的简单定义，并且可能出于某种需要。如今树立的种种典型不就是这样吗？人们理解中的英雄、先进似乎不应是带有宣传色彩的，它理应来自真实。这种真实只有被宣传者本人知道。

* * *

共和国成立之后无疑进入了颂歌世界。作家们从万恶的旧社会来，面对新生活自然要放声歌唱。他们回忆着壮烈的战争岁月，感受着火热的社会变革，故而当代文学最初的十七年（1949—1966）自然而然地出现了两个视野。《红旗谱》《红日》《红岩》《保卫延安》是记忆尚未远去的战争，《创业史》《三里湾》《山乡巨变》是写的眼前发生的变革。作家们对党忠诚，这种过分的忠诚带来了夸大和回避，党的"偏见"使得作品大都成了应时应事之作，成为政治的帮闲。

作品的革命英雄主义和大公无私胸怀多少有些虚张声势，即使那时情况的确如此，人们的用意也颇值得怀疑。那是一个脸谱化的时代，连作家也不可避免地被"脸谱化"了。他们在狂热中没能保持冷静，作品也自然成了义气之物。人们不能怀疑作家本人的赤诚，梁斌、吴强、杜鹏程等都是经历过战争的战士，他们的感触是真实的，但这种感触是胜利者的感触，他们站在胜利者的角度看待战争，当然未免片面。他们肯定"我""我党""我军"而忽略了历史的另一面，连人民也被他们统一化了，成为"我们"。这是一厢情愿的伟大。人民战争当然值得大书特书，但往往绝对化、简单化。

赵树理、柳青、周立波是土地之子，他们无一例外地置身农村，成为那场翻天覆地大变化的忠实目击者。

他们欢呼着几千年来的大转折，赞扬新人新事，批判恶旧势力。在新旧交替之际似乎总需要有破坏者，有犹豫者，有先进人物，人被粗暴地划分开了。作家给每个人都扣上一顶帽子。面对社会变革，人们的反应固然不同，却未必一定有某种用意。那种表面故事而今看来如水上浮萍，并未深及人心。当时农民所想如何？

作家以知识分子的思维逻辑替他们思考了,这种思考怎能不打折扣?

在和平时期描写战争,尤其要注意立足点。

在变革之际描写变革,尤其要保持冷静。

要警惕颂歌,颂歌尤其值得怀疑。一个作家如果丢弃了忧患,很可能失去分辨、剖析能力。没有完美的历史……

退一步看社会,不闻风而动,这样才有甄别,有立场,否则只是政治动物。

* * *

城市优越意识与乡村自卑感。

封闭在城市的人偶尔来到乡下很可能或多或少地带着某种优越意识,甚至可能盛气凌人,飞扬跋扈。他们的地位或富足使他们占据了心理优势,说话行动便带有不可抗拒的主动性,即使明显的错误、无知也不容明示,更不可嗤笑——城市的优越感使他们带有不可辩驳的偏执。他们的生活圈子使他们精明得近乎粗暴,简单得近乎盲目。他们或许用嘲讽、揶揄的态度戏弄显得呆头呆脑的乡村,或许以慷慨恩赐的态度接济尚且落后的乡村,或许以掠夺占有的态度搜刮自视鄙俗低贱的乡村,或许以仇视诋毁的态度污蔑本已飘摇无根的乡村。那样的优越感纯粹是建立在无知和偏见之上的,至少说明他们还不了解社会的全部。人的生活地域的区分造成了生活模式的区分,从而形成了心理文化上的差距。如果持一个端正的态度,就应当理解乡村,宽容乡村,而不是居高临下。

作为一个农村人与城市交往又应当持怎样的态度?与那种优越感相对应,农村人往往又有一种自卑感。他们在城市面前不由自主地就流露出对"公家人"的尊崇与抬高,即使他并不信服城市的夸饰与炫耀,也不得不顺着他们,附和他们,最多在心里暗笑一番:不是这样的,城市人就是有意思。有意思吗?这其实是一种悲哀,可这种悲哀又有谁体会得到?乡村自认低人一等,他们把自己排除在"公家"之外,对吃公家饭的人理所当然地高看,乡村把自己排除在了社会主流之外，乡村似乎就是一种多余。这种多余，还是由于乡村的实力决定的。乡村完成了养育城市的使命，便被城市无情地抛弃了。乡村的经济基础薄弱，说起话来当然气短。即使偶有暴发户，却又流露出一种小人得势的嘴脸。这种心态的转化其实也需要一种博大胸怀，需要一种穿透两种生活的目光。

　　大致整个世界，东西之间也有这种反差。发达国家的优越感与发展中国家的自卑感也客观存在着。人类的和谐远非几个条约几个联盟就能解决。

* * *

　　在《读书》上看到一段黎澍遗文："我们过去以为只要宣布革命的胜利，理想也就随之实现。错了。革命的胜利意味着敌人已被打倒，理想未必因敌人被打倒而实现。理想能够实现，还有一个实践检验的漫长过程。不到这个过程结束，不会有终极结论。过早的欢呼声，无非说明我们全是易受欺蒙的群氓而已。"黎澍被称为继马寅初、顾准之后中国20世纪下半叶的第三位思想家。仅从这一节文字即可看出他思想的犀利。他能身处漩涡而不被淹没，保持了冷静而大胆的思考能力。思想者们在时局变幻身陷囹圄时仍不忘思索，并且不屈不挠，始终坚持真理，实在令人钦佩。有时坚持就意味着人格操守，坚持到最后的人终于被历史确认。

* * *

　　中国的粮食在市场上是一种可怜的受支配受操纵的商品。它的价格往往不因市场规律而动，反而服从政治需要。成本极高的粮食本身并非含有那么多的价值，因为它的社会平均劳动要用国际标准衡量。但中国农民的积极性需要提高，于是政府在1993年对粮食大幅提价。这当中的经济规律未及细究，不过得到实惠的粮食生产者并未注意到物价上涨及生活水平普遍提高的因素。况且，扣除各种摊派和投入，土地的生产能力远远达不到那个索取。种地成了一种无奈的依附。粮食是寄生在社会经济上的奴隶，从而也决定了农民的被支配被操纵、俯首听命的命运。中国农民所掌握的粮食还没有堆积出可以扬眉吐气的高度，所以，即使去交爱国粮，他也只能低声下气，任凭"公家"去压秤、去挑剔。同时，粮食之于市场，只能充当半工业化社会的小妾、填房，谁都想去占有，却又不给予必要的尊重，谁都可以奚落、玩弄。

  粮食毕竟要进入人的肚腹中，不管它通过的是吃米还是吃面。粮食变成商品就要被收买。作为卖主的农民看重的是什么？除了拥有大量田地的农场主（他实质上不属"中国农民"的范畴）可能看重粮食的经济效益外，大多数农民还仅把粮食看成自己的私有之物，即使余粮颇多，也不愿拿出去出售。在他们看来，拥有粮食也是拥有一份踏实——这样既可以预防灾荒又可以夸饰于乡里——粮食多到吃不完，在农民间，也是一种富有的象征。大多情况下，不到万不得已，不急需用钱，他不会轻易让粮食出手。卖粮食似乎意味着穷困，又失去了防患。只是在看好了年景，确定丰收或已经丰收之后，粮食有了替补，才可以大胆地卖出去。可是这时又往往价格大跌，且又有数量损耗——鼠窃、霉变、虫咬使粮食失去了身价，这时的农民只能长叹。其实他也觊觎着价格有所提高，谁知最后几乎无人问津？

  现代农民意识还隐含很多旧观念。他们被习惯和经验捆缚着，反倒成了粮食的奴隶。他们生产了粮食却又受制于粮食，他们依附于粮食又受害于粮食。

  ……

方形废墟

我被自己的电脑结结实实耍了一把,硬盘里的文字、音乐、图片、邮件全都不翼而飞。我苦苦寻找,动用了各种各样的文件恢复软件,结果找到的尽是些破碎的乱码,这么多年的积攒就在一眨眼的工夫全部化成了空,好像这么多年我从来就没有干什么,从来就没有留下什么,这么多年我只不过在一个方形废墟里犯傻而已,我终于知道,什么是空,空,真正的空。

大概是1996年暑假,我在一台386电脑上学会了五笔字型,并用它打出了第一篇文章《现代神话》,从那之后,我不再用纸和笔写字,开始用键盘和磁盘写作,我迷信着那种规整机械的敲击方式,懒得去摸笔,甚至有时候拿起钢笔或毛笔时竟觉得那么僵硬,写出字来那么生疏,我不知道自己是前进了还是退化了。

就这样,这几年中,我断断续续敲出了几十万字,并把从前写的东西也重新敲了一遍,累计起来也有上百万字吧,把它们存放在电脑里,倒也觉得欣慰,毕竟那是我的劳动成果。2001年初,我告别了那台386,换了台新电脑,把原有的资料全都搬了过来,为了确保万无一失,我又把重要的文件在软盘存了多份。

可是,因为上了网,我的警惕性放松了。我是2000年夏天开始上网的,2001年夏天开始把文章大量贴到网上。我觉得这样不用担心把文章弄丢了,也就不再注意备份资料,甚至把原来用作备份的软盘也都另作它用了。

谁料到呢，谁会料到呢，谁会料到这一次会这么惨，这一次我把硬盘上所有的资料都丢了。有些文章当然能从网上找，可还有没发到网上的东西，再也无法复原了。

我遗憾，遗憾今年的日记没了。我不是遗憾那些枯燥乏味的日子无据可查了，我遗憾的是日记里还有关于小女儿的不少趣事，我曾想着整理出来，可是还没等我回头看，这些珍贵的记录已消失了，我只能冥思苦想，可是我把脑袋想疼了，也想不起那些美好的瞬间了。

我还后悔，后悔刚把贴到私人论坛的《花笺》删掉了。这个近20万字的长篇，其实是我的初恋情书，我把它们整理出来了，却没勇气让它们留在网上，最终还是删掉了。尤其让我痛心的是，这些情书的原件已被我烧掉了，当初吞掉它们的是火焰，留下的是灰烬。可是我不知道现在是什么吞掉了它们，也不知道它们留下的是什么。

再就是几个未完成的小说，只能重写了，可是重写的只能是另一种样子。

再就是来往邮件、通讯簿……总之，我的硬盘空了。

我上网，我打开自己的私人论坛，我看着那些署名贾宝贾玉的文字，我觉得那么遥远，我不相信我就是贾宝贾玉，我不相信那就是我写下的。面对网页，我猛然感到，原来自己不过是在过着一种虚妄的生活，原来我一直就一无所有。

我想到了博尔赫斯的那篇《圆形废墟》，想到了那个在圆形废墟做梦的人，他在梦里造了一个人，他让那个人随着他的意志长大了，可是最后他发现自己也是别人梦里的幻影，他也生活在别人的梦中……

这么说，电脑何尝不是一个"方形废墟"，网络何尝不是一个无形废墟，那么多人在这个废墟里做着各自的梦，那么多人不过都是沉睡在虚妄、游荡在虚空里，我们真正拥有的又是什么？"在网上"意味着什么？那么多人在网上寻找什么？在这个无边的废墟里，我们梦到的是不是同一个幻影？如果是，我们又在为这个幻影做着什么？

这么说，我似乎又明白了，为什么那么多人梦想着走出网络，为什么那么多人渴望网上开花网外香。也许正是为了逃脱网络的幻影，网络上的人们才一再向纸张向现实向传统向流俗投降，似乎只有这样才能证实幻影的真实，只有这样才能证明废墟的存在。

在《圆形废墟》中，验证幻影的是火焰，"火焰并不咬啮他的肉，反而抚爱地围裹住他，既没有炙热，也没有烧灼"，而摧毁废墟（现实）的同样是火焰。可见，幻影与现实只能相克相生，假如幻影是物化的（现实），那么它就会被火焰毁灭，它要存在，就只能以幻影的形式取媚于火焰。

而现在，我竟然连自己制造幻影的能力也失去了，如同沙之书，被一只无形的手抹得干干净净。而我本人，仍沉迷于方形废墟之中，我不知自己的周身有没有火焰。我只能宽慰自己：现实本来就是一个大废墟，每个人，每件事，每种物，何时，何地，都不过是一个无法被证实的幻影。我们害怕火焰，我们又需要火焰，我们毁灭，我们也更生，我们就是这样度过一生。

所以，我这样宽慰自己：既然我失去了从前的幻影，那就可以重新开始，就如重新活过一次。我只能说，下一个影子一定会更好看。

2002 年去北京记

1月28日（腊月廿二）。深夜，一个来自北京的电话吊起了我的胃口，那个颇有名气的书商约我去北京做书。我失眠了，失业已近一年，出去碰碰运气也好，可女儿才刚过一岁，我一走了之，是不是太自私了？不去，又实在不甘心，那里毕竟是北京，去感受感受首都的氛围也好，说不定一不小心还会混发了。这样想着也就下了决心，去北京。那天夜里，我在日记里写了这样一句话："也许这一个电话就改变了我的命运。"

2月21日（正月十七）。上午，我第一次来到北京的地面上，再搭乘公共汽车，辗转颠簸来到目的地，我才发现，这儿是北京的一个郊县，已离北京很远了。书商的"工作室"设在一个单元房里，一个老板，一个管家，一个会计，一个编辑，还有两个打字员，两个勤杂工，我要和他们一起吃喝拉撒睡，一起在这个家庭作坊里工作。"编辑部"既是工作间也是卧室，我走进去，和那个编辑对坐，我成了第二个编辑。下午小睡了一会儿，接着就开始看稿子，那些文字那么扎眼，怎么也看不下去，我老是想，今后的生活就是这样吗？我的选择是否正确？为什么我就不能老老实实待在家里好好写作？再一想，就过一段时间吧，过一段时间也算非常的体验。晚上，妻打来电话，女儿一个劲地叫爸爸，我听得伤感，想起我离家的时候，她竟然哭了，我平常出去她都没哭过，是不是她也觉察到我要出远门？还有父亲和弟弟，他们也分别打电话来，我只能一一报平安，免得他们挂念。然而就在那天，我又在日记里问自己："我能支撑得下去吗？"

2月22日（正月十八）。上午，校对了徐无鬼的一篇文章，我又凄然想到，来北京是为了什么？虽然在家时也曾顾虑，但未及深思。那时似乎就是为出来而出来。惦记女儿，原来以为遗憾的是我一走，就看不到她的成长过程了，现在才猛然意识到，不是我能否看到女儿的问题，而是女儿需不需要我的问题。女儿不在我身边，我不过会想起她，可时间长了就淡忘了；可我不在女儿身边，她缺少的是父亲的影响，这对她的成长来说，是永远无法弥补的。我来北京，改变的只是外在环境，对我内心不会产生多大的改变；可是我不在家，就完全改变了家的结构，女儿将在没有父亲的状态下长大，结果会怎样？我只是看重了那种虚名，以为来到北京就能找到一种感觉；可是女儿的早期培养如果埋有隐患，就可能影响她的一生！想到这里，我有点不寒而栗。我在日记上写下了这样的句子："我想回去，马上回去！"

2月23日（正月十九）。清晨，我背上原封未动的背囊，按原路返回。买好车票，把包寄存了，从北京站徒步走到天安门广场，我不敢吐痰，不敢打喷嚏，我怕自己一不小心辱没了北京。在毛主席纪念堂南边的地面上，我注意到，地上竟也有和水泥后凝结的疤块，这和我所在的那个城市差不多。我这样想着，踩着那些据说是口香糖留下的斑点，从纪念碑绕过，来天安门下，故宫门前。然后，上了公交车，来到圆明园，在这个"抢救"和"修复"过来的"公园"里，我踩着了北京的泥土，不少的石头上刻有爱国者们"勿忘国耻"之类的题字，还有人像主人似的写道："老外滚出去！"我太累了，我没到北大、清华，没去拜会名家学者，我灰溜溜地上了405次临时列车，和那些没找到活儿的民工一起回家。车上人很少，冷得睡不着，也坐不住。次日凌晨2点24分，我踩着脚，趴在列车的小桌上，在日记本上写下歪歪斜斜的几行字："北京不过如此。这不是我要找的北京。或许这次出来，会让我明确自己的位置。"

2月24日（正月二十）。上午，到家了。像做了一个梦，我又回到现实之中。家人不理解我为什么会匆匆归来，怎么连旅游的耐心都没有，为什么不看看故宫、长城、世纪坛？我能解释什么？抱起可爱的小女儿，我差点要掉泪，女儿只是我回来的借口吗？我根本不适合远行？一趟北京之行，我找回了自己，这就够了。这一天，我在日记里这样写道："生活并非只在'别处'，它存在于对自我的体悟中。"

我的藏身之处

躲在一张蛇皮里小小的孩子
吓坏那些捕蛇的人
走出那张蛇皮小小的孩子
吓坏那些找你的人

————《小小的孩子》

　　我写过诗歌，写过小说，也写过评论，但是谈及创作，却仍然颇感为难。一方面，我总觉得自己还徘徊在文学的边缘，根本不知从何谈起；另一方面，在写作时我似乎更喜欢把自己隐藏起来，这大概也是我迷恋小说这种文体，却几乎从未写过散文的原因。

　　也就是说，我这人不喜欢老老实实有啥写啥，我喜欢瞎编乱造。

　　检视我不多的小说作品，就会发现，大都是想象性的东西。即使不懂一点文学的人，也能看出它们是虚构的，用行家话来说，它们与现实严重脱节了。

　　也就是说，我的小说中的人为痕迹太明显，很难让人信以为真。我曾让一具千年古尸醒来与情人相会，曾让一个剃光头的人变成长不出头发的秃子，曾让一个走投无路的人钻进羊皮逃逸，曾让一位少年变成一棵合欢树，即使像《硬币项链》之类十分"写实"的篇章，也避免不了夸张离奇的情节，一般读者都会说，生活中不可能发生这样的事。

所以，我不得不承认，我只是一个徒劳无功的假象制造者。

是的，我的小说大都这样，与现实和读者都保持着谨慎的距离，我不想把它们写得像生活，而是尽量让它们更像小说。

回过头看，我的这一恶习由来已久。上学时写作文，我就对语文老师的教导进行着投机的颠覆，结果我的假话大行其道，反而让我走上了写作的美妙旅程。当然，那时我还带着天然的真诚，只是喜欢用华丽典雅的辞藻，把诗歌和情书打扮得花枝招展，甚至沉醉在语言的魔幻色彩中，直到初恋一点点凋零。现在重读那些只为一个人而写的文字，我感到汗颜，原来那个藏在诗歌和情书里的我，也喜欢撒谎，那些美丽的句子，是不折不扣的证据。

也许正因如此，我一直对自己的文字没有信心，除了一二知己，我不敢把它们拿给更多的人看，我害怕那些貌似真实的文字传布了甜蜜的流毒。

后来，我打消了做诗人的念头，开始试着写小说。本来我以为能在小说中找到自信，可是我却发现自己越走越远，我看到自己越来越小，我不过是在一丛想象的草芥中雕刻自己的空中花园而已。在那里，我说谎的恶习非但没被扼制，反而有恃无恐，我变得更热衷于无中生有、无事生非了。因此，许多人——尤其是熟悉我的人，一般很难把我的小说和它的作者联系起来。他们说："在你的小说中，我们看不到你，看不到你的存在。"我只能说："是，那里本来就没有我，我只是在写别人。"

就是这样，我的小说让人感到陌生，我的小说很难让人感到亲近。我不但把小说的内容写得匪夷所思，而且常常对小说的形式图谋不轨，这样的小说写出来不成怪物才怪呢。所以，有人善意地批评我说，这样写下去简直是浪费才华。即便是我，有时也会怀疑，我在写什么？我写的是小说吗？我不知道这样的写作对自己是不是一场灾难，对小说是不是一场灾难。

在这个讲究实话实说的年代，我还执迷不悟地弄虚作假，可见我这人真是无药可救了。好在读者的眼睛是雪亮的，他们不但不会被我的伎俩蒙蔽，还会把我戳穿。

也许在文学的沙场上,我永远只是一个左冲右突的小卒,我把小说当作我的盾牌,我所做的一切努力,就是要把自己安全地隐藏起来。

就像这篇短文,我绕来绕去,还是没有亮明自己的观点。

在隐秘的灾难中

　　说起从最初对文学产生兴趣到现在，时间也算不短了。可以说，从学生时代起，我的命运就一直与文学紧密牵连，文学既给了我无限欢乐，也曾给我带来不少烦恼。比如，由于迷恋写诗，曾一度荒废了学业；由于发表言论，也曾一度被视为叛逆。在成长的途中，文学制造了一场场隐秘的灾难，让我脱掉了浮躁和矫情，找到了一个观照自身、打量世界的缺口。

　　近十年来，我在公办学校讲过课，也在私立学校教过书，在政府机关帮过闲，也在私营企业打过工，也曾有一段时间失去了职业，还差一点去"走异路""逃异地"。这样的经历表面上充满了变数，实际上却平淡无奇，回头看去，我还是觉得，自己是一个没有经历的人，尤其是现在，不过是端着看似对口的饭碗，彷徨四顾而已。一直以来，为了离文学更近一些，离真实更近一些，我所做的一切努力，好像只是在向内心深处撤退，只是在诉求一种别样的生活。既然无法阅世更深，我所能选择的自觉方式只能是阅读。

　　近十年来，我在读书上花费的精力该是最多了。尤其是1994年完成学业之后，我开始静下心来深入阅读文学以及文学之外的经典著作，回过头去看曾经读过的书，有时我也会感到惊讶不已，像《鲁迅全集》《卡夫卡全集》，钱钟书、李泽厚、尼采的一系列作品，三联、商务出版的许多西方学术著作，一些较有实力的当代作家的作品，还有若干先秦典籍等等，竟一本一本啃了过来，虽然有时也是一知半解，却也逐渐养成了良好的读书习惯，鉴赏能力也一步步提高。我庆幸练就了这种坐冷板凳的功夫，只要与书相伴，就可以不断拓展思维的空间，为灵魂寻找诗意的栖居地。正因有了书，本来单薄孱弱的人生才变得沉稳厚重，眼界也大气开阔起来。

所以，如果可能的话，我更倾向于把自己界定为一名读者。有时我就想，这一辈子也许我的身份会不断变化，只有作为读者的身份会持续一生。一个读者能做什么？他能做到的无非是翻动书页，阅读，思考，把文字筛漏到自己的沙盘里而已。我喜欢做读书笔记，这个习惯保持至今得有二十多年了吧，后来进行评论创作似乎也顺理成章。像是对诗歌的热爱一样，我最初写作文学评论也纯属兴趣使然，不过是有感而发，一吐为快罢了。要不是惋惜胡河清，我不会写《胡河清论》；要不是喜爱余华，我也不会写《余华论》。写评论只是我的读书活动的一部分，所以我把它们和读书笔记一样叫作"书余"，仅供自娱自乐。因此我写下的所谓评论大都率意而成，既不讲章法也没有套路，记下的只是心灵起伏和波动。直到近年来，得益于一些师友的提携鼓励，我才把评论写作纳入理性的规划中，创作了一批更贴近文学本质的评论作品，陆续写出了有关张继、凌可新、卢金地、刘照如等青年作家的系列评论。

说到这儿，应该说我与文学还有另一层关系——就是小说写作。诗是文学的内核，小说则是我最为倾心的文学样式。与文学评论比起来，写小说的念头产生得要更早，从一开始，我就把写小说当成了一种具有挑战意味的冒险行动，我不愿意循规蹈矩、按部就班，总试图经营出一种个性鲜明的独特文本来。从内容上看，我的小说以虚构居多，想象占据了主导地位，而且故事情节常常有悖于现实和常态，显得荒诞、夸张、变形、陌生、反常。在形式上，我也尽量避免模式化或者自我雷同，有意尝试使用不同的笔法，写出各具特色的小说文本。也许对我来说，写小说在某种程度上是诗歌和评论的延续，可以极大限度地实现艺术性和思想性的有机融合，我的要求近乎苛刻，老是和自己过不去，有时候就越写越不自信了。所以，在相当长的时间里，我的小说都像秘不示人的私人信件，只写给自己看。虽然近来陆续发表了《追念一九□九》《你见过我父亲吗》等一部分中、短篇小说，但也明白，它们只能作为边缘文本存在，很难被更多的人接受。好在我还有耐性，守得住寂寞，只是把它当成生命中的一条不可或缺的血脉，当成面对自己、解读生活、书写自由的一个载体。我相信，只要保持独立的精神，只要保有对人类的爱，就一定能写出无愧于心的作品。

谁说爱情只是神话

2005年冬天，我坐在空荡荡的电影院里看《神话》，禁不住嗓子发痒，乐出声来，这种故事套路我十多年前也曾捯饬过，现一经成龙大哥和韩国美女金喜善大肆操办，竟成"史诗巨作"了。影片中，成龙一忽儿是现在的考古学家，一忽儿是古代的金甲武士，而金喜善则是因于古墓中长生不老的公主，她与武士前生无缘，却在2000年后见到了已转世为考古学家的情人……

1994年秋天，我刚到一个小镇中学当语文教师，却幻想成为一名小说家，于是买了一个16开的硬皮笔记本，用了29天时间，一气写了七个短篇，都不太长，总共不到三万字的样子，其中第三篇名为《醒尸》，五千字。在这篇小说里，本作者以第一人称，满怀幽怨，悔恨交加，追忆了"我"跟白雪失而复得、得而复失的爱情传奇，并且装模作样地总结道："白雪自杀是谁也意想不到的，公主白雪自杀，不只是结束了自己的生命。她坦然的死如同她当年的沉睡。我已经没有悲伤。……我知道即使能醒来，白雪也不愿意了，虽然世间还有美好的爱情……"是的，《醒尸》和《神话》一样，都讲述了一个死亡与复活的故事，只是金喜善饰演的公主在墓室中长生，也在墓室中就死，我的白雪公主走出墓室重新回到人间又重新死去。

那时候，我还热衷于在诗里贩卖爱情，热衷于把它哄抬成生命中最昂贵的消费品，所以也相信爱能回天转地，能使死者复生，还惯于歪着脑袋设想，如果不让人神魂颠倒，痛不欲生，又怎能算得上真正的爱情？所以，那时节我一张口就得打喷嚏，一亮相就得打哆嗦，无论如何也要紧咬牙关，冷不冷都得凄美一把。想想吧，那时本作者是不是一个两面三刀的阴谋家？一边在纸上画饼充饥，一边把爱情往绝路上推，该是多么歹毒哪！

1996年冬天，一个晚上，我一把火烧掉了几年前讨回的一大捆初恋情书，也许是想一了百了，以便放下包袱开动机器，加大马力向着美好未来前进。若干年后老婆大人知道了这件事，对我的这种愤青行径进行了残酷批斗："毁灭罪证咋的？再说，那手稿要是保留下来，即便成不了情书经典，也得是一份珍贵文献吧？"所以后悔啊，都怪咱没有树立可持续发展观，不具备与时俱进的战略眼光，成天只知道窝在一间偏僻的小屋里，闭门苦读，指望着考个功名啥的，从而离开那个小镇。不过偶尔还是心血来潮，写点随笔、杂感，其中有一篇题为《唯一的高地》，写到了古城墙、公主白雪以及我自己恍恍惚惚的爱情。

那时候，爱情像一条驿道，我就是一个傻乎乎的信使，只顾一路打马前行，老是急着早日抵达终点，却忘了看看写信人是谁，收信人是谁，也忘了停下来歇口气，看看路边的风景。直到最后把马累趴下了才明白，这封信本来就是自己写给自己的，所谓终点，根本不是目的地。

1998年夏天，我已离开那个小镇，也结了婚，在一个小城平淡而又郁闷地彷徨着，却不甘心就这样生活下去，于是又摆出了小说家的架势，一口气写了六七个中短篇小说，《寻找公主白雪》即其中之一。它是对《醒尸》的重写，用的还是那个故事内核，只是换了一种叙事方式，语言风格也有很大变化，并且，还添加了苏岩与白雪相识相恋的"现实"内容。在新的文本中，作者更像一个说书的，力争讲述一个有头有尾有起有落的故事。但是写完之后，却觉得它非但没走近故事，也远离了小说，遂将其压在硬盘中，再也不去管它。

那时候，爱情似乎已经定格，孩子即将降生，一切都像上苍设计好的程序，我只要不停地敲击Enter键就够了，回车回车，确定确定，来不及多想，用不着多想，不知道是自己推动了命运，还是命运推动了自己。

　　2006年春天，一位叫石华鹏的小说勘察家找上门来，要我翻翻家底，看看有没有值得发掘的东西，结果一眼瞅上了《寻找公主白雪》。于是乎我又拿出这篇堪称"古董"的作品，试图再做修缮，以免上了"新锐擂台"后没有底气，两腿发软。很明显，该小说存在许多缺陷，我也明白该从哪里着手，然而面对隔了八年的文字，又没了开刀的勇气，最后只能着眼于细处，对若干词句做了调整。据说中国文人素有"悔其少作"的优良传统，俺也想借此机会好好悔一悔，可一想到"公主白雪"终可重见天日，心里反倒十分得意，不想悔了，如果这悔是逃不掉的，那就再过八年吧。

　　这时候，我才发现，在我的全部小说中，《寻找公主白雪》几乎是唯一关涉爱情的一篇，重新阅读这个陈旧的爱情故事，最不能容忍的是其中的矫情、煽情，真想把它们统统删掉，换一种不那么肉麻的说法。在这紧要关头，还是我英明正确的老婆站出来阻止了我，她说："看来你真是老了，不矫情不煽情那还叫爱情？现在你说不出'我爱你'了，那么十年前呢？十年前你觉得肉麻么？"老婆一番话让我一激灵，是我老了，还是我丧失了感知爱情的能力？假如再写一个爱情故事，我还能青春焕发，脸不红心不跳地装酸装嫩吗？

　　现在，听着电影《神话》的主题歌（《无尽的爱》），我知道，美丽的白雪公主早已逃出了凄美的童话。

在自己的房间,做普通读者

八年前,也是在这里,我参加了上一届青创会。虽然在此住了两天,可我一直没弄清南郊宾馆的方位,甚至不知道它的对面就是植物园。而今,八年过去,就在写发言稿的前一天晚上,我第一次徒步走过马鞍山路,才辨明了南郊宾馆的具体位置,才有了一点找到方向的感觉。

在这八年的时间里,因为冰川融化,地球的海平面大概上升了1.6毫米;中国喜事连连:载人飞船胜利遨游太空,又成功举办了奥运会、世博会;美国发动了伊拉克战争,更换了两个总统;济南变得越来越漂亮,南郊宾馆对面的植物园已改名为泉城公园……当年曾经同聚一堂的青年才俊们,有的大成气候,有的小有所成,有的上下求索,也有的彷徨不定,或者变了道、掉了队……总之,八年,可以让这世界发生天翻地覆的变化,可以让一个家庭百味杂陈,更可以让一个人变成另外一个人,让一个作家变成其他的什么家。

想想我自己,当然也离着"青年"的边界越来越远,若不是借着文学的眷顾,恐怕早已身心俱老了。所以,在这里,看到这么多人因文学而年轻,因文学而神采飞扬,我也就不再害怕时光会偷偷篡改我的私人账户,只要心里存有高纯度的诗意就够了。

十多年前,我致力于小说创作,写了一些四处碰壁的中短篇小说。有个别幸运的,发表在《山花》之类的刊物上。这些用了不到一年工夫写下的小说,耗费了十几年才陆续得以发表出来。直至去年，还有一个被我遗忘的短篇出现在某本杂志上。可见，我写的小说是多么的不讨人喜欢。尽管如此，小说还是我所喜爱的文学样式，至少它能够让我驰骋想象，体验到虚构与创造的快乐。正因如此，写小说首先应是一种自我挑战，它为你设置了重重障碍，又提供了无数条道路。英国女作家伍尔芙说，写小说，要有一间自己的房间。其实，小说本身就是"自己的房间"，这个房间可以小如芥子，也可以大到无边。作为一个写作者，其根本的任务就是：在他的房间里窥探生活的真相，并且，用文字，最大限度地说出真相。

近些年来，我致力于文学评论创作，发表了一系列针对当代文学、当代作家的评论作品。其中，在全国较有影响的青年作家，尤其是山东青年，一直是我研究关注的重点，先后写出了关于张继、凌可新、王方晨、刘照如、卢金地、江非等青年作家的专论，并参与了省作协主持的《山东青年作家论》一书的撰写编订工作，为推介我省文学创作的新生力量、增强文学鲁军的影响力，略尽了一份绵薄之力。此后，借受聘于《时代文学》担任编辑之便，我更是以团结、关注青年作家为己任，充分发挥在文学评论方面的些许优势，通过认真、坦诚的交流、评点，与不少青年作家、文学爱好者建立了密切联系。在杂志社领导的大力支持下，我于去年夏天推出了《山东青年小说家专辑》，集中编发了范玮、华爱丁、宗利华、柏祥伟、乔洪涛等七位青年作家的中、短篇小说，并配发了《发现文学鲁军的新势力》的编后语："希望以此为契机，发现和认识山东文学的多样性和开放性，为本省文学创作开辟更为广阔的生长空间。"这个专辑得到了众多读者、作家的肯定和赞扬，并有评论家撰写专文予以鼓吹，从而也让我认识到所谓"文学评论家"应尽的职责，增加了与"鲁军新势力"携手前行的信心。尤其值得高兴的是，《时代文学》杂志现已将"鲁军新势力"设为固定栏目，以青年作家常芳、马金刚为前锋的新一期杂志很快就会问世。但愿这个栏目，能成为令人期待的、充满生机的"精品房"。

六个多月前，我的"房间"再次转移：我到《山东作家》做责任编辑去了。虽然只是一份小小的内部刊物，但我深知它承担着重要的使命，把它编好，就是为山东文学留下一份精神档案，就是为3000位山东作家筑起一块心灵的高地。我希望，在省作协的指导、关怀下，借助这个平台，能够和更多的山东作家，特别是青年作家一道，汇聚山东文学的新势力，展现文学鲁军的新魅力。因此，我非常乐意充当作家朋友的联络员、服务员、评论员。我想，只要大家共同努力，每个人都会拥有"一间自己的房间"。

我始终认为，作为一名文学中人，无论是做什么样的具体事务，不管是写作还是做编辑，其最高境界或许都该定位于普通读者。这样的读者未曾受到各种文学偏见的污染，他写小说、做评论、选稿编稿，靠的不是某些微妙高论或鸿博教条，而是凭借兴趣、常识，甚或只是一种本能。这个观点借自伍尔芙，作为写小说的批评家，她强调的是阅读的本然状态。我，则想推而广之，企求文学的本然状态。具备普通读者的心态，才可能具有纯净的眼光和宽广的胸怀，才可能拿出自己的判断、自己的思考、自己的见解，才可能"乘物以游心"，"独与天地精神往来"。一个写作者所要追求的不就是这个吗？起码，他不是养在笼子里的宠物，不是爬到老虎身上的狐狸，他自我而不唯我，他像一个孩子，任性地退回自己的房间，仿佛疏远了外面的世界，却又时时惦念着整个世界。土耳其作家帕慕克2008年访华时，在北大附中演讲，有一段话深得我心。他说，"一位小说家也许看起来整天都在游戏，但是他却担负着最深沉的信念，他深信自己比他人更为严肃地看待人生。原因是，他能够以孩子独有的方式直抵事物的核心。"所以他认为，所谓好的创作，就是能让读者觉得，你所写的，正是他想说的，只是他羞于让自己变得那么孩子气。我们说作家需要伟大的品质。帕慕克强调说伟大品质就是"孩子气"。这"伟大"的标准竟是这么"低"！然而就是这样"低"的要求，又有几多人能达到呢？我们总是过于老练，过于清醒，总是拿麻木当理性，把肉麻当有趣，结果最流行的艺术往往是恶俗的大杂烩，最强势的文学只是浅薄的小拼盘。"孩子气"，并不意味着肤浅、弱智，而是一种元气、正气、真气，和普通读者一样，归根结底需要一颗真诚、自在、宁静的心。

人类之所以还需要纯正、轻逸、睿智的文学艺术，不就是因为我们的生活太过秽浊、太过繁重、太过乏味？选择文学，就是选择存在的诗意，寻找活命的理由。选择文学，就是因为它不仅能给我们一间自己的房间，能让我们在这个房间里看到自己，而且，还能让我们走出这个房间，成为一个怀有赤子之心的人。真正的作家、艺术家就是那些身上藏着"孩子气"的普通读者，他们忘我、忘情地投入到没有尽头的"游戏"之中，就像为了在白天看到星辰，不得不下沉到深深的井底。

所以，当我还原自己为普通读者，当我靠了文学的力量活着、爱着、梦想着，我要感谢生活，感谢我的亲人和朋友，让我成了一名有饭吃的专业作家；我要感谢在座的和不在座的、青年的和不青年的作家，是你们，让我成了一个靠文学吃饭的非专业的批评家。

当然，我还要感谢这次会议，让我站在这里，说出了心里话，找到了方向感，让我又一次光荣地、坚定地"青年"了一回；感谢文学，感谢它给了我一颗宁静的童心。最后，我还想说，文学可以让人以梦为马，可以让人返老还童，就让我们下定决心，排除万难，做一辈子"青年作家"吧！

不敢轻易变老

《雨天的九个错误》后记（定稿）

这些小说写于十多年前的枣庄。那个温厚的小城，纵容了我的慵懒和不安分，让我得以在浊重的生活里，尚有余暇在梦想的暗流中潜游。在那儿的五六年（1998—2003）里，我写出了最初的《1960年的月饼》和最后一篇《在深夜裸行》。篇幅虽然不长，又大都怪模怪样，却让我摸索到了一些写小说的感觉。

就在我刚刚建立起写小说的自信，需要更进一步时，偶然的机缘却使我中断了小说写作——从2003年起，我误打误撞走进了文学评论的场子，由此重敲锣鼓另开张，成了所谓评论家。原以为只是将小说暂放一边，却未料一放就是十年，其间仅勉力写过一部长篇。已很少有人知道，我曾是写过小说的。那段恍惚迷离的小说时光，显得遥远而不真实，有时连自己也不好意思提及。写小说的念头一再落空，好像只是给自己画下了一张无边的大饼。

借由出版这样一本小书之机，重读这十来篇旧作，我竟会生出莫名其妙的陌生感，有些故事情节已全然忘却，有些句式行文不明就里，只有那个隐藏在小说里的自己，是确凿无疑的：他在虚虚实实的句读中，自顾随性纵情，放诞撒野，即便如今看来破绽百出，啼笑皆非，却仿佛免却了时间的盘剥。我已虚度半生，他却依然年轻。重读这些久违的文字，感觉像流浪归来的孩子——两手空空，一无所有，反倒是这些单薄的文字，让人稍觉踏实。

这十多万文字即便如今读来已轻飘寡淡，但我还是十分感慰。因为它写照了我的年轻时代，也激活了那颗打瞌睡的心。我已离开小说太久了，就像饥肠辘辘的绝食者，很想痛痛快快地大吃一通。重新编订这本小说集，于我，好像是一条长路的开始。感谢张炜先生的鼓励，我还要继续年轻，在没写出有嚼劲的作品之前，我还不敢轻易变老。

《雨天的九个错误》后记（初稿）

张炜先生在序言中说我还年轻，当是鼓励后进的话，我却很是惭愧。照孔老夫子的说法，我已年逾不惑。若像但丁那样把35岁视作"人生的中途"，我的生命更是过了中途。如此，岂敢奢谈年轻？这把年纪，攒了这样一部小说集，非但不觉得激动，反而有些惶惑：十多年前写下的东西，放在当时或许是尚可咂摸的鸡肋，搁到现在怕只是一堆乏味的枯骨了。然而此等无用之物，又不像取舍两便的器物钱粮，纵是想要丢弃也是丢不掉的，尤其是有了网络之后，即便我清空了自己的硬盘，它们还是藏在哪个服务器里，只要敲几下键盘，就能重新找到。这些小说已不属于我，有时还会莫名其妙归到了别人名下。所以，编订这个集子就像认领失物，把这点可怜的家当归总打包，作为曾经年轻的凭照。

最初写小说是在1994年。那时我刚刚大学毕业，在老家滕州一所职业中学教书。因为没有升学压力，平时除了上课，就是打牌，喝酒，吹牛扯闲篇。我虽也常和大家打成一片，但还不失为一名有志青年，私下里仍没忘了做点儿自己的梦。那年9月，在一个印有《红楼梦》剧照的16开硬皮笔记本上，我匆匆写了六篇短篇小说，虽然纯属练笔之作，却是可资纪念的第一步。只是迈出这一步后我没有接着跑下去，而是拐弯上了另一条路——我开始涉足文学评论，暂时把小说放到了一边。

三年后，我移居枣庄。在等候孩子出生的那段日子里，我心里的小说种子重又发芽。在一台386电脑上，我写下了几篇有了点模样的中短篇小说，其中包括《谎言与真实》《1960年的月饼》《寻找公主白雪》《谁是秃子》《关于合欢的三种说法》。女儿一岁那年，又写了一部十万字的小长篇《沉疴》。当然那时写什么都是尝试性的，虽然喜欢探索，喜欢花样翻新，却缺少足够的自信，更缺少写作的自觉，我还拿不准哪样才称得上好小说。

2000年春，我曾跑到京城碰运气，想着也许一不小心就能改变命运。但最终还是放不下老婆孩子，离家仅三天，就无功而返。大概是这次进京带来的灵感，我写出了个人比较喜欢的短篇小说《追念一九□九》和《寻父记》。虽然并未得到相当的认可，我却找到了一点儿方向感，知道了怎样才能靠近最好的小说。

此后我到某行政机关帮闲，一年后调到文联。那一阵子，我迷上了网络论坛，狂语胡话说了不少，小说却没写多少。只是断续写了《硬币项链》《狂犬日记》《哑巴歌手》《十年怀胎》《雨天的九个错误》《在深夜裸行》这样几篇，大体都是游戏之作，都是小打小闹，带着没正形的无厘头色彩。事实上，我也正儿八经地下手写起了理想中的大部头，但是这个理想在"非典"爆发那一年突然中断。

2003年之后，我基本停止了小说写作。这当然和"非典"无关，而是因为我在一场网络论战中显露了所谓评论的"才华"，继而改弦更张成了评论家——很少有人知道，我曾是写过小说的，那段恍惚迷离的小说时光，现在看来显得遥远而不真实，有时连自己也不好意思提及。而今，拿出这十来篇旧作，感觉像流浪归来的孩子——我一无所有，两手空空，反倒是这些单薄的文字，让我稍觉踏实。

重又校读这些小说，竟会生出不明就里的陌生感，有些故事情节已全然忘却，有些句式行文莫名其妙，只有那个隐藏在小说里的自己，是确凿无疑的，否则我真的要怀疑自己曾经写过这样的东西。是啊，严格说这只是一本不成熟的习作集——我潜伏在虚虚实实的文字中，自顾随性纵情，放诞撒野，即便破绽百出，也无关紧要，因为，这只是我处心积虑耍的小把戏。回头去看，这部小说集正好印证了我的年轻时光，假如没有这样一些文字，30 岁以前的我该是多么苍白、乏味。

　　41 岁，诚然还不算老。要是乐观一点，还可以拿"大器晚成"来消遣自己。鲁迅 43 岁印行《呐喊》，赫拉巴尔出版第一本书时已 49 岁了。比起这两位老兄，我甚至堪比早起的鸟儿，抢先吃到了虫子。这样一比，又看出我这人真是没多少出息——才抓了几只小虫就当一劳永逸了，岂不知很快就会饿肚子。呵，自六年前完成第二部长篇之后，不写小说已经很久了。可是小说又总如藏在腹中的绦虫，常把我搅得空落落的。就像心口不一的绝食表演者——其实我也饥肠辘辘，也想痛痛快快地大吃一通。只可惜，写小说的念头一再落空，我画下的只是一张无边的大饼。难道，还要一天天挨饿下去？

　　当然，小说，我肯定还要写。我相信，饥饿的小说家不会轻易老去。除非有一天，他写出了可与时间对抗的作品，才会骄傲地承认：是啊，我已经老了。

捕风捉影者说

《暧昧的证词》自序

收入本书的文章，最早的写于 1996 年。那时我正在家乡的镇上教书，虽然也常做着某一天插翅高飞的梦，但怎么也没想到，后来会披挂了文学评论的两把刷子，成了专擅寻章摘句体察文心的所谓评论家；更没想到，文学评论会成为我安身立命的家伙什儿，让我不至于一无所能。不经意间，操持文学评论已十几年，这么长的岁月，若是学有专攻、勤勉不懈，恐怕早该著作等身了，然而我却愚钝疏怠，至今未有什么皇皇巨著。只是在前年，侥幸出了一个集子，算是免了无书的尴尬。因为整理那本书，我才顺带做了一番前情回顾，把积存的评论文字加以汇总挑拣，结果竟有了 50 余万字。由于要申报某文学丛书，应考虑所谓视野、眼界，故首先选择了一些篇幅较长且多无地域局限的大块文章，编订成为《迎向诗意的逆光》。其余一些篇幅短小、论及本地作家作品的文字，则编入另一文集。最近，我又将其加以增删，定名为《暧昧的证词》。

这一书名取自其中一篇文章，主要还是因为，它多少能表明一点评论的真相：评论家言之凿凿信誓旦旦所作的种种大言高论，究竟能有几句说到点子上呢？就像马尔克斯嘲讽的那样，很多评论家不过是踩上了他故意丢下的香蕉皮。所以，我当有自知之明，没必要把评论写成居高临下的判决书，而是要把心放正，用自己的真情实感说话。这样的评论或许不如某些高头讲章唬人，但至少表达了若许一得之愚，哪怕它不够深邃，不够宏阔，总也是一份可资参照的"证词"。这些"证词"固然皆有来历渊源，却不敢说有几分铆合榫投。有的文字很可能踏着香蕉皮溜远了，可是说出去的话就如泼出去的水，文责自负是逃不掉的，有些语句现在看来显然浅露轻浮，也无意再去抹除或重加修饰，且让它作为一种纪念和警策，让我看清来路吧。

　　不得不承认这里的好多文章都属于"遵命"文学。要么是受了师长前辈的将令，要么是因了同仁好友的情分，还有的则是为了完成工作上的任务摊派，仅有很少一部分或是自开小灶，或是自斟自饮。既如此，必然有所犹疑，甚而成了专擅讨喜的插花匠。这样的文学批评只配速朽，实无必要集中起来大献其丑。不过我尚有不悔旧作的勇气，虽也免不了心生忐忑，但是自忖并不曾拿假话套话虚与委蛇，也不曾闭着眼睛信口开河。我自信不管是硬着头皮接下的烫手山芋，还是率性而为的闲笔余墨，都做到了不失本心。即便有不得已的应景、捧场，也绝不会一味应付、起哄。或者再坦白一点说，哪怕是只需要摆摆姿态讲点空话的发言稿，也要尽其可能地夹带些"私货"，给自我的心灵留一股活气。李健吾先生曾说过，作为批评者就要具备自由、独立的品性，否则便可能沦为"伺候东家脸色"的清客。如今各门各派的清客多矣，或还有不少吆五喝六的捐客，我素来不喜欢凑热闹，未曾谒过名师拜过码头，到底还是一个自给自足的单干户。也许这般情形终难成器，我实在也没有多大的胃口，没有多大的嗓门，只管乐在其中足矣，何苦贪多求大？

　　借着编排这个集子，我满足了一点怀旧的心思。那些过期的文字，如同掺水过多的散装酒，存放愈久愈是寡淡无味，却能清晰映出逝去的大好时光。多年以前，我只是一个容易迷醉的读者，每当执笔为文，很容易找到心无挂碍的感觉，写出的大约总是些微醺的情致。因此也不得不承认，有时候可能就写得跑题了。但我并不为之羞愧，现在看来，假如没有这样那样的跑题，也许这本书就会索然无趣，这些文字也就不仅过时、过气，而且毫无重新集结的价值。有感而发自是甚好，"发而有感"未必不堪，只要发得实在，感得真切，一样都可以披坚执锐，写出明心见性的骋怀之作。正因这样，我的评论文章常又写得不像评论的模样，没有玄奥的理论支撑，也没有强大的体系架构，有的只是掀不了风浪上不了台面的漏网之鱼。庄子曰："儵鱼出游从容，是鱼之乐也。"写评论，若非如鱼得水，便无从容之乐。我庆幸从一开始就觅得了一潭清水，养下了许多长不大的小鱼。鉴于此，我才有意舍弃了若干所谓宏观大论，只收纳了针对具体作家、具体作品的评析文章。

　　本书论及的作家，多半声名不彰，很多是偶尔写作的业余作者，如今大都湮没无闻，我的言辞又见风是雨，率意直出。这样的评论只能落个水过地皮湿，最终自生自灭了事。然我不揣浅陋，仍将其结集示众，非止出于自恋，更是为了呈现我做评论的本源：我原本就是一名东张西望的普通读者，最初的评论即如乍隐乍现的野草闲花，留在纸上的很可能只是一种拟想的余香。此类评论自当"零落成泥碾作尘"，不值得扮成什么宝贝疙瘩，但曾经有过的刹那心相却未腐坏变质，仍旧"聊可以自怡"矣。在我看来，站得高固然可能看得远，沉入到深深的井底未必就两眼漆黑，所谓眼光、视野，并不全由目之所及的质料决定，还要取决于察验者的心力。文学批评毕竟不是吃大户，也不是撞彩头，所以，当我把目光投向偏于一隅的作家作品时，并不奢望像杨引传那样发现一部《浮生六记》，而是尽其可能地发扬其中的命意。

　　李健吾先生曾把做批评比作咀嚼带露的鲜花，他认为，那实际得到补益的，正是批评者本人。又说，批评者更应注意无名作家，以免他们遭受埋没。"他是街头的测字先生，十次有九次不灵验，但是，有一中焉，他就不算落空。"对此我深以为意，在多数情况下，也像一名捕风捉影的测字先生，我所作出的论断，与其说是在评判他人，毋宁说是在推演自身。我无法确保总能见山是山，但我相信，无论看到了什么，我都不会背离内心的真念，不会让浮云遮蔽了灵魂。

《暧昧的证词》后记

有人说，一本大书就是一个灾难。其实一本小书也很麻烦。从开始编订此书算起，至今已有一年。现在总算可作了结，我也可以轻身前行了。

小书即成，自当感恩。从第一首诗、第一篇小说的发表，第一本书的出版，到若许荣誉的获得，都少不了贵人相助，没有他们无私的扶掖和包容，大概我只能是坐井观天的囚徒。所以我要把他们的名字藏在心里，为之合十祈福。

说到这本书，当要感谢臧杰先生和良友书坊，感谢本书的编辑和出版社，感谢帮我校读书样的同事、好友，感谢为我提供物质和精神支持的亲人，还要感谢种种莫名其妙的超能量、暗物质，感谢十八届三中全会照耀的2013年。

当然，这里最要感谢的，是构成此书的作家们。没有他们的作品，所谓"证词"就成了彻头彻尾的伪证。没有他们的相片、书影，这本书也会黯然失色。所以，特按字母顺序将他们的大名和现身的页码附于文末，既表示尊重敬佩，亦可便于寻查。

A 阿来 3　艾玛 253　阿华 281

B 毕四海 137　柏祥伟 222/257

C 陈集益 18　陈宜新 202　常芳 224　曹寅蓬 247
初曰春 285　陈再见 285　程相崧 279

D 段玉芝 227/267　东紫 238　岛子 263

F 范玮 171/222/248　房子 182/234　芙韬（张富涛）275

G 葛红兵 35　葛辉 227/266　高克芳 234　郭帅 275

H 郝炜华 282　黄强 150　海诚 154/158　华爱丁 222
黄书恺 256　寒郁 281

K 咔咔（黄丽）227

L 刘玉栋 50　凌可新 60　卢金地 83　刘照如 94
梁化乐 166　李明芳 207/252　李尘光（李绪政）222
李金芳 234　流马 242　李庄 256　李祥华 257
刘军 263　刘爱玲 267　蓝强 269
M 马金刚 224
N 倪景翔 123/128
P 潘维建 252/260
Q 乔洪涛 222
S 盛文强 241　盛兴 275　邵云飞 246
T 唐女 275
W 王保忠 28　王秀梅 233　王一 177/226/266　王方晨 105
王明翰 187　王宗坤 192/231　王月鹏 241　魏留勤 260
X 徐化芳 162　徐永 227/244　徐文静 227
Y 叶明新 24　杨袭 248　于兰 245　云亮 269
Z 张炜 12　祝红蕾 232　赵建英 226　蜘蛛（王黎伟）222
张继 51　张克奇 213/252　宗利华 222/238　张悦红 267

只要我们无悔

　　本文算是我的散文处女作。发表于 1990 年，原有个副标题"献给毕业班的同学们"。当时我正在枣庄三十一中读高中，写出这样的文字也是自然。那时看是少年无悔，现在看却是冒傻气，无悔就是好吗？要是一生无悔该会多么无味。曾在网上见到有人抄袭它用作励志，可见这种无悔的说辞还能骗人。原稿早已丢失，幸赖一位好友有心，找到了当年的报纸，让我重新拥有了这篇无悔的习作。今原样收录于此，以纪念傻了吧唧的有悔的青春。

　　最后的时刻到了！
　　1000 个日日夜夜无论是紧张还是轻松我们都走过来了。回头看看，真的，我们不应该后悔。背着书包、背着煎饼、背着父母沉重的期望，我们在这里扔掉累赘，打开命运的包袱，再背上应该带的东西。锄头锋利的刃口斩断了田间野草，却斩不断困苦与无奈。我们的父辈是农人，我们也要拿起镢头去刨那轮日益消瘦的月亮吗？
　　这是痛苦的抉择！
　　三年忙忙碌碌都在笔尖的催促下如作业纸一般一张张掀过，铃声的喝问或嗔怪里，一节节课又如同旷野上的天空一样时阴时晴。
　　我们哭过：在接过试卷那一瞬间，刺目的"×"像一把把剪刀把刚出头的草芽儿都齐头剪断了。只说这样是为了长得更快更苗壮，可是那创伤又要谁来抹平呢？那一滴滴泪又要留给谁去回味呢？
　　我们笑过：在实现每一个哪怕只是一个小小的愿望后。我们毕竟是有了自己的收获呀！如同父母从刚打下来的小麦中捧出一捧那般欣喜。毕竟是给自己的行程上又留下了一道防风林,不至于让后面的风追上来……

浑浊不清的课文朗诵、凌乱不堪的阿拉伯数字以及琢磨不透的英文字母时时迷住我们睁得很大很大的眼睛,我们越揉越痛,还得哑着嗓子读鲁迅、李白、排列大大小小的1、2、3、4,皱着眉头想那些聚拢不到一块的A、B、C。是啊,我们来到这里就是要在课桌上移动那些小时候在蓝天上选定的星星,在黑板上分辨那些长大了也不会遗忘的粉笔道道和几何图形。

那些始终如一又看似枯燥无味的日子就是我们的一只只风筝哪!1000只风筝是1000种颜色,是1000种样式,每一只都载着我们的幻想。可是我们只能放风筝,不能放飞自己。我们还要增添新的内容!

究竟能有多少书本。一页页密密麻麻的字眼,我们都得像大浪淘沙一样把知识挑选出来,还得永远珍藏。我们在浪波汹涌的河滩上听不到迷人的歌,听到的只是老师一遍遍不厌其烦的讲解,这些讲解像一条条绳索拖着我们滑行。

我们淘沙也是在淘自己啊!十几年的人生路也该发现一个真真实实的我,也该有自己的小舟了!我们用教鞭做成的桅樯把帆张起来,张得鼓满些,起航的生命将在彼岸辉煌。

最后的日子像海滩上为数无几的紫贝壳和小海螺落潮时的闪光。捡起来吧,再不捡,等潮水猛涨时将会永远遗憾。那些紫贝壳和小海螺会被吞没,沙滩上只剩下硌脚的石子,连走都不能走。捡起来吧,最后这几片贝壳最亮,最后这几只小海螺吹起来也最响。亮晶晶的光亮依然照不亮黑魆魆的雾障,清越越的声音虽然振不响远方的回音壁——我们也要捡起来,这最后的日子也要留下最后的记忆。

渐渐迫近的考期近在眉梢,你惊慌了吗?

最后的日子是我们欢呼的日子,也是我们落泪的日子。

从今以后我们都将像一只只野鸽扑棱远去。谁说我们漫无目的,我们有早已看准的天空。

也许分毫之差的阿拉伯数字会毫不相让地把你拒之门外,你会乞求吗？

　　一转身就走开。我们怎能向分数妥协啊，我们更不会顿足垂首地责问自己。

　　虽说1000个日子匆匆忙忙事物繁多，我们已经整理好了，任何一个意外都不能打乱我们的决定。

　　这是痛苦的抉择！

　　只要我们无悔，什么路都属于自己的归宿，我们不必因某一次失误而耽误了机会。

　　只要我们无悔，最后的日子也是我们最新的起点，我们在这时发现自己。

　　无论是哭是笑，只要我们无悔！

　　附：〔《语文报》编者简评〕文章大量采用长句式的排列，显得慷慨激昂，催人奋进，又使文章显得洋洋洒洒。新颖生动的比喻，使文章文采斐然。对三年学习生活的集中简练的概括，避免了流水账式的枯燥无味。

命里注定的阅读

前几天曾看到一个八卦广告新闻，说的是某大四女生嫌其男友只知道打游戏，转而爱上了男友宿舍的楼管大爷，只因这"58岁、已秃"的老头是一位"天南海北、政治、经济、社会、体育、娱乐无所不知"的知道分子，那无知前男友只能甘拜下风。这大爷只有小学学历，怎么比在读大学生还有文化呢？原来大爷的手机里藏有秘密武器——某新闻APP，正是它让大爷成了万事通、智多星。当然这只是一篇搞笑的"软文"，却也道出了一种现实：眼下，似乎读书已经老土，不读书才是时尚，引领时代潮流的，竟是五花八门的APP。所以，尽管安伯托·艾柯说，书对人类就像轮子、勺子一样是不可替代的好发明，谁也别想摆脱书，尽管电子书、有声书使阅读变得更加便捷，可是我们不得不承认：对于原本不读或很少读书的人来说，新媒体的兴起或是好事，至少他们能在微信朋友圈读点东西。可是，对于传统意义上的读书人，互联网、电子产品又不啻一场灾害，在汹涌芜杂信息的裹挟下，原本的"书虫""书痴"很可能变成了网虫、键盘侠——我们已很难好好读完一本书。

E时代让我们受惠良多。假如没有互联网，哪怕我读的书会比现在多几倍，大概也只是死读书，我的世界只会逼仄沉闷，不可能生气凛然，我也不可能那么容易买到自己喜欢的书。然而这时候，可悲的事情出现了：你拥有的书越多，没读过的书也越多。所以，看看我的书架，满眼尽是陌生的书，有的书还没打开塑封，有的书买过不止一本。买书就是要读的,我可不是要当藏书家啊!虽然我知道,即便我的书不再增加,这辈子恐怕也读不完了,可依旧无法克制买书的欲望,我的书房还是日益臃肿起来。书到读时方恨多!也许,书就该穷着读?你想读的,永远都是自己没有的书。

想起小时候,几乎无书可读,哪怕一块旧报纸,也会当成宝贝看上半天,那时的笔记本,就抄了不少本地小报上的诗,这就叫作饥不择食吧。我最早接触的文艺读物是"画书",也就是连环画。30年前的乡下画书也是稀缺的,我却是村里的画书大户,大概有几十上百本吧。这些画书一小部分是买的——其实买也很难,多是从堂兄华哥那里买的二手货,他是"非农业户",在镇里上学,有条件接触"先进文化",所以他可以把看过的画书"淘汰"给我,虽是"淘汰",但这些画书对我却是"奇货",我的好多精品,都是华哥转手的。此外,大部分画书来自天津——它们是表姐表哥们小时的积存,全被我们打包带回山东老家。记得其中一本是《孔老二罪恶的一生》(有盗跖和孔老二斗争的情节),我觉得是过时的反动读物,大惊小怪地烧掉了。这些画书包括成套的《西游记》《三国演义》《隋唐演义》《三毛流浪记》,是我的文学入门读物。它们让一个乡下孩子心窍初开,看到了俗世之外的太虚幻境。在迷过画书之后,我又迷上了《少年文艺》——上中学的小姑订了这份杂志,她看完后会在周末带给我。因此每到周末我都会去奶奶家,等小姑带来我喜欢的书。除了《少年文艺》,小姑还常借来《儿童文学》《萌芽》及其他文学书。印象最深的一本是《绿野仙踪》,童话里的多罗茜和狮子、铁皮人、稻草人以及奥兹国,至今难忘。那几年的阅读算是我的第二堂文学课。

我还记得,自己第一次出"远门",便是和几个同学跑到镇上——那时叫公社——去买书。几个孩子步行15里,好不容易找到了书店,书店却没开门。后来,我还曾去过周边几个镇子,当然,都是为买书。彼得·琼斯编的《意象派诗选》、钱锺书的《写在人生边上》、苏童的《米》就是这样买到的。那时每个镇上都有一个新华书店,报刊亭里也不乏能让我觉得出乎意料的书。可惜现在,莫说镇上，城里的书店也都凋敝零落，所剩无多了。因不满足于镇上书店的简陋，我还尝试过邮购，老鬼的《血色黄昏》和北岛、顾城他们的《五人诗选》、杜拉斯的《情人》就是邮购得到的。

  如今，我买书多是通过网购，有些脱销或绝版的书，还可通过孔夫子旧书网买到，实在没有纸质的，大概也容易找到电子版。总之，你可以足不出户就坐拥书城，除了强悍的中国知网、国家数字图书馆，还有林林总总的云阅读、个人图书馆，只需一个手持终端，尽可检索天下亿万图书。可是正像掉到米缸里的蚂蚁一样，要么，搬走尽可能多的米粒，要么就沉陷其中而无法自拔。我们越是拥有无尽的书，越是与之关系寡淡——APP可以把你变成最强大脑，也能让你被软文、朋友圈、大数据、电子红包淹没。这个时候，能够认真读完一篇文章、好好读完一本书竟然成了极奢侈的事。越是这样，形势似乎越是严峻，似乎人类造出种种阅读的便利，非但没有让更多的人读更多的书，反而降低了我们的阅读能力，扼杀了我们读书的兴致。万能的新媒体把我们变成了无能的漏斗：表面上，我们并未拒绝阅读，甚至把大把时间贡献给了阅读——"读屏"也是阅读，不过这种"阅读"只是浏览网页、翻看手机，只是像漏斗一样消费掉大量的层出不穷的新信息。这种阅读时刻都在更新，时刻都能刷新你的存在感：和那位让女大学生着迷的秃顶大爷一样，我们跟APP同步前进，我们的生活时刻都是新的！可是这种"新"除了把每一天变成昨天，把昨天变成空白，似乎只能把人转化成肉体终端机。

  有个印度工程师曾写过一篇《不阅读的中国人》，他在旅途中见到的中国人基本上都是拿着手机或IPad打游戏或看电影，没见有人读书，而德国乘客大部分在安静地阅读或工作。所以外国人很奇怪："为什么中国人都在打电话或玩手机，没有人看书？"据说中国人年均读书不到5本——国内研究机构公布的最新数据是4.56本（加上电子书是7.78本）——就算这个数据值得采信，可是跟日本人年均读书40本相比，我们的阅读量真是太寒酸。有关调查显示，中国人每天的休闲时间平均是2.55小时，其中三分之一用在互联网——尤其是手机上，用于纸本阅读的时间仅占十分之一。也就是说，我们每天的读书时间只有可怜的15分钟，呵呵，15分钟也就够浏览一个八卦新闻吧。国人普遍很忙很累很压抑，所以与其阅读无用的书，还不如打打牌玩玩游戏，或者，干脆去看色情影片——在这点儿上，我们倒是后来居上。据统计，中国大陆用户造访世界最大色情网站的平均时间为14分钟，超过日本居世界第一。要么有书也不看，要么翻墙看黄片，苍井空果然要比孙悟空更有号召力。就拿《西游记》来说，有多少人从头到尾读过它的小说文本？反正我对《西游记》的了解大体来自连环画和电视剧。这可是古典名著啊，我却只看过几页它的原著。我这般的所谓"专业读者"尚且如此，遑论更多的人根本对书毫无兴趣。所以，除掉种种客观因素，读书最终还是个人的事。没有互联网的时代，未必全民皆读书；有了手机、IPad，读书人依旧爱读书。博尔赫斯说："我知道我命中注定要阅读。"这样的人嗜书如命，自然能以读书为乐，假如让他活到现在，也不会沉迷于Facebook或朋友圈，因为他坚信"人们应该为乐在其中而读书"。

　　任何时代都需要阅读，读书总该不是坏事，这个道理大概谁都懂，可是要做到像博尔赫斯那样"为乐在其中而读书"，却又不那么容易。首先，你要有足够的定力，能够排除干扰，阻断诱惑，让阅读成为每天的习惯。经济学家梁小民先生便是这样一位"读书达人"，他几乎每天读一本书。读书是他唯一感兴趣的事情，退休之后他不打麻将不跳广场舞，也不上网不用电子邮件，所以可以保证每天有六小时的读书时间。把阅读作为生活的主要内容固然不易，但是我们可以把读书作为每日常规，每天都要完成一定的阅读量，坚持久了便会成为一种自觉，不读书反而会不自在。是的，人人皆知读书好，未知几人好读书。可是，问题又来了：我们能够修炼成好读书的读书达人，又能够像博尔赫斯那样"把读书当作幸福的事、快乐的事"吗？有人说中国人之所以不喜欢读书，都是被应试教育害的，我们的语文课、作文课不是让你爱上文学爱上阅读，而是让你极端讨厌它们，因此读书就是受罪，除非对考试升迁有用，否则没人愿意硬着头皮去读无用的书。"为有用而读书"把阅读变成了磨难，哪里有快乐可言？博尔赫斯就反对"强制阅读"，他说："我教了二十多年英国文学，我总是对我的学生们说，如果一本书使你厌烦，那你就丢开它。它不是为你而写的。但是如果你读得兴致勃勃，那你就读下去。"博尔赫斯是个好老师，对我这种读书经常半途而废的人来说，他的说法简直就是赦令，看看书架上的《尤利西斯》《2666》《追忆逝水年华》《午夜之子》这些未曾读完的书，我竟有点儿心安理得。博尔赫斯还坦言，他一辈子只读过几部长篇小说。这一点更是让我飘飘然，我这半辈子读过的长篇小说至少也有几十上百部吧，比"作家们的作家"博尔赫斯先生多出好多呢！当然，博尔赫斯对长篇小说的冷淡多少出于他的偏见，不过假如没有这种偏见，大概他也不会钟情"通篇精炼"的短篇小说，我们也可能无缘看到《小径分叉的花园》《圆形废墟》《沙之书》《南方》这些短篇杰作了。

所以读书需要任性一点，不带"偏见"的跟风、尝鲜式阅读只会让你成为复读机。费尔巴哈曾言："人就是他所吃的东西。"我相信读书就是雕塑自我，读什么样的书就成为什么样的人。想想假如我一开始没有读到《意象派诗选》《五人诗选》，只知道背诵范文摘抄好词好句，恐怕也会患上厌书症，更不会及早窥见诗歌的魅力和思想的锋芒，彼得·琼斯、北岛他们把我引向了文学的高地，让我知道了在课本和课堂之外，还有更迷人的书籍和更贴心的老师。"读好书，读经典！"我们常会听到这样的忠告。是啊，读好书的首选就是要读经典——对于嗜读的人来说，读经典并非捷径，反而可能是一条笨路：较之通俗作品、流行读物，经典需要你付出更多。关于经典，有人给出的最简单的检验方法是看它能否重复阅读。哈罗德·布鲁姆在《西方正典》中就说："不能让人重读的作品算不上经典。"卡尔维诺在《为什么读经典》中也给出了同样的定义："经典是那些你经常听人说'我正在重读……'而不是'我正在读……'的书。"经得起重读是经典的硬性指标，但同时也对阅读提出了双倍要求。试想我们读过的书中，有多少曾被读过两遍以上？那些占绝大多数的只读过一次的书，对我个人来说竟无资格纳入经典之列。当然，你爱读不读，经典都在那儿，哪怕它被束之高阁，仍会占据显赫的位置。因此，所谓经典，有相当一部分实际上是死经典，像《芬尼根的守灵夜》这样的书，买它也是为了供着，反正我是读不下去的，更莫说重读了。这类经典法相尊严，配享奢华的装帧，着实令人生畏，除了专门的研究者，恐怕没有多少人会一读再读。在我们的书橱中，多少总有一些沉睡的经典，尽管你从未读过，却能感受到它们弥散出的一种高古的气息。仅是这气息，就足以让你心有戚戚，它能召唤你的激情，也能醒示你不可太过造次。

  不过，我更喜欢的，是那些能够相濡以沫的活着的经典。这类书籍之于他人或许可有可无，对个人却是不可割舍的生命经典。读书人大概都有独属于自己的阅读史，有些书的经典意义可能是阶段性的，有些书则可能终生相伴，成为常读常新的永恒之书。我中学时也曾摘抄过席慕蓉、汪国真的作品，还曾迷过周国平，但他们都是我的过客，熟络一阵就再也不相往来。那时喜欢的北岛、顾城却随着年岁的增长更显魅力，他们的书是我最怀旧的经典，尤其是那本走失十多年重又回到我手中的《北岛诗选》，对我而言更是经典中的经典，即便不再重读，也决不会弄丢了。再如我读过的第一本哲学书——叔本华的随笔集《意欲与人生之间的痛苦》——是一本极不起眼的小册子，却让17岁的我突然地深沉了一下子，让我陡然触及了生死问题，让我煞有介事地关心起了活着的意义，甚至很是虚妄地写了许多玄奥的诗。叔本华是我的第一位精神导师。去年，我又买到了这本老书，再度翻读，已经42岁的我依旧感觉像是在读一本新书。"我们既不能回顾生，又不想展望死，那么，我们的意识，实质上不过是黑暗之中的一道闪光。""从根本上说，只有我们独立自主的思考，才真正具有真理和生命。"读着这些灵光闪现的句子，我好像又重活过一回。尽管我拥有叔本华的多个译本，但唯独这本小书，是一本不老的书。就在此书第87页，叔本华这样说："任何重要的书籍，都应该立即读上两遍。"回头看看，读过两遍的书真是少而又少，假如我从17岁就照此而行，读书的成效该会提高多少啊！好在，不觉之中，我也读出了自己的经典，我凭着个人的直觉认出了自己的作家和自己的书。卡尔维诺说："出于职责或敬意读经典作品是没有用的，我们只应仅仅因为喜爱而读它们。""只有在非强制阅读中，你才会遇到将成为'你的书'的书。"他不反对小众的甚至一个人的经典。他说有一位把《匹克威克外传》挂在嘴边的艺术家，能把任何讨论乃至生命中的每一件事与这本书联系起来。卡尔维诺由此感慨，这样一部足以表现整个宇宙的经典作品，竟然和古代的护身符差不多。

其实很多人都有若干至为钟爱的经典，无论你的阅读量怎样扩大，这些作品始终处在你精神场域的核心，你的阅读、思考、写作都是由此出发，就算你试图摆脱，也切不断彼此的关联。胡安·鲁尔福让马尔克斯学会了用另一种方式写作，《佩得罗·巴拉莫》就是他的护身符。王小波言必称罗素、卡尔维诺，那么，罗素、卡尔维诺大概就相当于他的护身符。莫言最喜欢鲁迅的《铸剑》，小说里的黑衣人"黑得发亮"，他也写出了许多黑色英雄，《铸剑》是他的护身符。这些作家不仅从众多的经典中认出了自己的"护身符"，而且创造了新的经典，为我们准备了更多的"护身符"。可是，要从无数书籍中认出专属于自己的那一个，也不是特别容易的事儿。这种书往往并非众所周知的经典或热门读物，有可能只是一本不起眼的小册子，你对它的迷恋纯粹出于个人喜好——只有你把它读成了面目一新的另一本书，它才会成为你一个人的经典。马尔克斯就曾说过，他喜欢某些书不见得就是认为它写得好，而是出于种种并不总是很好解释的原因。如果你足够坚定、足够自信，那么你完全可以莫名其妙地喜欢一本书，不需要任何理由；也可以对《平凡的世界》那种最受读者欢迎的大众经典不屑一顾。叔本华说得好："不读书的艺术是一门非常高超的艺术。它旨在对一般大众所关注的东西，在任何时候都不要产生兴趣。……你只需记住：只有那些为愚不可及的人写作的人，才总会找到大量的读者。"这话说得固然会打击一大片，但是我却觉得"不读书的艺术"正该是读书人的最低门槛——要是你根本不知道什么书不必读，干脆还是不要读书了。

接下来，让我们离开电脑，关上手机，不读网，不读APP，不读垃圾信息……读自己的经典，寻找自己的护身符，从现在开始。

记念英雄：一次对忘却的拷问

在那个"夜正长，路也正长"的时候，为了"奋然而前行"，远征的人只能"忘却""不说"那些中途牺牲的英雄，不过"将来总会有记起他们，再说他们的时候"。鲁迅先生在《为了忘却的记念》里曾经这样乐观地预期。讲这篇课文时，我也一再提醒学生：我们就生活在鲁迅所说的"将来"，"记起"英雄应当是这个时代的良知。可不幸的是，到第二学期讲到《记念刘和珍君》时，一提问，竟有绝大多数人不能"再说"我们的英雄。那满堂空寂让我痛心，尤其让我震惊的是，有人还大大咧咧宣称，他们是"忘却"的一代。可怕的忘却啊！为此，我不得不调整教案，把"记念英雄"移为授课的主题。

正因为"敢于直面惨淡的人生，敢于正视淋漓的鲜血"，"始终微笑的和蔼的刘和珍君"才成为"真的猛士"。她不是那种活得轰轰烈烈，死得惊天动地的盖世英雄，她的行为甚至带有早期革命运动的局限性。可是你不能不注目先行者的开创之功，他们的足迹甚或血迹，往往成为后来者明辨方向的标志。正如百日维新虽然失败了，我们却不能抹杀谭嗣同的意义；辛亥革命虽然没有成功，我们也无法忽略孙中山的意义。

在生死存亡之际，谭嗣同拒绝亡命海外，毅然选择了死，临刑前他慷慨陈词："各国变法，无不从流血而成，今中国未闻有因变法而流血者……有之，请自嗣同始！"此后，有为促世人猛醒选择蹈海而死的陈天华,有行刺清廷出洋考察五大臣时殉难的吴樾,有牺牲在敌人屠刀下的女革命家秋瑾,有因刺杀安徽巡抚恩铭而被剜心食尽的徐锡麟……可是还有谁知道他们,又何从"记起"他们?对于这些好像没有"业绩"的牺牲者,被"忘却"似乎就是他们的命运。他们的死,还会有人认为不值。人们要么强化了英雄观念,津津乐道的,是那些驰骋疆场、建功立业的巨人,或是那些惩恶扬善、除暴安良的豪杰;要么淡化了英雄观念,他们心中无所谓伟大,也无所谓光荣,甚至直言要"躲避崇高"。"英雄"成了这个时代的"多余人"。

我们真的不需要英雄了吗?孙中山先生留下了"革命尚未成功,同志仍须努力"的忠告,中华民族无时无刻不在呼唤真正的英雄。恩格斯在论述拉萨尔的历史剧《济金根》时曾指出,时代楷模的行为"动机不是从琐碎的个人欲望中,而是从他们所处的历史潮流中得来的"。英雄精神的历史投影折射出他们的时代,也泽被我们的时代,可是谁感觉到了它的光芒?刘和珍们不惜殒身喋血,却不料身后依然是淡漠的人群。时光已经洗掉了那些旧影旧迹,人们总是生活在歌舞升平的现实中。好像只有不断地"忘却",才能不断地接受新事物,向"新新人类"进化。和阿Q一样,"忘却"是他们的本能。他们也"努力"了,可努力的方向恰恰是个人欲望。比起一些受到嘲讽的英雄,被"忘却"的英雄倒也幸运了许多。这是怎样的幸福者和哀痛者啊!

这真是一个没有英雄的时代吗?有人说"在没有英雄的年代里/我只想做一个人"(北岛《宣告》)。我要说,只要敢于做一个人,就是这个时代的英雄。

我要特别提起青少年喜爱的金庸武侠小说。书中的英雄是不是离我们很远?《碧血剑》中的一代名将袁崇焕,在惨遭凌迟后还有人拿铜板买他的肉吃,那些没花钱买的也未必不在无意之中吃了几片。《天龙八部》中的萧峰,为了民族和解而折矢自戕,又岂止一"大侠"之名可与其相称!如果忘却了真实的英雄,记起虚构的英雄也难能可贵。然而也还有人崇拜杀人不眨眼的金蛇郎君(《碧血剑》),有人艳羡无耻之尤的韦小宝(《鹿鼎记》),有人对暗器和毒药喜爱有加。人们评价英雄的标准存在着如此大的差距,一时的喜好代替了终极意义。这究竟是谁的过错?"降龙十八掌"和"打狗棒"的精妙之处就在于"降龙""打狗",英雄之所为无非为天下苍生。英雄落难尽显悲壮,又往往伴着悲哀;时代造就了英雄,又往往毁灭了英雄;人们需要英雄,又往往辜负了英雄。只有树立正确的英雄观念,才能产生英雄,造就英雄,维护英雄。真正的英雄不是为了让人记起才去牺牲的,他们在乎的不是自己的姓名,他们是在用自己的死延续人类的寿命。每一个活着的人,都在分享他们的生命。英雄应是薪火相传的理想,那种精神早就该灌注到我们的血液中。

学习《记念刘和珍君》的意义或许不仅仅在于记住刘和珍,在这里,更重要的还是学习一种生活理念,从而清醒地面对人生。今天的平凡孕育着明天的壮举,鲁迅先生曾说过,"我们自古以来,就有埋头苦干的人,有拼命硬干的人,有为民请命的人,有舍身求法的人……"他们都是时代的英雄,只是表现方式各有不同。也许从日常琐事中就能提炼出英雄的本质,只要认真地活着就无愧于心灵。

"记念"英雄,珍视英雄,也拷问自身,提升自身,为了不再忘却,为了再论英雄……

诗：拒斥与收容

前些天参加了那个诗人组织的聚会，有幸一会这块土地上的才子才女，然我一向不擅迅速变生人为故交，且不喜夸谈，一般在热闹场合我更倾向默守一片宁静。但是听了他的话后，我着实对勇敢地维护诗的人陡生敬意，却也对某些诗观颇觉疑虑。这次聚会让我有这样的感觉：我们的很多诗人热情有余而底气不足，从而显得偏执、小气，缺乏大气魄和沉稳心。某些论调真诚倒也真诚，乍一听也有几分感召力，或许这也是诗人特有的激情，可我以一个准诗人的身份置身其间，不免要生出些非分之想，对我所热爱的诗和诗人表以微词。

令诗人一再怀念和凭吊的诗歌时代已经过去了。新文化运动后新诗横空出世，初造巅峰；而今新诗则进退维谷，不胜空寂。谁在悲叹无人识诗？谁在哀怨诗已死去？曾经旗帜纷纭竞相争霸的诗坛一时冷落下来，连各领风骚三五天的小擂主们也都哑然无语了。这未尝不是好事。由热闹归于沉寂恰恰能让诗人们稍作喘息，进行反思和积淀。在我看来在这个当口高呼拯救诗歌固然悲壮，莫如让一颗心沉静下来，独自保守一份完整，担当一份深刻；或者在别人都聒噪不休时，你干脆保持沉默。

我理解我们的诗人们的焦虑不安。诗人们一向关爱的诗忽然失去了桂冠，怎能依旧无动于衷？所以他们抱怨诗歌的领地被侵占了，报刊上所谓的诗只能形影相吊，充当补报的角色。所以诗人们呼吁报刊给诗歌应有的版面，呼吁我们的诗能走出这个小城。连我也热血沸腾地提出要形成有特色的某某诗人群。客观上这些条件的确能给诗以推动。但我以为诗本身是一种非常个人化的文学样式，写诗最终是诗人的个人行为。外界活动即使不造成干扰，也不可能起太积极的作用。诗歌拯救靠谁？无疑只能靠诗人自己。这个时候反倒最适合诗人完全投入地写诗，用心灵歌唱这个时代特有的孤独。

我们的诗人之所以不能平静地面对现实，还因为某种狭隘的思想在作怪吧？他们唯诗独尊，他们把分行排列看成了唯一的可能，他们自负地认为诗几乎领导了文坛的每一个潮流，他们讥笑有的作家是在拾诗人牙慧，他们痛恨有些诗人背叛诗转而去写散文、小说……诗人们为了维护诗的"纯洁"就一味地拒斥其他，把诗推向了绝对。诗是文学的高级形式，但诗不能取代其他。文学由诗而散文而小说的发展历程本身就说明诗不可能独立存在。你能说白居易写了《长恨歌》之后，白朴再写《梧桐雨》、洪升再写《长生殿》就是多余吗？每种文学样式都有其不可替代性，唯其如此，才能互为补充、各展其长。诗是一种文学样式，又是一种艺术方向。诗凛然不可侵犯，却又面目多变。一个时代有一个时代的主导文学。唐诗、宋词、元曲已历史地表明，在文学的流变过程中，诗是一个纯粹而又丰富的存在。诗的强大生命力来自它不断地改善与时代的对应关系，它有拒斥，又有收容。诗就是诗，诗又不尽是诗。诗滋养着其他文学样式，又从其他文学样式中汲取养分。诗无处不在，它已融入一切艺术活动以至整个人类活动之中，成为一个广泛的审美内涵。

事实上，无论东方还是西方，诗都是一个广延性极强的概念，我不知我们的现代诗人为何反倒偏执起来了。我认为这不仅仅是一个诗观问题，这个出发点实际上已堵塞了诗人们的广阔诗路，使其为诗而诗，把诗摆弄成了只有花架子的语词陈列。重要的还是诗意，是诗性。只有分行排列的才是诗吗？只有写诗的才是诗人吗？你能说《红楼梦》《追忆逝水年华》不是诗吗？你能说鲁迅、卡夫卡不是诗人吗？诗是一种氛围，是一种操守，是一面拒绝一面接纳。所以我们没有理由惊呼散文、小说挤垮了诗，没有理由指摘那些写小说、散文的诗人。我们看重的是内在，而不是表面。

这个时代已寻找不到诗了吗？在这个物与诗相互冲突的时代，诗绝不会一成不变地衰亡下去，它只能从自身突围。这个时代更需要隐性的诗和隐形的诗人。诗隐含在其他艺术形式中、隐含在生活中，它无所在而又无所不在。也许我们应当这样乐观地预期：以后的诗不必是鸿篇巨制，但它必然内化在我们的文化精髓之中。写诗可能会越来越个人化。诗不必要求庞大的写作群体和阅读群体，诗的自足状态决定了它只能生存在心含诗境的人灵魂深处。作为现代诗人，只有勇敢地承认诗的内敛性才可能平心静气地开拓诗的严峻前景。我们不能期望诗能像某些歌曲一样流行。诗自有它的高贵。令人欣慰的是诗作为一种精神取向始终不乏捍卫者，我们身边就多有这样的可敬之士。

可是在这个匮乏的时代，诗人该当何为？我还是趋向那种走向内心孤独的写作状态。我当然不是鼓吹诗人远离时代生活，我赞赏的是那些不为风潮所动、敢于坚持自我的诗人。他们不是囿于小我，他们在极端个性化的风格中收容了整个人类这个大我。而我们的诗人恰恰缺少这种沉稳和大气，所以显得偏执又小气。冲出个人的小圈子和狭隘的诗观，只需用心灵歌唱，那自然流泻的一定是诗。

抱怨和呼号能起什么作用？重要的是自己行动起来，用生命写诗。

"细腻"的人性

2001年《读书》第四期田青的《面对"悲欣"总茫然》对现代人对于宗教的无知与漠视提出了批评，认为"读一点佛书、学一点佛教，不仅对社会科学领域的知识分子有用，对自然科学领域的学者来说，也有好处"。我很赞成田先生的观点，正是因为我们对宗教太无知，才发生了那么多天大的笑话和悲剧！然而田先生文中有一个关于"细腻"的小例子，我认为立论未免偏颇，似乎于佛法大义太"执着"了，反倒让人不敢妄信。

2000年《读书》第三期，有一篇摩罗的读书札记《心常常因细腻而伟大》，提到他在拉萨过年，拿着零钱到街头布施穷人，专挑看着顺眼的求乞者给，而那些看着不喜欢的求乞者，他就跳过去了。一个藏族大学生达娃特地把他"拉到一边"，告诫他，"不能这样有所遗漏，这样做会使那些落空的求乞者受到伤害"。该文作者为此"惊叹不已"，"禁不住批曰：'细腻的心灵。心常常因细腻而伟大。'"

田先生认为，将"依佛教思想"进行施舍的行为仅仅归结为"伟大的细心"是不够准确的，因为"对这里发生的行为起主要作用的东西根本与'粗'和'细'无关"——而在于施舍是佛教"六度"之一，即施舍是一种从生死此岸"度"施舍者到涅槃彼岸的方法，也就是说，施财予人不过是施舍者"自己得到解脱之道"，钱给什么人是无关紧要的，他只要给出去就行了，他只要"解脱"自己就成了，断不会钻进"我慢"（看不起人）的烦恼与错误之中。

我是一个佛学盲。田先生这样解释的"施舍"大概该是佛家真谛，可是用这种概念去套那个藏族大学生，再也看不出她有什么"细腻"的伟大，只剩下了"伪善"的佛学教义——她不过是在做样子，不过是在给自己积阴德罢了。田先生在这里强调的仅是施舍者，他指出："众生平等"、无"分别心"是"任何一个对佛教哪怕有一点点'粗浅'了解的人都知道的佛教的基本思想"，"一个认为甚至一只猫或狗都与自己平等的人，怎么会有'顺眼'与'不顺眼'的分别心呢"？这样的施舍纯粹个人化了，施舍只是施舍，你只要去施舍，不要带任何个人感受，根本不必考虑被施舍者是什么人，不必考虑他们有什么感受！

而摩罗强调的"细腻"，则是双向的，它不是执着于"自己"，而是体恤着"他人"。我注意到，田先生在引述西藏大学生的言行时，略去了后面的一段话："达娃认真地看着'我'，直到确信'我'已明白她的意思而又没有因此受到伤害，才放心地继续布施去了。"——让摩罗"惊叹不止"的，不仅是达娃对求乞者的"细腻"，还有对"我"的"细腻"，这个藏族女孩所做的"平等"，是田先生所说的"众生平等"吗？恐怕不全是。至少我们知道，藏族女孩不是拿佛法来教导"我"的，她的行为甚至与布施本身无关，她关心的是"人"，是人的"感受"，并没有什么"众生平等"、无"分别心"之类的佛门大义。用摩罗的话说，正是出于对别人和"处境和尊严"的关心，才促使这位藏族女孩表现出了"细腻"的母性之爱。如果仅仅出于以施舍求"度"的目的，这个藏族女孩根本无须管他人怎样进行布施，只要她自己做到"平等"就够了，何必多此一举去问"我"的闲事呢。

"细腻"不单是爱心和善良的外在体现，更源于"内在的良知和尊严"。要我说，这种"细腻"是人性的，它基于人类对自己内在尊严的体验，它可以和宗教教义无关；而田先生所说的"众生平等"，充其量只能说是"佛性"的，布施者原来都揣着个人的目的，这样的信徒与庙里涂着金身的泥塑何异？这种冷静的"给予"不打折扣才怪呢！

田先生在文中说，"对任何一件事，作者都可以有自己独到的感受，也完全有权按自己的感受、以自己的语言习惯表示出来"。同时又指出，摩罗的短文虽是上品，但是"将佛教思想施舍的行为仅仅归结为'细腻的心灵'""说'瑕不掩瑜'可以，但说'问题严重'也行"——一个知识分子、一个学者不该犯这样的低级错误啊！可是我认为，摩罗在行文时未必考虑到了佛法大义，将这种"细腻"行为仅仅归结为"佛教思想"，太显狭隘。我情愿他不要想得那么多，不要想得那么周全。这种"细腻"不是靠读几卷佛经就学得来的。一个人可能因"佛教思想"驱使而去"施舍"、去"细腻"，但不懂"佛教思想"也未必妨碍一个人去"施舍"、去"细腻"。田先生说，"一个比'我'和'藏族大学生'更'细腻'的心灵可能此时正在屋子里'细'数自己的财产而不愿施舍给穷人一文钱"！似乎故意把"细腻"推到了反面，这是摩罗的原意吗？这里所谓的"细腻"恰恰是摩罗所指斥的"粗糙"，正是那种自私和冷漠！话又说回来，一个深谙宗教教义的人就会具备"博大胸襟"和"慈悲情怀"吗？我们常说"披着宗教的外衣"，有时候宗教确实只是一件外衣而已。当然，照田先生说的去做还是对的，假如我们具备一定的宗教知识，就更容易识破"宗教的外衣"。

靠"佛教思想"作秀可能修炼成佛，也可能成恶化成魔；而出自本性的"细腻"是永远的，它总在滋养着一个字，那就是人性的"人"！

怀念几本一去不返的书

我不是藏书家，对书却有一种执迷不悟的钟爱。本雅明在《开箱整理我的藏书》这篇文章中说，"对于一个收藏者，最大的诱惑就寓于最终的快感，即拥有者的快感之中，在于将一件件藏品锁入一个魔圈，永久珍藏。每个回忆，每个念头，每种感觉都成为他的财富的基础、支架和锁钥。"看看我自己，也真是这样，有些书买来可能根本不会去读，我只是在追求那种"拥有"的快感而已。与一本心仪已久的书邂逅，或对一本偶遇的书一见倾心，怎么会无动于衷呢，所以我总是毫不犹豫地买而后快。随着我购书欲望的不断膨胀，我的书架早已臃肿不堪，我也很难像以前那样随手就能取出一本要找的书了。书多了，我的麻烦也多了。

当然，这么多的书，总会有几本让我另眼相看，也总会有几本让我视若无睹。有时候我站在书架前，面对紧密排列的书籍，我的眼前会突然出现明显的缺口，我知道，那是几本书丢失的位置，它们不在我的书架上，却陈列在我心灵的橱窗里，也许它们已化为尘灰，也许躺在角落里，也许摆进了别人的书架，我只能默默怀念它们。

我对书的记忆开始于20世纪80年代初期。那时我刚上学，或者没有上学，父亲给我买了两本连环画，我已记不得具体内容了，但我记得是彩色的，是与小动物有关的童话。在当时我们那个小村庄，可能除了我，再也找不到拥有画册的孩子了，我也着实招摇了一阵子。我拿着画册，炫耀一番，便小气地收起来。但是我的骄傲好像没有持续多久,那两本画册就不翼而飞了。我模糊记得,我像木偶匹诺曹一样,听信了谁的鬼主意,把画册藏到了草堆里,结果那两本画册再也找不到了。这就是我最早拥有的两本书,虽然我不知道它们的名字,不知道它们落到了谁手里,但我对书的怀念,就是从这儿开始的。

我要怀念的第二种书是《365夜》,上下两册,厚厚的。应该是我10岁那年,父母带我去县城新华书店,问我要什么书,我看到有家长给孩子买《365夜》,于是就选了它,记得当时不知是谁说,《365夜》是日记。父亲让我一天看一篇。不过,我没有遵守父亲的规定,而是狼吞虎咽地读了一篇又一篇,我被那些美妙的故事迷住了。上下两册,厚厚的,黑色封面,印象中的《365夜》就是这样的,而且我还记住了一个名字:鲁兵。这本最早给我启蒙的童话书也吸引了我的几个童年好友,他们频繁来到我家,在地上围坐两团,一起看个没完,有的连吃饭都顾不上,为了好趁人少的时候,舒舒服服地看。这么好看的书我当然会格外珍惜,轻易不会拿给别人,但是我却犯了一个错误,把它借给了B,也许因为他是我最好的朋友,也许因为他信誓旦旦地做了保证,我让他把《365夜》拿走了。结果,这本书一出去,就再也没有回来。我一再向B讨要,他一再推说让谁谁拿去看了。我就和他一起找邻村那个孩子,现在想想他很会耍无赖,他说,他没从我手里拿什么《365夜》,凭什么向他要,还说,就算他拿了,他也不会给我。于是我急了,和B翻了脸。最后,只有《365夜》下册重新回到了我手里,那污损的封面让我伤心透顶,我不但丢失了最心爱的书,也把最早的朋友B丢失了。后来,我长大了,才知道那就是我最早读到的童话,知道《365夜》是一本专为孩子编写的书,也知道鲁兵是一位著名的儿童文学作家。现在,我做了父亲,我更加怀念《365夜》,可是书店里以"365夜"命名的书太多了,唯独找不到那本象征着我的童年的童话书。

我要怀念的第三种书是《科学家的童年》。说起来这本书我并没什么印象,如今让我记起的只是它的名字,我之所以会记得,一是因为它是我自己买的第一本书,二是因为我根本没来得及看它的内容,它就不明不白地丢失了。这一年我大概12岁,我走在放学回家的路上，遇到了蹲在家门口的C，他问我手里拿的是什么书，我递到他手里，他翻了几页看了看说，这本书不孬，要我借给他看两天。C是大人，长辈，比我父亲小不了几岁，他提出来借我的书看，我只好答应了。过了几天，我去要书，他说还没看完，过几天再还给我。又过了几天，我再去要书，他说还没看完，等看完了就给我送去。于是我就等着，可是一天天过去了，还是不见C还书。我只好硬着头皮再去要，可是他的回答却让我倒吸一口凉气，他说他根本没向我借过书，他说他没见过我的什么童年！我不记得当时我哭没哭，但是从那一刻起，C在我眼里一下子变得渺小了，因为这本书，我看到了某些大人的可怕。

我要怀念的第四种书是《五人诗选》。算一算这本书应是我16岁那年从北京邮购的，当时我正疯狂地写诗，迷恋北岛舒婷顾城，所以我把这本诗集视为秘籍，除了我，只有一位最关心我的老师借去看过。大约两三年后的一个暑假，一个同样热爱诗歌的好友D去我家，开口向我借书，他看到了我放在案头的那本《五人诗选》。我虽不情愿，但碍于面子，还是借给了他。此外，他还拿走了一本《朦胧诗300首》和几本《星星诗刊》。我以为，一个热爱诗歌的人不会对诗过分轻慢，可是D最终还是让我失望了，从那之后他再也没有提过《五人诗选》，当然也就谈不上还。大概是第二年暑假，我去他家，我别有用心地问他有什么好书没有，借给我看看。他倒显得大方，拉出抽屉让我随便挑选。在那几本零乱的书中，我没看到我的书，我只得随便拿了一本《醒来的鱼》，这本书我从来没有看过，至今还放在我的书架里，我不知自己是不是想以此作为补偿，或者等着有一天再把这本书还给他？

我要怀念的第五种书是《北岛诗选》。对于我来说，这本书有着尤其特殊的意义。它的来历非同寻常，去向也几番沉浮，对于我来说，这真是一本刻骨铭心的书了。《北岛诗选》是北岛寄赠，上面有他写给我的一句话：认识痛苦，超越痛苦。如今北岛未必还记得那个17岁的痴心少年，也许他是受不了我一封接一封的去信，才寄来了他的两本书《北岛诗选》和《归来的陌生人》敷衍我，但这足以使我终生难忘，毕竟北岛是唯一一个对一个孩子的幼稚的苦恼做出回应的人。那一年我17岁，我正煞有介事地痛苦着，也正柏拉图式地初恋着，北岛的两本书无疑成了我的两个支点，所以我把它们拿给女孩E，也让她分享这份幸福。没想到自此以后那两本书会与E一起，和我相隔四年时光。四年后我与E再度重逢时，爱情已经不复存在。于是，我向她索要那两本书，但她还给我的只有《北岛诗选》，她说，她把书拿给她叔叔看，她叔叔又拿给她叔叔的恋人看，结果她叔叔的恋人把《归来的陌生人》弄丢了。在信中，她这样说："我知道即使我再买一本，也不可能代替那一本，有时面对一些无法补偿的事情便会感觉很惶恐，不知你能否原谅？……再一次请你原谅，关于那本书。"对此，我能说什么，我只能苦笑。好在还有《北岛诗选》，好在那句话还在上面。这本书重新回到我手里后，又过了一两年，我被分配到一个小镇当老师，有一天，高中同学F来访，他也爱诗，他知道我有《北岛诗选》，提出借去看看，我觉得他大老远来了，不好回绝，只好让他拿走了，我再三提醒他看完后还我，他也连声应允。然而我的同学F走了之后再也没有来过，我想去找他，却没有他的地址，后来我试着打了几次电话，都说没有这个人，我还曾寄去一封信，也如泥牛入海。直到现在，我还是不死心，可是我又担心，假如有一天我找到了他，那本书又没有了……呵呵，想一想真无奈啊，一本书的命运尚且如此，一个人的命运又能好到哪儿去？

我要怀念的第六种书是《？小说选》。我之所以打了个问号，是因为我已记不清这本书确切的名字，不过可以肯定是一本先锋（新潮）小说选本。这本书是F送的。是高中时他以我为知己时送给我的。我把它放在我的单人宿舍的书架里，那时我工作已经两三年了，我已经二十三四岁了。有一天我大学时代的同学G来了，他哼哼唧唧地说借他一本书看，我本不想给他，因为我知道他的习惯，除非你把他催急了，他借书从来不兴主动归还。然而他铁了心要借本书看，我想就给他一本吧，就当是肉包子打狗。我挑选了很长时间，最后选了那本《？小说选》。我把F送给我的书送入虎口，似乎是在宣泄对F的失望，他已经像一根枯枝从我心里坠落了，只留下了一个淡淡的阴影。正如我预想的那样，G拿了书也是一去不回头，我就是这样把《？小说选》抛弃了。也许这是唯一一本被我主动放弃的书，也许它是最后一本被我怀念的书，从那之后，我再也没有痛失过心爱的书，因为从那时候开始，我不再轻易借书给别人——哪怕他是我最亲密的朋友。

如今，B和C还生活在那个小村庄里。B已经完全成了一个刁钻无赖的人，他欠我父亲的钱，死活不愿还，母亲去向他要，他说，要钱没有，要命有一条。我已多年不见他了。据说，他开三轮车撞死了人，自己跑掉了。

关于C，我还记得另一件事。那时他在学校门口开了一家小卖部，我小学毕业后，他拿着账本到我家，说我曾经赊过他一个日记本，当时我不在家，父亲就把钱给了他。可我根本没赊过东西，听说这事后就想去找他，可父亲说块把钱的事儿，算了。我气得直掉泪。

我和D、E，都已经七八年没见面了。听说D后来读了研究生，不知现在在哪儿。E去了另一个城市，不知道她现在怎么样。我曾以为D、E都是那种不太在意别人感受的那种人，是那种缺少"偿还"意识的人，他们汲取了，获得了，往往忘记了源头，忘记了回头看看，从这一点看，他们属于那种自以为是、感情自私的人。反正，当你忽略了那些一去不复返的书，单纯惦记起友情时，他们未必会记得你，他们在走远的同时，也把故人忘了。而我，恰恰在这时，怀念起与他们有关的书，怀念起与书有关的往事，我已原谅了书的丢失，却无法原谅真情不再。

F该属于什么情况？是不是也像D和E一样？我设想，或许他一直记挂着那本书，或许他也在一直找我？总之我不愿他因为一本书不敢再见我。

至于G，我觉得没必要再多说什么。

几本书，几个人，让我百思不解的是：为什么书不见了，人也不见了？

趣味的可怕

1

  我们的文学往往局限于简单的道德评判,甚至是伪道德评判,结果写出的作品要么成了宣传好人好事的表扬稿,要么成了抨击坏人坏事的批判书或讽刺小品,少有作品表现了现代社会和现代人的复杂性和深刻内涵,少有作品张扬现代精神,更少有作品具有自审意识和前瞻意识,这样写来写去只能是原地踏步,甚至是走两步退三步。

2

  虽为"青年",一落笔却老气横秋,虽是"作家",一落笔却是无所作为,展示出来的不是新生活,不是新精神,多的是循规蹈矩、三从四德那一套,多的是妇道、官道、钱道,少的是人道、心道、灵魂之道。

3

　　小说与生活的关系……小说只是对生活的拷贝或复述吗？即使你的小说完全出于虚构，这样的虚构是不是独特的、机智的？有些小说确是鲜活生动，确是逼真可信，可是读来反倒让人失望，因为它只是让人觉得"眼熟"，无法让人感到"心热"……问题是，我们写出的小说是不是"高于生活"了？是否仅是对生活的拷贝或复述？……素材谁都不缺，关键是如何去"生发"，如何去"发酵"？除了去想象，还能做什么？

4

　　作者描写事实反倒显得虚假，让读者倍感隔膜。为什么会这样？为什么越是"原汁原味"越无法触动读者的心灵呢？我想这里存在一个距离问题。如今广播电视、互联网如此发达，人们根本没必要通过小说来汲取"真实"的信息，相反，小说应该自觉地和"真实"拉开距离，开创出一片陌生、别样的空间。适当地撤退，或者适当地把焦距拉长是必要的……

5

　　在资讯过剩的今天，作家是不是非要跟在媒体的屁股后面，跟在生活的屁股后面，跟在素材的屁股后面，去进行他们的"再创作"呢？当某些作家脸不红心不跳地谈到他们对"新闻"的"运用"时，我终于明白了一个道理：是的，这当然不是剽窃，因为剽窃的人是可耻的。

当有人反过来抢电视的饭碗时，你不得不佩服他们的勇气，至于是化腐朽为神奇呢，还是化神奇为腐朽，则另当别论了。

6

"故事先行"也许比思想先行、人物先行更糟糕，"讲故事"的风气造成了一种故弄玄虚的弊病，放弃思想，放弃人物，使真切的人生感受懒于出场，也使本真的生活状态失去席位，剩下的只是作者在那儿生编硬造，设计可以套牢读者的圈套，"新写实"遂成"硬写实"，"新乡土"仍是"旧乡土"。

7

有些作家的可悲之处就在于不但自己低俗、庸俗，还要放大那种低俗、庸俗，把一切都搞得俗不可耐，还要教唆人们去欣赏那种哲学，追从那种生活。

8

如果一部作品看不到作者，还能看到什么？如果一部作品连作者都无法容纳，又能容纳什么人？

9

如是一提笔就摆出一种道德优越感，把笔下的人物一概视为"他者"，只是在自造的语境中去描述或评判"他者"……即形成了一个人的话语霸权。

10

为了接通过去、现在和未来，尽显博大精深，作者穿梭于历史、传说和现实之中，并且每每忍不住替人物着想，帮人物思考，似乎不肯放过任何"启蒙"的机会。这样一来，就难免概念，难免脸谱，人物成了作者的提线木偶，不但思想过剩，且矫揉生硬——显然用力过猛了。

11

贴近实际、贴近生活、贴近群众——确实应该贴近，需要贴近，不是贴近得不可开交，而是贴近得太少，贴近得不够。问题是，是真贴近还是假贴近？是表面贴近还是深层贴近？是媚俗的贴近还是有担当的贴近？最怕那种挑着贴近的幌子，卖的却是假冒伪劣，只是打着"实际"的擦边球，涂着"生活"的脂粉，搜刮着"群众"的口水和油水的行为。

12

单是与古人相比，我们也大大退化了，像汤显祖、李汝珍、蒲松龄等，他们的想象力一点不比西方的现代派差，而且他们的表达也很"单纯"，就是把人类最基本的愿望、理想以朴素、直接的方式说了出来，像《牡丹亭》写一女子因思念梦中情人郁郁而死，即使化为鬼魂也还痴心不改，这样的爱情不够伟大吗？现在，西方人还在写《小王子》《老人与海》《哈利·波特》这样的小说，还在拍《天使爱美丽》《超人》《蜘蛛侠》《魔戒》这样的电影，他们的艺术还没丢掉最为纯真的童话情结。而我们的文学，似乎总是过于成人化，过于世俗化，过于"老道"，缺少单纯的目光，也缺少崇高的、理想主义的情怀。

13

"趣味"实际上是可怕的，有些人写了一大堆托物言志借景抒情的诗，可是他真正热爱大自然吗？未必，他所喜爱的可能仅仅是一件事物的名称，就像有人写到一个男人之所以娶一个女人做老婆，不是因为她这个人怎么怎么样，而仅仅因为她有一个诗意的名字，再如有人写佛陀，不在于他看到了众生平等、人的可贵，而是因为他看到了神像的威严，作为人可以拿出身家性命为之献祭。

14

有的作家不但缺乏敏锐的目力，也缺乏足够的耐力、定力，缺乏对一个主题、一种现象甚至一类事件的持久、深入、沉着而又执着地关注，往往是仅凭感觉、兴趣去打游击，东一榔头西一棒槌，结果什么都写了，又什么都没写好。所以，想要形成一个自足体系，至少得有一个大致的统筹，有一定的设想，这样才可能确立起自己的艺术领地。

一个作家也应该像一个规划师、工程师，你的每一笔、每一个字都应该有助于整体创作的和谐、丰富，即使你没有那么长远的预见，至少也应该一边写作一边理顺，逐步充实自己的艺术空间。

15

如果你塑造的人物形象既无思想的深度，也无精神的向度……用这种"没内容"的空心人物来装盛小说的灵魂，最后剩下的只能是一个个精彩的壳，一道道精彩的影子。其实这也是一种通病，作家们欣赏的人、彰显的人，看起来血肉丰满、精神焕发，骨子里却是废人、病人，是"死魂灵"。

英雄式的努力

如今常有人宣称文学已死或作家已死，但就当前的实际状况而言，最可堪忧的却是文学批评。尽管从事理论批评的文学评论家大有人在，与文学有关的论文每天都在大量增生，但这只是一种徒有其表的繁荣，如果说文学尚且徘徊在奈何桥上，那么文学批评很可能已经堕入忘川。所以目前我们的文学评论就像一头溺亡的大象，虽然它浮肿的样子有似庞然大物，其灵魂则不知飘到了哪里。文学评论由此沦于极其尴尬的境地，如同家道中落的豪门望族，很少有人否认它的重要，也很少有人真拿它当回事。不仅作家，不仅读者，连同评论家自身，都持了一种聊胜于无的态度。文学评论，成了可食之亦可弃之的软骨头，失去了应有的价值和尊严。

眼下的文学评论症候多矣，背离文本，曲意逢迎，泛泛空谈，言不及义等等，诸多病相让它基本上乏善可陈，即便未必一无是处，也很难找到值得夸扬的东西。其实无论是饱受诟病的红包批评、人情批评，还是受制于市场、学术机制的广告批评、僵化批评，其共同的表现都是外热内虚，病根则在于评论家主体意识的严重萎缩——他们像俳优一般只会取悦或献媚于买方市场，却没有像秉正持中的知识分子一样做出"英雄式的努力"。所以，我们与其悲叹文学评论行将就木、评论家已死，不如置之死地而后生，重新找回批评的灵魂，让批评家在痛苦的自我煅烧中涅槃更生。

那么，怎样才能起死回生，怎样才能重铸批评的尊严？其实，早在八九十年前，鲁迅先生就已做出了表率。他的文学观念，他在文学批评上的"业绩"，足以说明他不仅是伟大的文学家，也是伟大的批评家。一说起"伟大"，好像普通人只能高山仰止，但是从鲁迅躬身力行的批评实践来看，却只是平常和实在，并不需要三头六臂，或是什么特异功能。他对批评家的希望，无非是"愿其有一点常识"，不要食洋不化食古不化，不要抛开作品信口开河。"我们所需要的，就只得还是几个坚实的、明白的、真懂得社会科学及其文艺理论的批评家"，"批评必须坏处说坏，好处说好，才于作者有益"。当然，从"有一点常识"做到"坏处说坏，好处说好"也不容易，不单要有学识、眼力，还要有胆识、心力，只有具备了坚定的主体意识，才有可能成为有尊严、有灵魂的批评家。在我看来，一个优秀的批评家，应该具备以下几个特质。

知性。批评家首先应是一个读书家，是学识精深的文艺通才，他应该像神农尝百草那样尽其可能广博地涉猎古今中外的文学经典，在拥有深厚的文学涵养的基础上，堆筑自己的专业高地，否则，即便术业有专攻，也可能只是一名挖井似的学问家，很难成为可以振翅高飞的批评家。鲁迅之所以具备宽阔的批评眼光，与他长期大量地搜读天下好书不无关系。批评家有如美食家，假如他尝过的菜肴极少，怎么可能培养出高端的品位？可是由于过于严苛的学术规范，过于精细的学科分工，导致文学研究过于学院化，许多教授现当代文学史的批评家，往往只是通晓某一阶段干巴巴的"史"，甚至很少触及原著，更不用说打破专业界限去招惹古典文学、外国文学了。所以，一个置身于当代文学现场的批评家，哪怕少去关注某些炙手可热的作家、作品，也要尽力增加自己的文学储备，让自己的学识足够宽广。就像修造一座金字塔，你在最底层投入的石头越多，这塔就会越牢固、越高大。

以文学作品为研究对象的批评家又称"专业读者"，但是对批评家来说，多读、深读只是他的准备工程。死板、教条的专业读者也很可怕，因为博览群书、学富五车，所以专业，因为专业，所以专家，于是牛气哄哄，自以为是，所做批评反却大而无当，总是隔靴搔痒。伍尔芙、桑塔格即对此保持了足够的警惕，她们更喜欢以普通读者自居。伍尔芙的文论集便以《普通读者》为题，在自序中，她引述约翰生的话，对"未受文学偏见污损"的普遍读者给予了由衷的赞扬。桑塔格则多次谈到，她的论文写作的基本立足点，是"作为一个读者，从自己的体验出发，阐述读后感及看法"。定位于普通读者并非自谦，而是出于一种真诚的清醒。要做一名合格的批评家，先要做一名合格的读者。假如伍尔芙和桑塔格丧失了普通读者的心态，恐怕也写不出《一间自己的屋子》《反对阐释》这样极不普通的"读后感"。

理性。批评家的理性当然来自他的理论素养，即便不是文学科班出身，基本的文学史、文学理论、文学批评史自是不可忽略的，若要致力于文学批评，恐怕还要啃一些诸如《文心雕龙》《结构主义》《影响的焦虑》之类的专业书籍，至少要熟记一批可以显示学问的术语名词。这样，就可结合自己的阅读经验，做出有理有据的"批评"。照此说来，当一个批评家似乎并不太难，很多经过学术训练的业内人士也是这样做的，他们善于用一套舶来的大道理装入与之匹配的文学，就像卡夫卡说的那样：为一个笼子找一只合适的鸟。生吞活剥的理论加上一部分原文摘引再加上啰啰唆唆的内容复述，几乎就是某些学术论文的常规模式，这样的文学批评根本谈不上批评，跟文学也不沾边，只是一种简单的体力活罢了。理性的批评绝非贩卖半生不熟的文学理论，而是要建立在一个相对恒定的价值观念之上，这样才能确定自己的立场，不会摇摆无定，也不会人云亦云。

在这个信仰和价值轰然崩溃的时代，更需要"坚实的、明白的、真懂得社会科学及其文艺理论的批评家"，鲁迅先生的话道出了批评家的另一特质：不仅要治"文艺"，还要治"思想"，要有能力通过独立的思考作出个人的分析和判断，从而"理解文学和评价文学"。鲁迅本身就是思想家，其文学批评自然不乏思想的锋芒，他的很多观点都是一针见血的，至今仍不失为真知灼见，足以让我们心有戚戚焉。鲁迅何其高蹈超迈，一般人怕是难以望其项背。但是他的批评精神却是值得仿效的，一个批评家未必是哲学家、思想家，可是一定要有见识，有看法，如此，哪怕他的理论相对薄弱，他的批评也能做到振聋发聩，大音希声。

感性。说到感性，似乎与批评无关。作家、诗人讲究感性思维，批评家却是要避开感性的。批评总要客观，要严肃，要以理服人，一沾染了感性，好像就免不了主观臆断，感情用事，只见树木不见森林。强调"学术水准""影响因子"的文学批评，绝不会让感性抢了风头，甚至不允许夹带个人情感。所以，我们看到的文学批评，往往是干巴巴的产品说明书，是冷冰冰的质检报告。在这样的学术论著中，我们找不到批评家的影子，无从感知他的心跳，也搞不清他到底是什么态度。他只是抓安全促生产的文学技师，不说自作主张的话，也不说来路不明的话，总之严守操作规范，注重科学统筹，把文章做得正经八百，确保无任何闪失。此类以复制粘贴甚至抄袭为基本工艺的学术论文产量巨大，多数都是无心、无情之作，它们唯一的作用就是增加资料库的基数，加重搜索引擎的负担。这些生于资料库也死于资料库的僵尸文件，只能寄希望于下一个论文炮制者把它唤醒。真正有生命的批评并不讳感性色彩，反倒会因感性的成分而深入人心。

实际上，中国传统的文学批评总体都是感性的，像《人间词话》，虽然谈的是苏东坡、温庭筠，呈现的则是王国维的个人性情。鲁迅的批评文章，毫不掩饰个人的好恶，在为一些年轻作家所写的文论中，更可看到他的真挚情意。宗白华、李健吾等前辈学人所作的批评文章，也是不避个人情怀。其实即使是讲逻辑重理性的西方也不排斥感性，举凡影响深远的批评家，如本雅明、伍尔芙、艾略特、苏珊·桑塔格等，大都具有鲜明的个性，其行文立论多是感而发之，哪怕有些主观、偏颇，也不妨碍他们成为耀眼的星宿。

我所理解的感性，首先应是一种敏锐的艺术直觉，是对文学发自内心的本真感受。桑塔格即十分看重"感受力"。她说："要确立批评家的任务，必须根据我们自身的感觉、我们自身的感知力的状况。"所以她提出要"恢复我们的感觉"，去除对世界的一切复制，直接地体验我们所拥有的东西。只有具备了未遭毒害的直感，才可能拥有犀利的艺术眼光，从而做出自己的艺术判断。基于此，便能做到

"坏处说坏，好处说好"，而不必骑在墙上看风头，随大流。再者，从感性出发，才能贴近文本，"看到作品本身"，才有可能调动我们的阅读经验和理论资源，进而得到深刻的理性认识，形成明心见性言之成理的文学批评。所以，与从理性到理论的批评相比，由感性到理性的批评才是顺其自然，前者好比强买强卖，后者则是种瓜得瓜，种豆得豆。

诗性。说到诗性当然不是教唆批评家去写诗，而是希望批评家有点诗人气质。翻翻中外文学批评史，确有为数不少的诗人批评家。桑塔格就曾指出："诗人同时是批评性随笔的能手，并不有损于诗人身份；从勃洛克到布罗茨基，大多数俄罗斯诗人都写过出色的批评性散文。事实上，自浪漫主义时代以降，大多数真正的批评家都是诗人：柯尔律治、波德莱尔、瓦莱里、艾略特。"其实，这个名单还可拉长，像席勒、马修·阿诺德、博尔赫斯，既是一流的诗人，也是一流的批评家。勃兰兑斯、本雅明、苏珊·桑塔格等人，虽然并不写诗，也都洋溢着诗人的激情，他们的作品虽是理论著作，却并不枯涩沉闷：他们的文字灵动飞扬，而且，真情流露。我想，这应该就是一种内在的诗性。苏珊·桑塔格说过："做一个诗人，即是一种存在，一种高昂的存在状态。"这高昂的存在给了她自由不羁的翅膀，也让她生出了批评家特有的反骨、重瞳。桑塔格之所以有别于以治学为要务的案牍型学者，是因为，她年轻时就决意不以学究的身份来苟且此生，她带着某种程度的天真进行批评的写作。桑塔格得益于具有"作为作家的能量"——凭借"从小说创作中漫溢而出进入批评的那种能量"，她像是掌握了一种神奇飞行术，可以凌空高飞，也可以俯冲而下，让她"发现那些蒙受他人不公看待的东西的重要性"，从而看到她所看到的那些东西，理解她所理解的那些东西。桑塔格在谈及"新感受力"时，曾多次申明文学作品——尤其是小说不在列，在她眼里，只有少数诗人和不易归类的散体作家算得上"有创造性的艺术家"。她本人自然和本雅明、罗兰·巴特一样，属于"不易归类"的那一类。他们的共通之处便是都有一种诗性的能量，这种能量让他们对作品有一种本能的感应，并且让他们"处在顶峰之上"，与平庸、僵化拉开了距离。由此,诗性批评家总有一种怀疑的气质和激进的立场,他们的写作总也少不了透明的批评精神。

非仅如此,诗性的文体意识也是这类批评家的长项。他们偏爱片段和简洁,不讲逻辑,不求连贯,他们无意去写一本正经的专题论文,只是以审慎而灵活的方式表达出那种"独特的难以捉摸的感受力"。在论述罗兰·巴特的文体特点时,桑塔格曾说:"用片段或'短文'的形式写作,产生了一种新的连载式(而非直线式)的文章布局。这些片段可以任意加以呈现。例如,可以给各片段加上序号。"在《关于"坎普"的札记》中,她又说:"札记的形式似乎比论文的形式(它要求一种线性的、连贯的论述)更恰当些。"桑塔格的批评文章大都是以序号、星号或者空白隔开的松散的札记片段,而不是讲究章法、学理的规范化论文,这种片段化写作当然是有意而为的形式主义,也体现出桑塔格对"体系"的警觉和冒犯。但是我们却不得不承认,这样的写法的确有其诗性特征。不光有诗的形式感,表达也多显诗意。他们不会废话连篇,不会离题万里,而是常像禅宗公案一般有甚说甚、点到为止。他们简明扼要,直击要害,但不会把话说尽,而是留有诗意的空白,从而激发我们的感受力。

当然,我们无意把罗兰·巴特、苏珊·桑塔格作为批评的范本,就我个人而言,只是认为他们的诗性气质和诗性文本都有值得瞻慕之处。至少,我们可以把心灵从种种桎梏中解放出来,把文章写得洒脱一些,明白一些。

血性。一沾到"血"字,好像就很暴力,但是我还是要用这个词,来渲染批评的勇气。当然,仅以挑刺为乐、专门让人难堪的所谓酷评,没意思。但那种挠痒痒、打哈哈的泡沫化批评,更是没有一点意思。也难怪人们常把评论家讥为寄生虫。萨义德曾在《作家和知识分子的公共角色》一文中谈到,评论家属于略微有些受人贬低的寄生阶层——"他们被看作令人讨厌的、喋喋不休的家伙,除了吹毛求疵和寻章摘句之外就没什么能力"。不过目前我们的文学评论却总是十分讨喜:虽然它寄生在文学的皮上,却绝不会伤及宿主的血肉,而是靠舔舐其冗赘的皮屑饱食终日。所以这种互惠互利让作家和批评家达成了一种默契，文学批评看上去蔚为大观，却像得了虚胖症一般，缺铁，贫血，苍白，疲软乏力。打秋风、打酱油的评论到处招摇过市，真正挺直腰杆的批评家却不知何处置身。

陈平原先生曾感慨五四时期的众声喧哗、生气淋漓，单从学术上看那个年代也确实气象万千。就像鲁迅先生，之所以号为"战士"，是因为他有挑战，也有应战，他有与之交锋的论敌，如契诃夫说的"大狗叫，小狗也叫"，在那种多声部的语境中，鲁迅的声音也是其中之一种。但是现在，虽然权威遍地走，大话满天飞，却多是空洒口水，好些热闹、激烈的研讨、评论不过是一堆让人腻歪的唾沫星子。鲁迅希望评论家"直说自己所愿意说的话"，可如今能够"直说"的批评几乎绝迹，人人都是好好先生，人人都会说好话，既没有一个相对稳定的标准，也没有态度明确的价值判断。这样的批评环境如同壮观的海市蜃景，虽也眩惑迷人，终究还是一片空无。因此，很有必要唤醒批评家的血性，给批评以勇猛无畏的灵魂。

本雅明写过一个《批评家守则十三条》，其前两条即为："Ⅰ.批评家在文学斗争中是战略家。Ⅱ.不能选择立场就应该保持沉默。"可见这位卓然不群的批评家多么看重批评的战斗精神及其立场，他敢于孤军奋战，敢于固执己见，甚至不惜以偏激的方式充当一个破坏者、毁灭者。桑塔格称他为"最后的知识分子——现代文化的具有土星气质的英雄"……"他占据了许多'立场'，并会以他所能拥有的正义的、超人的方式捍卫精神生活"。其实桑塔格对本雅明的评价亦属惺惺相惜，她本人也是这样一位具有英雄气概的批评家。她的自画像即是："我把自己看作是一场非常古老的战役中一位披挂着一身簇新铠甲登场的武士：这是一场对抗平庸、对抗伦理和美学上的浅薄和冷漠的战斗。"激进、深刻、好斗的桑塔格，始终主张一种警醒的严肃态度，即便她有关严肃的观念本身显得不切时宜，她仍坚定不移，像堂吉诃德一样挑战时代的虚无，以个人的声音反抗世界的冷漠。若非如此，桑塔格也不可能成为"美国的良心"——真正的知识分子。

批评家理应成为文学的良心，批评家理应有一种敢说敢当的血性，哪怕他只是一根折断的苇草，也要削出尖利的锋芒。然而自五四以来，中国的文学批评似乎总在钝化、软化、媚俗化，鲁迅那样的硬骨头批评家几近覆灭，甚至持论相对公允的批评家也鲜有其人。批评或许已经死去，批评或许仍然有救，那么，就让我们先找回一点血性吧，让我们看准自己的立场，为批评的尊严，为批评家的良心而战。

总之，要做一名真正的批评家，就要有一种荷戟独行的挑战精神。我愿投身于那种"英雄式的努力"，无论结果如何。

以诗为重

德国哲学家西奥多·阿多诺有一名言："自奥斯维辛之后，写诗是野蛮的，这就是为什么在今天写诗已成为不可能的事情。"（《棱镜：文化批判与社会》，1955）面对这一"禁令"，德国作家君特·格拉斯的回答是："但我们仍然在写作。我们靠心中的承担来写作。"（诺贝尔文学奖获奖演说，1999，下同）尽管奥斯维辛集中营就像一条断层线，划出了文明史上一道无法填平的鸿沟，可人们还是要跨过这个鸿沟，要面对"奥斯维辛之后"的世界。"在奥斯维辛之后写作——无论写诗还是写散文，唯一可以进行的方式，是为了纪念，为了防止历史重演，为了终结这一段历史"——这是格拉斯的"承担"，是他作为一名前党卫军战士、作家、画家、"四七"社成员、和平主义者的承担。他要在瓦砾遍地、白骨成山的历史废墟上重整旗鼓，用文学表达一种"未完待续"的希望和信念。

奥斯维辛——似乎已经很远，对于当下而言——人类超速前进、社会空前发展——似乎并不存在能否写诗的问题，面对日新月异、"环球同此凉热"的一体化世界，人们尽可以吟诗作赋，歌以咏志。然而，当我们习惯了这种高效、亢奋的生活，习惯了高科技、全球化带来的种种好处，却又不得不承担所谓现代性的后果。在广岛、长崎被原子弹轰炸（1945）之后，在"文化大革命"爆发（1966）之后，在阿波罗飞船登上月球（1969）之后，在切尔诺贝利核电站爆炸（1986）之后，在海湾战争打响（1990）之后，在苏联解体（1991）

之后，在互联网爆炸性普及（1993）之后，在卢旺达种族大屠杀（1994）之后，在纽约世界贸易中心倒塌（2001）之后，在SARS病毒（"非典"）造成全球性恐慌（2003）之后，在第一代苹果手机上市（2007）之后，在金融危机席卷全球（2008）之后，在马航MH370离奇失踪（2014）、韩国"SEWOL号"客轮意外沉没（2014）之后——你不得不承认，人类已进入了非诗的时代。不是能不能写诗，而是诗意全无，无诗可写：月亮里没有了嫦娥玉兔广寒宫，珠穆朗玛峰上是人丢下的尸体和垃圾，粮食和蔬菜被化肥、农药和转基因改造得声名狼藉，大地日益沦陷——除了恶性繁殖的人造风景，被污染的江河湖泊，还有昏天黑地的雾霾、无孔不入的PM2.5、各种防不胜防的添加剂、激素、抗生素。更为严重的是，人的良知、天性也在坍塌，人们不再尊崇诗，不再奢求诗意，只是信奉由纸醉金迷、声色犬马构成的"现实"。在尼采宣称上帝死了之后，诗也近乎死亡，诗人只能充当孤单的守灵人。

"在贫困时代里诗人何为？"荷尔德林在100多年前即作如是问。他得到的回答是：诗人应像酒神的神圣祭司，在神圣的黑夜里迁徙，走遍四方。海德格尔的解读是："在贫困时代里作为诗人意味着：吟唱着去摸索诸神之踪迹。因此诗人能在世界黑夜的时代道说神圣。"因此诗人的本质应是神圣的代言者。可是，在诸神隐没的今天，似乎全无神圣可言，在这非诗的时代，似乎再无诗意可寻，在这举世茫茫之际，诗人何为？切斯瓦夫·米沃什曾经这样设问："在20世纪，诗歌可以是什么？在我看来，似乎是在寻找一条界线，在界线外只有一个无声地带……它是个人历史的独特融合发生的地方，这意味着使整个社群不胜负荷的众多事件，被一位诗人感知到，并使他以最个人的方式受触动"，所以他认定，"人用废墟中找到的残余来建造诗歌"。大概，这也是诗人未曾消亡的缘由。在这非诗的时代，真正的诗人只能以负重而行的状态写诗，以与非诗为敌的方式写诗。

本期《文泉》即以诗为重，编发了车前子、黑丰、麦冬、周伟文等十多位诗人的诗歌新作。张玉明曾在十年前不厌其烦地为一个名叫"张映红"的女子写诗，有一名句曰："昨夜我梦见我怀孕了／怀上了火山"。现在,他又在不厌其烦地书写"梦境",我们又看到一个喝醉的职业投毒者:"朝大海里投毒。他扬言要干掉大海!"张玉明显然在与非诗的生活作对,在他的作品中,你可能找不到诗意,却能发现深切的诗性。同样,老刀也是一位与鄙俗较劲的诗人,在他那里,蚊子、田鸡和妓女都可入诗,他以调侃和反讽不战而胜。还有一些纯粹的抒情诗人,他们更喜欢吟咏花开花落、人世沧桑,譬如:"小小的花蕊,是一枚枚钥匙,通往天堂。"(张军《眼中的世界》)又譬如:"路边一棵不知名的树也在发芽,紫红色的叶芽会是什么树。"(于兰《二月》)再譬如"我不曾想过,有一天你也会累,会病,会老。"(《此刻,我是你满目慈爱的母亲》)此类作品蕴含着古典的诗意,读者读之当会心存慰藉。由是可见,诗人的天职便是正道直行、竭忠尽智——为我们守住最易失却的宝物。

我们的大师和玛格丽特

嗨,《文学自由谈》,你好哇!你创刊 30 年,比我的"创龄"大一岁——从我发表第一首诗开始,至今也快 30 年了。如此说来我们可算平辈,足可以套套近乎称兄道弟。所以在我心目中,如果你有性别,也当为男性,不会是那个想来有点怪怪的"她",因此就大大咧咧地称你为"谈"兄吧。这么多年以来,我接触过不少文学报刊,但常常是有缘偶遇,无缘重逢,多数是一稿之交,文章发过便相忘于江湖。只有谈兄你是个例外。回头看看,我多次发过稿子的刊物真没几家,常年联系的更少,而我们却有了十年的兄弟情谊。我有几篇自鸣得意的文章,大都出自于你。我很是招摇地上了一回封面,也是因你之名。你的开本虽小,格局却不小,总能不吝版面,任我纵笔骋怀,放言撒野。《文学自由谈》之于我,自然就像自家兄弟一般,值得信赖,值得亲近,甚至值得甩开膀子打一架。当然我写这篇文章不是来约架的,反而是想借机肉麻一下——你正值 30 岁华诞,理当祝之贺之。可惜我既无官员字画,也无战国古钱,没啥拿得出手的豪礼,只好不揣浅陋,在这里叨叨一番,权当写给谈兄的生日献词。

谈兄出身于文学评论,然而自你一行世,便是文坛的孤剑,评论界的异端。你不立门派,不赶潮头,自顾弹铗而歌,不平则鸣,30 年不改初衷,在喜欢你和不喜欢你的人眼里,你,都是颇具风格的独行侠。大概这也是我追从谈兄的一个原因吧。假如你也像某些评论刊物那样,权威得像衙门,大牌得像花魁,高端得像僵尸,骄贵得像百元大钞,恐怕你也不会认同我的那种野路子,更不可能任由我不讲套数地耍刀弄枪,不知深浅地和名家老手过招,跟庞然大物比划,你在乎的不是输赢成败,只是一种无绊无羁的姿态。现在经常会在不同的场合,听到有人抱怨当前学术体制,抱怨千篇一律的论文体例,"学院派"一统天下,英雄们尽入彀中,大家不得不像广场舞大妈一样,操练千人一面的"学报体"。这样的抱怨听得多了,越听越像得了便宜卖乖。得了肥胖症反过来怨饭难吃,怎么就不怪自己的嘴巴不争气呢?难道那体制和体例里,就装不下一个腾挪跌宕的灵魂?或者,再把目光转向广场之外,难道他看不到,除了那种堪与国际接轨的"大妈体",还有一种可以轻身简行随意走心的"自由体"?所以每每听到英雄(大妈)们抱怨,他们是身在枷中,惨如行货,我除了有点儿不以为然(你们是身在福中不知福好不好),还有种未入彀中的幸运感——还好,我没被大妈收编,我离广场很远,离谈兄很近。

我等不材之木,南鄙之人,攀不上庙堂之高,只能偏处穷村陋巷,而谈兄的所在,则如荒野中的客栈,可令许多无地彷徨的小散客有所寄靠,并可让大家同声相应,同气相求,共传一把薪火。所以在我看来,《文学自由谈》既是一个看人下菜碟的小酒馆,也是一个兼容并包、天高海阔的大码头。在这里,有窃窃私语的安静角落,也有热热闹闹逸兴遄飞的大堂。因此所谓"自由体"才有其铺排施展之地,我们才能看到,有人浅斟低唱,有人横槊赋诗,有人皱着眉头发牢骚,也有人撕破脸皮大声骂娘。这情景有点儿像古人的壁上留言。崔颢到黄鹤楼,诗兴大发,就往墙上写诗。李白来黄鹤楼,也想在墙上题诗,可一看姓崔的写得那么好,只好甘拜下风,便在墙上留了两句批语:"眼前有景道不得,崔颢题诗在上头。"这是著名的文坛佳话。宋江在浔阳楼喝多了酒,见酒店白墙上多有先人题咏,自己也诗兴大发,接连往墙上写了两首反诗,还没忘署自己名字——结果竟犯了死罪。这是胡乱涂鸦惹来的祸端。可见古时的大白墙便是迁客骚人的文学论坛,只要心有所动,情有可抒,便明明白白写到墙上。这样的墙壁并无规划,定是杂乱参差,众声喧哗,也可能错落呼应,互有交锋,题壁者率意命笔,却能让众看官读出许多兴味,找出许多妙处来。谈兄给人的感觉正是这样，你不单提供了一个来去自便的客栈，而且造出了一面任人置喙的大墙，让来此落脚的人都能上得厅堂，登上高座，只要你的勇气够大，笔力够强，完全可以挤到崔颢和李白的前头。所以我们又不妨把"自由体"理解成一种"客栈体"，到这个客栈你可以高声亮一嗓子，可以站到桌子上讲一番大话，当然也可以找一块空白的墙壁，纵笔写出你的万丈豪情。

客栈里的文学显然有别于广场或庙堂里的文学。谈兄当也清楚：如今庙堂香火极盛，该有多少得道高人忙活着"在文学上成仙"；广场上人多嘴杂，又有多少大内高手兼做了"维持治安"的文学大妈。众仙家高居云端，上感天恩，下安民意；众大妈火眼金睛，横扫六合，绝地无敌。吾等道行既浅，视力也差，故与庙堂广场无缘，只好一路荒腔走板，投向谈兄的客栈。我的许多上不着天下不着地的话，我的一肚子的不合时宜，我的嬉笑怒骂，在别处可能直接哑火，或直接被卡死，唯在谈兄这里，能够一吐为快。这样的刊物不在大小，只要他能留下一个说话的小口，就能通往深远的未知之地，一份小刊物也能保持强大的生命力。尽管你也不得不修枝剪叶，掐尖去刺，但你多多少少保住了自由生长的可能。我曾在《文学自由谈》发表过一篇《看哪，这个爪哇土著人》，是写王小波的，谈他的"宁静的童心""人文事业"，谈那只"特立独行的猪"，谈"知识分子精神"，以及生来勇敢、不畏战争，且十分注重清洁的"爪哇土著人"。就是这样一篇纯属向王小波致敬的文章，却也能让某大妈鼻孔上翻，好像嗅到了爪哇人可怕的气息。好在谈兄你的鼻子没这么尖，否则我写的王小波只能待在爪哇国了。还有一次，我写了篇综述文章，竟也有大妈告诫我，这样的文章未经领导允许，不能随便写。我可是真的不明白啊，文学评论什么时候成了官方文书？难道都要统一口径，要像衙门告示一样先由领导批阅？但现在确是如此，文学评论有"学报体"，还有"公文告示体"，这种官样文章写得四平八稳，滴水不漏，每个字都准确到位，每个标点都不可增删，真像是由领导层层把关研究出来的。这种"公文体"的评论总是通篇高屋建瓴，句句都是废话，但又总能皆大欢喜。文学评论似乎越来越体现长官意志、集体智慧。所以每每想到这儿,我又为谈兄捏把汗,谁知你的客栈会不会被大妈接管?

实际上,客栈体的精神底蕴当是"民间",自由体评论也可视作"民间体"。谈兄早已从文风文体上打开了"接地气"的通道,所以,你本身也体现了一种相对独立的民间立场、民间精神。说到民间二字,似乎很简单,即便身在高位的官家老爷,也可以深入民间嘛,何况我等本来就很"民间"的平头百姓?然而作为文学从业者的作家、批评家,却往往很难具备一种自在自然的民间气息,要么是学究气太盛,要么是官僚气太浓,要么就是势利眼、软骨头,总之缺少那种鲜活生动的生命力,也缺少一种不失本心的真性情。有人一边抱怨学术体制、官僚体制对文学的强奸,一边快快活活地与其媾和,由此产下的不仅是学报体、公文体之类的怪胎,更坏的后果则是人文精神的溃败,人们习惯了一种程式化的生存,当然也就有了程式化的思维和程式化文体,所以某些貌似壮观骇人的文学创作、文学批评不过是浮肿且滑稽的文字僵尸。美国电影《肖申克的救赎》中有段经典台词:"监狱里的高墙实在是很有趣。刚入狱的时候,你痛恨周围的高墙;慢慢地,你习惯了生活在其中;最终你会发现自己不得不依靠它而生存。这就是体制化。"这是老牌囚犯瑞德的经验之谈,牢狱之灾当然只是一种极端状态,但谁又能说某种程式化的东西不比牢狱更可怕呢?有时候,我们强烈反对的,恰是自己最为习惯的,要打破某种教条和程式,莫如先拿自己的惰性和惯性开刀。

就拿作家莫言来说吧——"他扯下程式化的宣传画,使个人从茫茫无名大众中凸显出来"。斯德哥尔摩的几个老头大概没看错,管谟业之所以成为莫言,就因为他早就意识到,世上并非只有"歌德派"作家,还有一种作家"躲在黑屋子里,偷偷写他们的《大师与玛格丽特》"。莫言推崇的作家便是斯大林时期的布尔加科夫(1891—1940),因遭到残酷的政治迫害,这位作家生不如死,甚至请苏联政府以任何必要的方式尽快"处置"他,然而就是在那种恶劣环境中,他却倾尽最后的生命写出了一部明知不可能出版的作品——长篇小说《大师与玛格丽特》。直到他去世17年后,这部伟大的作品才在国外出版，又过了13年，他的祖国才有了第一个完全版本。究竟是什么信念，让身处绝境的布尔加科夫不仅没有放弃写作，而且没有变成"歌德派"？假如布尔加科夫没有对人类的信念，没有对个人的信念，他能否把全部生命投入到一本完全无望的书中？

还是《肖申克的救赎》中的一句台词："有些鸟注定是不会被关在笼子里的，因为它们的每一片羽毛都闪耀着自由的光辉。"电影主人公安迪、瑞德是幸运的，他们最终逃出了笼子，获得了自由。但人们要面对的问题往往与此相反：假如你只能关在笼子里，谁会在乎你羽毛上的光辉？假如你只能是斯大林时代的布尔加科夫，你会怎样做？我们的作家也曾经历过残酷的极"左"时期，他们要么被迫害致死致残，要么停笔不写。而那些还在写的，则是与政治相苟且的作品。像布尔加科夫那样醒着并写着的，好像只有顾准、张仲晓等屈指可数的几个人，可他们都不是作家。前两年有位老作家拿出了一部写于"文革"时期的长篇——据说"窖藏四十年"——其蒙尘之久比《大师与玛格丽特》更甚，然而这样一部"出土文物"，是不是具有横空出世的穿透力，是不是像《大师和玛格丽特》那样超越了它所处的时代，具有一种先知般的省觉呢？然而令人失望的是，我们并未出土一位自己的布尔加科夫，那个时代的作家写出的仍只是那个时代的长篇。所以，笼子里的鸟，即便闪耀着笼子外的光辉，也难拥有一颗在笼子外面跳动的心。

再回到莫言——他不必躲在黑屋子里，便光明正大地写出了《红高粱家族》《丰乳肥臀》《檀香刑》等一大批作品，而且不必"窖藏"，包括《天堂蒜薹之歌》《酒国》《蛙》之类大尺度的批判性作品，全都顺利公开出版。莫言比他的俄罗斯同行幸运多了，也可见我们的笼子宽容多了，或者也说明我们的艺术空间并非如想象得那么狭隘。然而问题又来了：即便有作家写出了他的《大师与玛格丽特》，或者换一个说法，即便有作家写出了他的《巴登夏日》，有作家写出了他的《浮生六记》，我们是否具有苏珊·桑塔格和杨引传那样的胆识，能够从地摊上拣出一部蒙尘的巨著？所以，还是回到前面的话题——我们如何才能打破自身的笼子？如何才能扯下程式化的假面,把个人从自身的体制中拯救出来?每个人都在种种形式的体制之中,每个人都有自己的"黑屋子",只是有的人把体制变成了自己的黑屋子,有的人把黑屋子变成了生命的暗室。因此也可以说,每个人都该有自己的"民间",每个人都该有自己"接地气"的方式。就像《文学自由谈》,谁把你当成笼子,谁就是你的笼中鸟。谁以你为客栈,谁就可以来去自由。谁把你视作兄弟,谁就能够像我这样任性,把一篇贺词写成了不合时宜的意见书。

哦,谈兄,请原谅我醉话连篇,词不达意。当我谈起你的客栈,谈起莫言的黑屋子,其实我最想谈的,却是我们的"大师和玛格丽特"——假如真的有这样一部书,那么谁是其中的玛格丽特呢?假如大师要焚烧掉他的手稿,又有谁会站出来阻止他呢?更为困难的是,假如这部手稿就在我们面前,谁能看到它的价值?又有谁敢高声告诉大家?很多时候,我们闭着眼,什么都不想看到。很多时候,我们睁着眼,什么也没看到。正是:

文学自由谈谈谈,
谈天谈地三十年,
玛格丽特谁曾见,
却见荒村学莫言。

壮哉文学自由谈,
津门论剑三十年,
输赢勿论有底线,
文学自由高于天。

——谨以此纪念《文学自由谈》创刊30年

我和我想象的作家

一

伟大的文学，必来自伟大的心灵。很难想象，一个庸鄙乏匮的人，能写出麦秀黍离之诗。一个胸无真意的人，大概也只会吟风弄月奉旨填词。作品的意趣如何，足可见作家的风骨气量。读作品，也是读作家。所以我读书，非只要知其文，还想识其人：要看到作者的存在，还要看到他的心安放在何处。

对于倾倒于其写作，进而希望一睹作者本人风采的仰慕者，钱锺书先生有句名言："假如你吃了一个鸡蛋觉得不错，何必认识那下蛋的母鸡呢？"此充满钱氏风格的谐语说在几十年前，彼时的人及食货还未曾陷入诚信危机，即便不识母鸡的样貌，大抵仍可吃上放心蛋。然而放眼如今，假冒伪劣大行其道，食蛋者要吃不错的鸡蛋，不得不先审问母鸡们吃了什么，否则很难安康自保，身心周全。可见，找准蛋源十分关键。文学也是如此，为了判定一部作品是否可读，不得不先对作者进行一番小心的判定。古人将知人论世视为文学批评的重要原则与方法，识见大体不差，也足有先见之明。由不同时代、不同的笔写下的文字，都会或隐或显、或深或浅、或多或少地投射出时世的忧欢以及作者内心的格局，也因此，很难指望一支卑劣的笔会写出怎样的锦绣文章。故此，我一直怀揣既要吃蛋也要识鸡的心理：要识读一流的作品，也要追从一流的作家。而混迹作家行列日久，就日益发现，作家头上并非天然笼罩五色光环，也绝难先天具有度化众生、救疗灵魂的无边法力。现实情况是，作家往往只被当作一种职业身份，写作也无非一项专业技能，和铁匠打铁没有多大区别。但同样是铁匠，有人打出干将莫邪，有人打出镰刀斧头，非但形制功用不同，品质价值也相去甚远；同样是作家，有人写出《红楼梦》《水浒传》，有人写出《金瓶梅》《荡寇志》，不仅良莠有别，而且高下立判。诺贝尔不必为火药造成的灾难负责，作家则要对写作怀有敬畏之心，他必须用诗意抵抗这个匮乏的时代，必须用生命撞击这个荒谬的世界。在这个意义上，作家不应单是一种职业身份，而必须具有精神的担当和思想的责任，写作也不该止于打铁似的炫巧耀技，而是要锤炼进生命的宽度和灵魂的重量。一个真正的作家，要写出纯正的作品，先要做一个纯正的人。

二

何为作家？作家何为？大概每一个写作者都有自己的认识和定位。30年前，王蒙先生曾对作家的没文化表示担忧，他以鲁迅、郭沫若、茅盾、巴金等"非常非常有学问"的"大作家"为例，指出"作家应该同时努力争取做一个学者"，"在思想、生活、学识、技巧几个方面下功夫"。但是这一号召似乎收效甚微，有的作家非但没有化为学者，反倒成了气功大师、毛片贩子。

后来，坏小子王朔又以"码字儿的"自居，将写作的崇高性、严肃性一脚踹翻，作家似乎成了码字工具，主体地位可有可无。当然，多数"码字"的作家本来就没把写作太当回事，也没必要指责他们"玩文学"——你可以在庙堂上讲经说法，但也不能制止别人赶庙会、耍把式。不可否认，有些江湖人士，不仅身怀绝技，而且艺高人胆大，所以敢走钢丝，能舞中幡，"玩"出了出神入化的真功夫。只不过这样的作家极少，偌大中国只有王朔、韩寒足可道之。

此外，一些"国"字号作家，则喜欢踱出庙堂，大谈"平民意识""把身架放低""为人民写作"。还有更为谦卑的，喜欢以"我是农民"自诩，因为祖祖辈辈都是农民，"骨子里就是个农民"，其平民意识要比"中国一般作家"有"根"。基于一种朴素的乡土情结，他们的创作自然要情系桑梓，心怀庶众。他们"关怀和忧患时下的中国"，推崇"'人民性'的表达"，其创作标的也仍是"经国之大业"。"农民作家"当然不会简单地写农民，而是要在所写的农民身上，体现出一种浑厚阔大的史诗性，至于效果如何，则另当别论。

作品写得好坏，涉及到技术问题。从技术层面说，又有不少作家喜欢自称"手艺人"。贾平凹、铁凝、刘震云、毕淑敏等人便有过这样的共识。若干年前，铁凝曾自谦说："写小说的人如当不了一个家，就起码当一个匠。"可目前的现实是，尽管许多人成了"家"，而且是很大的"家"，但是一落到作品上，他还是一个匠，最多是大一点的匠。王彬彬曾批评："今天的中国作家，越来越像一群手艺人。"其实，不只是像，很多作家就是手艺人，而且是十分蹩脚的手艺人。

作家走下臆设的神坛，重新定位于"码字儿的""手艺人"，确乎有其去魅的意义，或许会让作家找到自己的原点，确定自己的站位。再加上"平民意识""底层关怀""贴着地面写作"之类很显亲民的文学口径，作家们倒像是放下了本就不值一提的"架子"，很有了些"以天下苍生为念"的人间情怀。可是，并非"事就这样成了"。看看市面上流布的向生活看齐进而把生活看低的文学，看看那些标榜中国叙述、粗笔美学、民族思维的鸿篇巨制，你会发现，在一部部"现实主义"作品里，所谓现实，充其量只是一团浑浑噩噩的催眠大戏。现实如此强悍，文学却如此羸弱。现实扑面而来，作家却闭上眼睛。无法直面现实，无力抵达现实，才是中国作家最可悲的现实。中国当代文学的现状确是如此：你越是强调贴近什么，就越是远离什么，甚至自己的心灵也不知放归何处。

一个作家，即便是"码字儿"的王朔，想要写出理想的作品，除了需要高超的手艺，恐怕还要为这手艺注入活的灵魂。一个作家——虽也没什么了不起，但也并不意味着完全等同于引车卖浆者流，起码在写作时，他要具有足够超拔的精神向度。然而，对于中国的许多作家来说，最吊诡而又残酷的处境是：肉身尚存，灵魂出离，精神也已化为乌有——作家已死。

欧阳修尝曰："斯文，金玉也，弃掷埋没粪土，不能销蚀。"然十数年来，中国作家的形象不仅被满世界的浊气侵吞，更被作家自己消解得不成样子。作家们非但不再妄作大法师，还有的连最起码的操守也丧失殆尽，自不必说什么斯文扫地了。疲软，谄媚，没有主心骨，只求功名利禄，以往为作家所不齿共愤的，现在却成了造就他们"成功"的法器。"一切坚固的东西都烟消云散了"，作家们成了无处挂单的和尚，虽还披着袈裟充"半仙"，却早已纷纷蓄发还俗，既无力度人，也无以自度。

三

由于中国作家的群体溃败，导致当下的文学创作一片颓相。作家总量虽多但名副其实的太少，作品数量虽多却乏善可陈。帕斯卡尔说过："当我们阅读一篇很自然的文章时，我们感到又惊又喜，因为我们期待着阅读一位作家而我们却发现了一个人。"可是，现在我们的阅读感受往往相反：在一些匠心巧运、人物众多的作品中，你看不到"一位作家"，当然更难以发现"一个人"。你能发现的或许只是失望：作家们正襟危坐扶乩一般写出的东西总是如此一致，好像他们的头脑里住着同一位笔仙。所以，我们的作家很多，作品却都相差无几，尽管他们写了不同的人，不同的事，可是一经勘验，就会发现，虽然他们鼓是鼓，锣是锣，排演的却是同一出戏。同理，我们的作品很多，但作家很少，尽管文学作品的产量大得惊人，但它们的作者多为同类项，一经合并，就只剩下一个常规系数——"我们"。

有鉴于此，中国作家的当务之急不是写什么，而是要反躬自省，去伪存真，先做好自己，让恺撒的归恺撒，作家的归作家。究而言之，无论是学者化还是老百姓化，无论是码字儿的还是手艺人，无论是平民意识还是底层关怀，固然都有一定的针对性，却不足以道明作家及文学的本质。一个职业写作者，既然以写作为业，就不应像二道贩子那样没有长性，而应内心笃定，不从流俗，具有所谓"独立之精神，自由之思想"，既能在生活的河底潜行，也能逆飞于风口浪尖之上，总之是要以文学的方式发出独属于自己的声音。所以在我看来，一个作家首先要明确的不是作为其他的什么，而是要认清"自我"，具有不势利、不苟且的主体意识。作家就是作家，他可以在某一方面有学者或手艺人的特征，但是作家的主体意识，则是无可取代、不可放任的。就目前的状况来看，中国作家的总体面目却是模糊不清、阴阳难辨的，大家热衷于表白"为了谁"，却懒得弄清"我是谁"，因此作家们在坐而论道时总喜欢拉扯别的名目，比如农民作家，比如为老百姓写作，比如无职无权的文化人，好像如果不加一点添头，这个作家、作品就无以成立似的。但实质问题其实总是：你是谁？你心在何处？

四

本文写于 2012 年。此时重读这些文字，不免心绪苍茫，看来那时我还很天真，把作家的"小"和"弱"看作一种不可摧毁之物。近两年的意外经历证明，那个阳的世界无时无刻不在以种种非人的方式要摧毁你，吞噬你。卡夫卡说："这个时代与我如此之近，我无权反抗它，但是有权表现它。"所以他以卡夫卡式的忍耐写出了《地洞》《城堡》——当然这也是他的反抗。所以，重读旧文，仍为那些"孤独作家"所感动，所激励。同时我也告诉自己，永远不要做沉默的大多数的尾数，永远不要加入庸俗势力的大合唱，而且，永远也不要被摧毁。

因此，下面的内容也可取个小标题——《我的"孤独作家谱"》。

一个作家就是他自己，一个自身强大的作家甚至无法归类，当然也没办法用来比附什么。哈罗德·布鲁姆在《西方正典》中说到，自古希腊职业诗人品达以来，"力争经典地位的作家会为某一社会阶级而战，正如品达为贵族而战那样。但作家的写作主要还是为了自己，因此就常常背叛或忽略自己的阶级，以便增进完全以'个人化'为核心的自我利益。"他的话前一句还说得过去，后一句可能就需要"批判性地理解"了。一般来说，我们是最讲群众观念的，作家更不例外。为了自己？——岂非自以为是，岂非太自恋？所以，除非你不怕孤独并且甘愿自我放逐，否则就很难把"个人化"当成写作的核心。也正因喜欢扎堆，讲究人同此心，中国的作家才格外尊崇宏大叙事，以集约化的写作方式组合出八面威风且八面玲珑的样板工程。大而无当，众口一词。这种讨好、取媚、浮夸的文学必然不会有任何个人化的东西。某些宣称"大规模地描写中国社会""整个中国的内涵在里头"的作品，说到底只是披了一层中国的皮，在那里，你看不到作者的心灵安顿在何处，当然也不知他把中国的心安放在何处。没有完整的自我，何谈整个的中国？

所以我有一个偏见：真正的大作家，很可能只是"小写"的人，像萧红、王小波、卡夫卡、普鲁斯特，他们都很"小心眼"，却都写出了大作品，而这些大作品，又往往从小处着笔，《追忆逝水年华》只是些"时间的游丝"，《呼兰河传》只是些"幼年的记忆"，与《子夜》《创业史》之类的大制作相比，看似不足道矣，可是，那些小小不然，它们如传播生命的孢子，总能落地生根，长出蓬勃的枝叶。有些庞然大物，则如罕见的太岁，虽然看似活物，却很容易萎缩、干瘪，最终一无是处。

诚然，我所说的"小"绝非小人之小、小气之小，而是一种着力于内省的自我确认。只有对自己有痛彻的认知，才可能沉入内心深处，酿积出孤傲而决绝的力量。如布鲁姆所说："一位大作家，其内在性的深度就是一种力量，可以避开前人成就造成的重负，以免原创性的苗头刚刚崭露就被摧毁。"所谓"内在性的深度"，用更本土化的词汇表达，大概也相当于一种修炼、修为，亦即一个人颠扑不破的本性。在一篇回忆王小波的文章中,他的哥哥王小平曾说:"每一个真正的艺术家,都有一颗自己的内丹。他们行住坐卧,都如蚌含珠,默默孵育着这颗内丹,像练气士一样呼吸沉降,萃取天地间的精气,使这颗内丹在感觉的滋养中成长。当内丹大成时,它会以一种奇异的方式与外界发生感应,此时艺术家趣味大成,进入一种高超的境界,谈笑咳唾,皆成珠玉。这种内丹实际上就是一种对纯美境界的把握,一种至高的品味。"王小波便是一位拥有自己"内丹"的作家,这颗"内丹"给他胸怀,给他胆魄,也给他抗拒"减熵"的能量,让他成了一个敢给花剌子模国王送去坏消息的人。王小波没有自许为百姓或是平民,只是自认为他是"沉默的大多数中的一员",但是他的沉默不是出于怯懦,而是因为不愿加入"庸俗势力的大合唱"。王小波如此固执,可又是如此柔弱:"我的灵魂里……有一个核心,这个核心害怕黑暗,柔弱得像绵羊一样。"王小波如此柔弱,却又如此执着:"我希望我的'自我'永远'吱吱'地响,翻腾不停,就像火炭上的一滴糖。"他珍视着"自己的性格","自己思想的自由",他的"自我"从来不曾沉默。因为一颗软弱的灵魂,王小波却成了从泥坑里站起来的巨人。

卡夫卡也是一位"弱的天才"。羞怯懦弱,孤独内向,优柔寡断,这些弱性词汇用在他身上无不妥帖,"弱"是他的一个基本标志。他有一句名言:"在我的手杖柄上写着:一切障碍都能摧毁我。"就像《地洞》里那个惶惶不可终日的小动物一样,卡夫卡的一生也是彷徨无定、犹疑延宕的一生。可是,就是这样一个易于被"摧毁"的人,却是那么充分地表达了我们的时代,美国诗人 W·H·奥登即认为,"他的困境就是现代人的困境。"就此而论,卡夫卡又是强大的,虽然他如自己笔下的猎人格拉胡斯,好似并不反抗必死的命运,但是在他身上有一种"默默的坚忍的力量"。哈罗德·布鲁姆称之为"卡夫卡式忍耐",并指出,这对他所从事的写作艺术是一个"预备性的借喻或隐喻"。卡夫卡说:"忍耐是实现一切梦想的唯一的、坚实的基础。"这种忍耐不同于消极的忍受,在他这里,忍耐几乎就是一种存在方式。我们常常引用他写在手杖柄上的名言,却忽略了他还有如下补充:"……我与生俱来拥有的仅仅是人类的普遍弱点。我用这种弱点——就此而言它是一股巨大的力量——将我所在时代消极的东西狠狠地吸收了进来。这个时代与我如此之近，我无权反抗它，但是有权表现它。"所以，卡夫夫是一个善用"消极"（negative）的人，他用否定的方式发现了"即使在光天化日之下你也看不到的东西"。这大概正是卡夫卡得以伟大的前提。

哈罗德·布鲁姆是一位真正懂得卡夫卡的批评家，他指出：卡夫卡的精神核心是他的"不可摧毁性"。在《西方正典》中，布鲁姆摘引了几条卡夫卡的格言：

> 信念即意味着解放自身中不可摧毁的因素，或更确切地说，变得不可摧毁，再确切地说，就是存在。
>
> 一个人若不相信自身有某种不可摧毁的因素，他就不能存在，尽管不可摧毁的因素和这种相信都是他自始至终无法察觉的。

可见卡夫卡非但不可能被"摧毁"，反而是一位西西弗斯式的英雄，即便他明知所做的是不会获胜的事业，仍然会徒劳地推起或许毫无意义的巨石。卡夫卡曾在日记里写道："我内心有个庞大的世界，不通过文学途径把它引发出来，我就要撕裂了！"这句话和"火炭上的一滴糖"一样流露着天真的激情。和王小波相似，卡夫卡心灵深处的自我决不沉默，作为一种"不可摧毁之物"，让他在不能坚持时仍会坚持。

在我心目中，有一份"孤独作家谱"，除了前面提到的几位，这个名单还可拉长，比如：克尔凯郭尔、艾米丽·狄金森、博尔赫斯、费尔南多·佩索阿、本雅明、弗兰纳里·奥康纳、梭罗、布鲁诺·舒尔茨、胡安·鲁尔福、凯尔泰斯·伊姆莱、沈从文、海子，等等。他们无疑都是在孤独中找到自我归属的人，他们因孤独而拥有了"不可摧毁之物"，从而给"自我""真我""我自己"以及"我的灵魂"重新命名，并借此"攻击整个阳的世界"。

对于这些孤独的英雄，崇之仰之远远不够，我还要倾尽全力，效仿之，追随之。

五

回头再看中国当代文学,你会发现,这个伟大时代只是催生了好多"大写"的作家,而真正的大作家却只是——"多乎哉?不多也"。我们的作家,有了丰厚宽博的学养,有了平视众生的气度,有了中国叙述、民族思维,为什么还是远远不够?前几年德国学者顾彬曾批评中国作家,不光挑出了诸如不懂外语、胆小怕事、不敢面对现实等一大堆毛病,还说,很多中国作家没有自己的观点,有时跟着政治走,有时跟着市场走。他的批评虽然不尽客观,却也值得反思,未想却遭到中国作家、批评家的"集体反击",这个以偏概全指手画脚的洋专家遭到了一顿热烈的围殴。不过我认为他说过的话中至少有一句点到了实质:"一个作家应该是独立的,不应该怕什么。"顾彬举了一个最有代表性的例子——"鲁迅不怕什么"。那么鲁迅为什么不怕呢?他的胆子比别人大很多吗?我想根本的原因还是来自他的"独立",他的胆子可以很小,但他的内心无比强大,这强大足以让他无惧不知何来的暗器,在无物之阵中举起投枪。

在《论睁了眼看》中,鲁迅说过:"中国人向来因为不敢正视人生,只好瞒和骗,由此也生出瞒和骗的文艺来,由这文艺,更令中国人更深地陷入瞒和骗的大泽中,甚而至于已经自己不觉得。"这话其实和顾彬所说的没什么不同,要正视人生,需先正视自我,先回到自己坦荡无碍的内心。这个内心可以是小的,可以是乱的,但一定要是真实的,是纯正的。就这一点来说,可能有很多人不以为然,身为作家,谁不知道要有点个性,要用自己的真心说话呢?可事实上,我们的"内心"大都是一个好用的"外挂",是用来作弊、通关的秘密武器。有的内心满满当当,装的尽是粗浅鄙俗;有的内心闹闹哄哄,放的全是谎话狂言;有的内心像变幻万端的万花筒,却只是几粒彩色玻璃。我们还不能深潜至孤独自我的黑暗中,我们太怕遇到藏在内心的鬼,更害怕遇到面目狰狞的自己。所以,每一个人,都躲在厚厚的盾牌后面，想要保护自我，反而埋葬了自我。

格非在《文学的邀约》一书中提到了"重塑经验作者（即写作的实际主体）"的问题。他说，"在今天的写作中，已经没有了'作者'，有的是各色各样的'叙事者'。"在社会机制的规训和经济利益的驱动下，文学及其写作者也完成了"自我规训"，从而"迫使文学进入一种价值中立的相对主义的实践领域"。这就意味着，作者本人与他的作品很可能是两码事。那隐藏在文本作者后面的经验作者是谁，他的人格修养如何，精神境界怎样，似乎都不再重要。所谓"价值中立"，使文学的最终目标只是卖个好价钱，而作者，也像商人一样，追求的只是利益的最大化。文学因此濒于死亡。所以格非才悲壮地提出"重塑经验作者"，为的是"试图恢复被当代的种种意识形态所压抑、遮蔽的'经验作者'的本来面目"——这个作者应当"不惮于彰显自己的独断于一心的直觉、判断，甚至是偏见"，还要确信文学所承担的使命不可替代，从而"能够以非凡的勇气承担自己的命运和失败"。格非知行合一，从他的"江南三部曲"和《蒙娜丽莎的微笑》《隐身衣》等作品中，我们即可看到格非作为"经验作者"是那样的具体可感，他不回避当今时代的道德和文化危机，而是勇敢地置身其中，他有明确的立场，有坚持也有扬弃，"扎根于传统，而开向未来"。虽然格非把文学称为"失败者的事业"，但他宁愿像麦尔维尔笔下被标枪刺中的白鲸，即便千疮百孔，也不会投降，不会落荒而逃。鲁迅说："必须敢于正视，这才可望敢想，敢说，敢作，敢当。"格非应是这样一位敢于正视且敢于抗争的勇者。

可是，中国作家多数不会那么傻，就算他不幸成为扎眼的白鲸，也不会和亚哈船长对着干，更不会咬掉他的一条腿。为了明哲保身，作家们最拿手的本领是卖乖、示弱，好让亚哈船长留下一条生路。被公推为当代"大作家"的贾平凹先生，就有一个推己及人的结论："这个年代的作家普遍缺乏大精神和大技巧，文学作品不可能经典。"不知他的"这个年代的作家"范围有多大，是不是以他本人为标高？贾平凹先生当然不是莫比·迪克，他是政协委员，西京名士，虽然他也会说任何艺术成就的高低最终取决于"作品后边的人",但是更会谦虚地说自己的孱弱不足,什么胸腔太窄、眼睛太小、能量不大、气度不够云云,而且还要特别申明"不懂政治、怕政治"。貌似很有自知之明,很知道量力而行,实际却是讨好卖乖。作家之大如贾平凹者尚且如此,普天之下恐怕再难找出堪称"大精神、大技巧"的作家了。照他的说法,中国作家完全可以心安理得地孱弱不足下去,完全不必在意写出的是肌肉痉挛还是内分泌。

贾平凹"眼光里想的都是整个中国的情况",并常以"农裔作家"的血统自豪,可他的作品大都貌似强大,既不见"中国的内涵",也不见情动于衷的体恤之心。有人把《古炉》所谓的"藏污纳垢"提升到一种伟大的美学境界,说他用很中国的方式画出了"一个圆"。我却怀疑这个圆只是一颗"藏污纳垢"的大粪蛋儿。贾平凹也写过《世界需要我睁大眼睛》,说的却是"出外好奇看世事,晚回静夜乱读书"。这样的作家,不管眼睛睁得多大,也不会去正视任何真相。他们要说,就说:这就是生活。他们要写,就写:生活就是这样。他们要思考,就思考:人生大抵如此。他们只是要把所有的一切都搅和在一片混沌中。

贾平凹说"作家又称闲人",其实这才是他的本相。闲人是什么?闲人就像水上的浮油,虽然明晃晃地很招眼,却只会污损水质,荼害生灵。像贾平凹这样名士化的闲人,不管他多么积极地深入生活,也还是嗜好趣味、讲究情调的旁观者。有些作家所谓的自我,只是一种病态的自恋,是一种阴声阳气自以为是的自大狂。他们一面对民众就要含泪,一心怀天下就会肉麻。王小波曾说过:"中国人很闲散,尤其是有文化的阶层,闲散得太厉害了(这是从近代史角度上去说),所以程度不等地喜欢肉麻的东西。……老百姓养活了他们,他们在创造粪便一样的文化!"他还说:"肉麻就是人们不得不接受降低人格行为时的感觉。"所以,要让一个人扫掉锈积了几十年(甚至更久)的尘垢,做到像沈从文那样"不折不从,星斗其文;亦慈亦让,赤子其人",真是太难了。对那种气场已经够大的名牌作家,你可以不识趣地在旁边指手画脚,但大可不必奢望一尊老香炉里能长出香草来——在无尽的乌烟瘴气中，只有神乎其神的叽里咕噜念念叨叨。

不过，怅然四顾，我们也不至于太过失落。至少，在我的"孤独作家谱"中，还可找到张中晓、胡河清、苇岸、张钧、余虹、史铁生的名字，可惜他们都已弃世而去。他们是茕茕孑立形影相吊的诗歌烈士。他们生前孤独，死后亦孤独。但是在他们身后，仍有"不可摧毁之物"，如沉默的星辰，在渺无涯际处闪出点点微光。

六

本文写于莫言获得诺奖那年——莫言年，所以未能免俗地最后谈到了莫言。莫言说："在日常生活中，我可以是孙子，是懦夫，是可怜虫；但在写小说时，我是贼胆包天、色胆包天、狗胆包天。"这话在顾彬看来大概也是一种怕，尽管莫言崇拜鲁迅的眉间尺，但他终究做不成鲁迅那样的斗士。对于这种状态，会有人斥之为"犬儒"。可是举目望去，能在小说里狗胆包天一下的又有几多呢？所以莫言还是藏有骨头的——他退到了作品深处，他在角落里壮大自己的黑色英雄。至于文字以外的，那个"非作家"的莫言，毕竟还要幸福地活下去。

如果再乐观一点，在华语文学界，也还找得到堪称具备内在性深度、拥有艺术内丹的"孤独作家"。这里仅以莫言为例。自《透明的红萝卜》问世以来，莫言一直长势凶猛，几乎每部作品都有新异之处，有撼动人心的爆炸性。他的创作有着浓重的本土气息，却并不封闭或保守，而是带着强烈的个性色彩。他的语言如滚木礌石，有杀伤力，也有冒犯性。他是少有的一位敢到斜路上探险的作家。我们知道，莫言有过"作为老百姓写作"的说法——其实也算不得什么高论。但是他的可贵之处在于不装，他不是要靠"老百姓"借壳上市，而是以"老百姓"为创作灵魂——"从我出发写生活"。他从不兜售所谓"中国标签"，只是胸无大志地经营那个小小的"我"。他认为，写个人生活的作品才有个性，才有自己的风格和价值。尽管莫言也要不可避免地要受到种种"规训",但他的内在的自我却不曾萎缩,所以他毫不讳言:我是为自己的良心和灵魂而写作。这种为"我"的写作当然不是高祖还乡或者黛玉葬花,而是"站在人的角度上,立足于写人"。在莫言身上,"先锋精神"和"英雄情结"兼备,他和自己笔下那个无名无姓的黑孩一起出发,啸聚了一大批黑色英雄(从《红高粱》中的余占鳌到《生死疲劳》中的蓝脸)。他们表面笨拙、粗粝、古怪,却都具有"黑得发亮的精神"——"冷得发烫,热得像冰的精神";他们基本是逆时而动的,无论体格强弱,其内心都有一种尖锐的对抗性:他们不惧以一己之弱,对抗势运之强,他们是雅斯贝斯所说的"一旦决心形成之后即无倦无悔地坚持下去"的真正的英雄。

其实莫言本身是"非常懦弱"的人,他从不否认或掩盖"内心深处的软弱"。他的做人姿态是弱的,写作姿态也是弱的,在写作《蛙》的时候,他更是弱到了极点,要"把自己当罪人来写"。但是,这种与生俱来的软弱好像并不妨碍他成为弱的英雄,不影响他写出勇猛的作品。莫言曾说:"在日常生活中,我可以是孙子,是懦夫,是可怜虫;但在写小说时,我是贼胆包天、色胆包天、狗胆包天。"那么,一个如此软弱的人,其"胆"从何来?当然,还是来自他的内心,来自他内心的"不可摧毁之物"。他不必刻意悲悯,不必强说忧患,只要有了一颗自审自明的心,就能抛开现时的禁忌和规训,获得想象和言说的自由,从而与万物众生相沟通。那个虚构中的高密东北乡,也就成了他的精神撒野之地。正因如此,莫言方具备了异乎寻常的批判锋芒,从《天堂蒜薹之歌》《酒国》《四十一炮》《生死疲劳》《蛙》这类直逼"现实"的作品中,我们便可看出他的无畏:他敢于挑破现实中那死气沉沉的"灰色",敢于向生活中的暗物质、负能量宣战,敢于像天真的孩子那样揭出荒谬的真相。他以其软弱的内心熬炼出坚忍、执拗的"不可摧毁之物",并不动声色地撞向了太高、太硬、太冷酷的高墙。

苏珊·桑塔格在接耶路撒冷奖时作过如下演说,"作家的首要任务不是发表意见,而是讲出真相……以及拒绝成为谎言和假话的同谋","作家要做的,则应是使我们摆脱束缚,使我们振作"。尽管有人批评莫言是"平庸的乡愿",怪罪他为"平庸的恶"帮闲,可是对照莫言其人,特别是他的作品,我还是觉得他做到了真实为人,真心为文,也做到了桑塔格所说的:说出真相并使我们振作。至于指责莫言没有"自觉地与主流价值保持距离,在相对的孤独中完善自我"的想法,更属一种诛心之论——如果看不到莫言所独有的黑色精神内核,看不到他作品里那个孤独而决绝的自我,恐怕就没办法理解他的"怯懦",当然也就不可能感受到他的"不可摧毁性"。

鲁迅先生也曾说过:"震骇一时的牺牲,不如深沉的韧性的战斗。"其实无论正面强攻还是韧性的战斗,都难分伯仲,实不必以高下论之。所谓死士之勇,节士之悲,既与个人处境有关,也是性情使然。面对这个日益迷狂的世界,每个人都有相应的对抗方式,而作家,主要是在作品中出生入死,他把写作当成旷野上的呼告,当成铁屋里的呐喊,即便了无回应,仍要无怨无悔地写出他的失败之书。格非曾一再说:"一个勇于做失败者的人是了不起的——这不是悲观,恰恰是勇气。"我的理解是:投身于文学就是投身于无法估约的梦中,只有把自己完全交付出去,才可能让这个梦突破一己之私,映照出世界万象。所以,一个作家的勇气不只在于与俗秽为敌,更在于内化于心的体恤与慈悲。这样的人可能怯弱,可能失败,但是他持守的价值无可撼动。作家最终要面对的还是自己的内心。你的内心是一团泥沼还是一潭清水,决定了你与这个世界的关联方式。心里盛了些什么,作品就投映出什么。王小波曾说:"现代作家们对别人永远不及对自己的八分之一关心。我因为这个恨他们。他们写自己的满腹委屈,写自己的无所事事。这怎么可以呢?人不能不爱别人啊。"他说得一点不错,这样的作家确实可恨,他们心里装的全是针头线脑,鸡毛蒜皮,在现实中总是很有所为,在作品中却一无所为。这样的作家,才真正需要"有所不为"。

桑塔格强调,每一部有意义的文学作品,都应体现一种独一无二的理想,要有独一无二的声音。作家若要变得有价值,就只能私自培养,并在长期反省和孤独中训练出这种"独一无二的声音"。所以她才说,"作家不应成为生产意见的机器""作家的职责是描绘各种现实:各种恶臭的现实、各种狂喜的现实"。就此而言,我们不无沮丧:许多作家并不是致力于描绘现实,而是以写史、纪实、原生态的方式歪曲现实。在他们笔下,真相只是令人迷惘又迷醉的"一团混沌"。

还是卡夫卡那句话:"这个时代与我如此之近,我无权反抗它,但是有权表现它。"对于中国作家来说,起死回生的关口其实就在眼前,如不回到内心,重寻自我,只会永陷绝境。只有善用自己的孤独,才可能听到深夜的枭鸣,才可能于无所希望中得救。你有权用文学创造一个世界,有权把所有的怯懦、哀伤、梦想、爱与痛,都寄放在你的文字中。

诚如苏珊·桑塔格所言——文学,就是自由。

逍遥与沉迷

——怀念胡河清

海尔-波普彗星已在天际停留多日，我今天才想起去看它。仰目注视天边那遥远无助的惨淡时光，想及我今夜要走近的胡河清君，心中不免怆然！胡河清如流星在夜空划过，他惊动的只是那些在深夜仰望苍穹的人。

先前隐约听说胡河清之死时，我还未有多少触动。也许是年轻的我已把诗人自杀看成了生命的绝响，像海子那样，他的死自有他的理由。可是当我偶然翻读胡河清君留下的文字时，立时觉得相识恨晚，枉然自嗟。胡河清的文章写得灵醒俊逸，才气、学识、人品俱超乎凡俗，是为吾辈之高标也。按胡君惯用之法，我一再瞻其遗像，看到的是他稍鬈的头发、宽广的额头、清明的眼神和微翕的双唇，我看到了他的直截与持重。胡河清锐不可当，又脆弱如冰。这倒也应了他一再推崇的所谓"生命的悖论状态"：

> 中国历史上有这样的传说，具有天才领袖异禀的大人物，往往倒有几分女气的。
> ……男性性别的极限化也会导致女性意味的渗透。
> 庄子就是这样一位稍有些女性意味的美男子。

胡河清称之为"双性人"。由此称"贾平凹对男色的敏感流露出他身上有一种女性化的温柔",而称女心理学家耿文秀身上有"一种男性的伟岸正气"。这确实是胡河清本人的夫子自道,纵观其文其人,一方面他有一般男人所难及的阳刚之气,另一方面又有类似女性的那种没来由的"羞涩和温柔"。他兼采阴阳二气修炼自身,以图至善至美,然骨子里有相克相毁的精髓,至使命数无家,皈依了"缅想的灵地"。也许我能顺着这条线索走近胡河清君,走进他的现实生活和精神世界。

胡河清的"血地"在陕西的黄河之滨,而祖籍地在安徽绩溪,那里曾出过一代朴学(皖派)大师戴震(东原)。这更让我惊异地记起八年前卧轨而去的海子,也是安徽(长庆)人氏,再依胡河清君神秘的地缘说,似乎又有理不清的由头。海子过黄河离开家园居北方都市北京,河清渡长江离开"血地"居南方的都市上海。海子隐郊县农舍,河清隐百年古楼。比河清小四岁的海子(1964—1989)早他五年去了,那年我17岁,也正热烈地写"天空太低太低/我高高昂起的头/被不止一次碰破"之类的诗。海子的死使我也对生命产生了怀疑,便写下"遗书",准备离去,但最后还是不忍。现在胡河清君又走了,我一再扼腕痛惜,却再无追从之意。

读《灵地的缅想·自序》我们会觉得这是胡君有意弃世的绝命之辞,他用近15000字的篇幅追忆了自己的"一生",难道没有自奠的味道吗?最初"崇拜科学"的胡河清以为科学的未来也许会用实证的方式提供诸如宇宙有没有边际、人死后灵魂的去向等形而上问题的答案。可最后却被"叶子发黄"的古书和大运河畔的古老房子熏染得"作出了生平最困难的决定":与文学相伴终生。

这意味着胡河清悲剧命运的开始吗?他从陶渊明的《归去来兮辞》被触发了一种"隐士的暮气";他上大学后从图书馆借的第一本书是《庄子》,想在老庄哲学的净水中洗涤自己的心灵;他迷醉中国古典诗词,欣赏"日暮江岸送行舟"的惆怅意境;他被《黄帝内经》打开了"天眼",沉浸到充满灵魂传说的遐想之中;他研读佛典,由失眠而安眠，洞见了佛法的伟大；他还修习了《易经》，强调《易经》代表着一种宏大的审美境界。

戴震曾有言曰："仆闻事于经学，盖有三难，淹博难、识断难、精审难。"胡河清"游心"于古人的智慧与气韵之中，可说"淹博""识断""精审"皆有其法旨，故一与当代文学相切合，便生机勃发，光彩照人。原来"心如古井，矢志于中国古典学术文化研究"的胡河清君，其实是在更热诚地瞩望着中国文学的未来。他预言着"中国全息现实主义"的诞生，发现自己"古典式的恬淡心境也许不能保持很久了"。

由此胡河清君走向的是"梦幻、缅想"，这样能否弥补"游历上的不足"？

在20页的《自序》中，胡河清一再提及他的"曲折经历"：

> 我满月时就离开了那块大西北的"血地"。
>
> 我从小就居住在上海一所历史悠久的公寓里。童年时代时常被剥落的粉墙上爬行的光斑所惊起，似乎四周潜伏着难以计数的幽魂。
>
> 我在大约十五六岁的时候，又回到了生养我的地方。我当时穿的衣服在班上是最褴褛狼狈的，这可以充分表现出家境是如何的凄凉。我幼小的年纪，挑起了家庭中几乎所有的生计。
>
> 少年时代的艰辛……
>
> 突如其来的身世变故使我失去了涉足高峻深远的灵地探险、游历、朝圣的机缘。
>
> 忆及自己的前半生，风和日丽的良辰美景甚少。

我无缘探究胡河清的家世，单从这些文字即可看出他的经历之"苦"及内心之"苦"。"凄凉""艰辛""变故"之类的字眼表明他对生命之苦实在不堪重负。据胡河清的朋友王海渭回忆，他在1986年已发生过一次精神危机，并留下了"我自杀之志是因为要还我清净正身"的遗书。黄河之子胡河清对"死"可以说早已置之度外，只是或早或晚的问题。他说出"心苦""厌世""乏生趣"的时候已注定了34岁的生命已不可挽留。

我一再翻捡他留下来的两本书，试图发现一些什么，我知道胡河清绝不是畏惧生活，他只是因为太热爱这个世界才决然而去的。2000多年前屈原投江是出于"怀乎故都"，而活得洋洋得意如郑袖之徒恰恰是故都的出卖者！真的是好人难活吗？世俗的社会是一个人的前定，谁也无法逃避。有苟活者，有抗争者；有平庸之徒，亦有不凡之辈。死者已矣，人间世还是要一代代地活，问题是：如何活下去？

胡河清曾就此比较过王国维与钱锺书：

> 王国维有西方理想主义者正面惨淡人生的严峻性格，却无其"立意在反抗，指归在动作"的抗争勇气；又有东方佛学视尘世为悲苦心狱的阴冷，而无其既知善恶如形影之相随则诸是非于一体的圆滑。诚所谓聪明过头，自寻烦恼。此王国维之所以终于弃世者故也。
>
> 较之于王国维，钱锺书的"痴气"似乎要稍少一点。……钱锺书在对人情的激愤与对宇宙之"悲志"上均不减于王氏，但幸而他有一种将人生的丑恶、缺憾转化为审美形象的特殊本领。

李劼在《胡河清文存》序言里称胡河清为当代文化的《共工篇》，并将其与王国维的自沉相提并论，这除了肯定胡河清在文化意义上的地位外，恐怕还有嗟叹胡河清重蹈王国维死路的深意。胡河清指出了王国维弃世的文化渊源，同时也为自己的结束生命埋下了伏笔。胡河清是这片土地上孤独的婴儿，他有赤子之心而无护心之镜，他一再谈起"审美"却最终没有拥有审美的人生。

胡河清内蕴深厚、感情炽烈，这一点无论是读他自己的文章还是读他友人的回忆，我们都能感受到。他作为学者，读万卷书，行万里路，忘不了的是一个"情"字。朋友们忆及往事，莫不谈起胡河清重感情，他把仅有的两个杯子分一个予友人，他赠友人以远游时拍的风景照，他画一竹一梅与友人共享，或与友人长谈而不知倦……他的人情味每每显于言行，给人带来欢乐和遐想。而另一方面胡河清又爽直尖锐，不惜给人白眼，当面斥人为"海派"，或在文中明言不喜欢某人某文，真是快人快语不留情面。胡河清不是不洞悉"世事"，可他还是依然故我，悠哉论文，自在做人。

综观胡河清为文，多为阐释自我，他恣肆汪洋的论述往往超越了持论之文而另创天地。他不是采用学究式的方法进行挖掘，他的评论活脱就是对"本文"的再创造。胡河清如一探险者，不觉中已孤身一人走进一片幽远和神秘，走入了"缅想的灵地"。这时的胡河清是赫文斯定一般的英雄，"在中国西北部天寒地冻的山间长途骑自行车旅行，在零下十多度的冬天打开窗户睡觉"，这样的举动表明了胡河清的冒险精神和顽强性格。表现在文风上，胡河清更如金庸笔下的独行侠，他持笔如剑，既舞出狂草般的美，又在要害处显身手。胡河清是颇有修为的"匣中剑"。他每每在文字间自鸣心曲，不忘有所寄托，毕竟他是拖着文学梦在梦游啊！正如《易·系辞》所言："夫乾，其静也专，其动也直，是以大生焉。"观胡河清之文风气脉，确乎如此。这时他乐观积极，不露一点颓象。

胡河清不止一次地表露他的美好心愿，证明他骨子里实在是一个诗人。无论是谈东方文化圣手钱锺书，还是谈武侠小说高手金庸，他都是从发现美、展示美的角度出发，给人以美的兴味。钱锺书谈艺的风度，金庸小说的诗性氛围，成了胡河清研究的方向，也在很大程度上使他受益，这明显地体现在他的文辞风格上。

胡河清极推重钱锺书的《谈艺录》和金庸的14部武侠小说，认为它们是"叩开中国古典艺术文化宝山之门的钥匙。"

钱锺书在《谈艺录·序》中说："《谈艺录》一卷，虽赏析之作，而实忧患之书也。……苟六艺之未亡，或六丁所勿取；麓藏阁置，以待贞元。时日曷丧，清河可俟。"可见《谈艺录》实在是钱锺书自视甚高之作。他之所谓"麓藏阁置"正和胡河清所持观点相同："许多古典文学的大师都是靠'藏之名山，传之其人'而传世的。"胡河清之于钱锺书，或正为其书之传人，他的博士论文《真精神与旧途径——钱锺书人文世界探幽》正是对钱锺书所期"时日曷丧，清河可矣"的回报。为此，钱老还以抱病之躯致函河清："'刁无锡'称，大有追寇入其穴之致；整篇亦诙诡多风趣，不同于学院式论文。然不才为博士论文题目，得无小题大做，割鸡用牛刀乎！惺惺不胜，草此报谢。"

胡河清指明了钱锺书谈艺风度的"逸兴"与"沉哀"，实在是看出了钱氏的魅力之所在。若非"逸兴"，不见其情致；若非"沉哀"，不见其深厚。唯二者融贯，方见真功夫也。

然胡河清虽知其可为文而不知其可为人，他自顾追求"逸兴"而忘了用"逸兴"拂去"沉哀"。胡河清在好多处提到了《周易》睽第三十八，指出了此卦所含的对立统一的诗意特征。就此，钱锺书亦有论述："睽有三类：一者体乖而用不合，火在水上是也；二者体不乖而用不合，二女同居是也——此两者皆睽而不咸，格尔不贯，貌合实离，无相成之道；三者乖而能合，反而相成，天地事同，男女志通，其体睽也，而其用则咸也。"

那么胡河清属于哪一类？他也明白"知其雄，守其雌"的微言大义，却没有守护好自己的薄弱之处，一任生命走向终极，走向灵地。胡河清阴阳二气乖而不合，窃以为他骨子里藏着太多的幽怨和悲观，只是在文章中极少显露而已。或许这与鲁迅先生当年的处境相同。鲁迅一方面呐喊，一方面彷徨，也失望，也颓丧，却于文字间立铮铮铁骨，以责任和良心对待世人。胡河清不会没有这种倾向，他文字里的坚强实乃对古楼里的苦闷所做的救援和慰藉。他寄兴文章，是为逃避心灵的重压。可这种重压来自哪里？是周围的环境周围的人吗？你不能排除大气候的影响，而最不容忽视的还是胡河清本人。

我曾在去年写过这样一句话：人在最孤独时自觉地返回内心，观照自身，他在自己心里流浪，他在最绝望之际终于找到了生存之根。胡河清是生存的智者，他不可能过多地寄希望于外部世界，请求外部世界去救护他，他只能向自己求援。虽然他有那么多至诚至爱的朋友，也不能拯救他的心灵。胡河清太看重了生命，太看重了生命中的苦难。苦难使他骄傲，又成其拖累。他想超越痛苦，却使痛苦成了去也去不掉的"疖"。这倒令我想起了尤凤伟的小说《除夕》："宿命的棺材存在着，人想活；而革命的棺材烧掉了，人却想死。"主人公看重的是棺材，不是生死。胡河清呢？他看重的是痛苦，不是生命。胡河清观照自身时找到了生存之根是死亡！海德格尔说"死植根在烦中"，死作为终点消解了个体痛苦延伸的可能。

所以胡河清选择了死？

可他那么热爱生命，热爱文学：

> 我……愿意……做一个中国文学的寂寞守灵人。天似穹庐，笼盖四野，等到那血色黄昏的时刻，兴许我也不得不离开这一片寂寥的方寸灵地。如果真有这一日，我的心情该会多么惆怅呀。

可他还是离开了。

由此我愈加怀念海子。海子在《王子·太阳·神之子》里说："我恨东方诗人的文人气质。他们苍白孱弱，自以为是。他们隐藏和陶醉于自己的趣味之中，他们把一切都看成趣味。这是令我难以忍受的。"胡河清的"趣味"正在于他创设的艺术情境。他在艺术中永生，也在艺术中寂灭。可以这样说吗：海子死于对"趣味"的逃避，而胡河清正死于对"趣味"的沉迷。

胡河清曾在《史铁生论》中说："对一个艺术家来说，艺术将不再仅仅是一种自我安慰之道，而是一种寻找生命意义的方法。"胡河清视之为灵地的文学是他寻找生命意义的一种方法吗？在他文风如剑的外壳下，隐藏着他的志趣，也暴露出他的弱点。胡河清虽自明是鲁迅所称"青年不可读古书"的反面例子，却并未从古典经籍中脱身走出，他浸淫于"《易》，无思也，无为也""梵音海潮音"及术数相法中，像复活在龟甲竹简中的末世精灵。他为中国文学守灵，无形中已被一双魔爪俘获。胡河清太钟情太迷恋古典与神秘，他自命以传统文化为切入角度的当代文学研究本身，就是他试图复活儒术道玄的伏笔。他赞赏孙犁的"谦退"（"儒"的优容性格），马原的佛学义谛，阿城的道家哲学，实质是想努力拉着这些作家进入他的言语范畴，试图宣扬他在古文化中所汲取的"千瓢水"。这不能不说是一种善良的意图，胡河清的确还想发挥他文字的教化作用，他还是在以"介入"的姿态写作的。

然而你能说胡河清对古典文化的认识不客观吗？非也。单从他批评相术、气功的文字就可看出胡河清实在是看透了某些故弄玄虚的东西实在是骗人的把戏。再如：

> 首先，像《易》《老子》《内经》等虽然包含着相当高深的智慧，但它们毕竟是建筑在猜测和直观经验基础上的，因此较之现代科学还存在着极大的距离。其二，由于长期封建社会的僵化思维模式的束缚，中国远古时代所有的伟大精神文化已经停滞不前且受到严重歪曲。……
>
> 因此我认为，文学家对道家应持的态度，同对待中国古代的其他学说一样，必须划清它具有高超智慧的部分与封建性糟粕部分的界限……

我不认为胡河清已自觉把握了古典要义，相反，他在有清醒认识的前提下进入了对古典文化的沉迷。他沉迷在《周易》所建构的庞大先验论神秘体系之中而无法自拔，开口必言"易"，似乎一切都可纳入阴阳八卦的玄机之中。他论贾平凹时，说"西北乃乾位所在，为八门中两个吉门之一的天门。而'贾'字就姓得巧。拆开来看，无非就是西部的宝贝。""'平凹'两字的寓意大概更复杂了，据我的看法，这中间也含有'阴阳'的意思。"照此思路，"胡河清"之姓"胡"恰为"古代的月亮"，古代的月亮照临现代的大地，不凄寒才怪呢！他从钱锺书、杨绛夫妇收藏《牙牌神数》推想钱杨夫妇一定还藏着更多的对于人生、宇宙的玄想。他还持着一种地缘论。如汪曾祺，高邮人。于是胡河清想到了高邮曾有秦王子婴、张士诚、吴三桂及秦少游。于是高邮作为中国古代文化中心区域之一的地理形势给汪曾祺提供了独特的视点，而汪曾祺小说中其实也隐带着秦少游的流风遗韵。说来这也是胡河清的一种风格，我在文章开头不也联系到了戴震和海子吗？此想作一闪念想则可，若深陷其中，失矣。

胡河清不仅以此为文，且以此观照自己。他一再申明自己的大限为30岁，从名字上得出"河清"无望、生命难再的结论（黄河怎么能清？俟河之清，人寿几何？）。他批判术数相法实为骗人之道，却在《灵地的缅想·自序》开首就说：

> 在30岁的时候，我有幸碰到一位密宗高人，她见了我就大嚷："你怎么倒是活下来了？你这人要是一直待在'血地'是很难存活的呀。"这倒似乎说得有点入谱了。因为我满月时就离开了那块大西北的"血地"。如果继续待在那儿，便正好凑上三年自然灾害席卷黄土高原的时代，一切就很难说啦。

紧接着胡河清又作看似轻松的转折："当然从小斗雪熬霜，身子骨比现在锻炼得更结实也未可知。"虽然如此，仍然难以掩饰他内心的归属意识，他是在默认，他是已卜定大限之日的花瓶，他惊诧地欣赏着花瓶的完好无损却失手把它打碎了。

实际上胡河清已陷入神秘主义的谶纬学说漩涡之中，他以此解读文章、人生，怎能不失之于臆断、痴想。胡河清试图以此超越学院教条，并师法金圣叹老先生，以小说笔法论文，这不能不说是文章做法之一途，可我又觉得这其中有哗众取宠的成分。胡河清像生不逢时的世外高人那样念念有词，不时发出惊人语，说它诡奇倒也诡奇，缺少的还是服人之理。胡河清苦心经营的国学大业，实乃一太虚幻境，它开了胡君的"天眼"，又蒙蔽了他的心灵。《易·系辞传》："夫坤，其静也翕，其动也辟，是以广生焉。"胡河清略显矜持的外表下藏着他收缩太紧的心，他的阴柔之气太盛而处于静止封闭状态，拒绝了更生、突变的机会。

特殊的个人际遇和文化背景使胡河清在劫难逃,我不知他是否曾有过爱情经历,我不知他在处女作《张洁爱情观念变化》中谈论爱情是不是一次奢侈的精神漫游。实际生活中的胡河清以完全绝望和不屑的态度看待异性之爱,文章中的胡河清则忘情地歌唱柏拉图式的精神恋爱。这何尝不是一种渴望,胡河清要求文学作品要有来自人生深处的"苦乐兼具的激情"。他的激情来自于"无",来自于"空",正是那片无边的空白让他用激昂的文字去缅想爱情。胡河清认为"佛学的个人解脱是以对爱情的彻底否定为代价的"。他本人则非佛家信徒,他的拒绝与悖逆使他不再问情于人间,而是在文字间寻求解脱。可是,"呼唤的人和被呼唤的人很少能互相应答"。

还有,胡河清的日常生活也是他一再失落的原因吧?作为教师的胡河清,不能靠学识和风度引起在讲台下偷听流行歌曲的学生哪怕一展眉的关注。这种情形鲁迅先生在厦门大学不也遇到过吗?在给许广平的信中,他说:"我对他们(指学生)不大敢有希望,我觉得特出者很少,或者竟没有。但我做事还是要做的,希望全在未见面的人们,……"鲁迅的态度让人觉得他好像是一位不负责的教师,然而这却正是他刚柔相济的特色所在。他还是要做事,并寄希望于"未见面的人们"。胡河清一定失望了,他一定不能容忍这种智慧与浅薄的反差。是啊,"呼唤的人和被呼唤的人很少能相互应答"。

还有,胡河清的价值取向使其与所谓的"现代"相隔一层,他形而上的人格品质几乎在字面上也很难一呼百应。他不止一次地批判海派文学的价值观点和审美品位,并谥之为"卑微的文化犬儒主义",骂其"俗"。在上海安身立命的胡河清并未宠幸上海,他指名道姓地点明某些作家的小气和媚态,大有恨铁不成钢之慨。与此相对应,他心仪于金庸小说的如诗意境,先锋艺术家的"天书"风采,以此作为心灵的休歇地。这种拒斥与推崇(有时甚至走向极端)能给胡河清带来什么?他能达到心理平衡吗?再说,"呼唤的人和被呼唤的人很少能相互应答"。

"知我者谓我心忧,不知我者谓我何求。悠悠苍天,此何人哉!"胡河清如当年的苏东坡那样"满肚子不合时宜",却没有像苏公那样"抱明月而长终"的胸襟。他喜爱庄子,却没有达到"独与天地精神往来,而不敖倪于万物"的精神境界。在《钱锺书论》中,胡河清指出:

> 许多伟大的艺术家都有过化身梦蝶那般给自己派定某种想象角色的经历,从而沉湎在幻想的境界中不能自拔。

胡河清沉湎了吗?那清醒的人又是谁?海子在《思念前生》这首诗里也表达了与胡河清类似的观点。"庄子想混入/凝望月亮的野兽/骨头一寸一寸/在肚脐下/像树枝一样长着/也许庄子是我/摸一摸树皮/开始对自己的身子/亲切/亲切又苦恼/月亮触到我/仿佛是我光着身子/光着身子/进出/母亲如门,对我轻轻开着"。渴望建立庞大诗歌帝国的诗人就这样"思念"着他的"前生"。庄子就是海子?海子"对自己的身子/亲切/亲切又苦恼"的矛盾思想呈现的是妥协和抗争,诗人不满自我,又热爱自我,最后只得求救于"母亲"。这又应了《老子》五十二章:"天下有始,以为天下母。既得其母,以知其子;既知其子,复守其母,设身不殆。塞其兑,闭其门,终身不勤。开其兑,济其事,终身不救。见小曰'明',守柔曰'强'。用其光,复其明,无遗身殃,是为习'常'。"

胡河清呢?他是海子吗?他在呼唤着谁?我还不敢妄称是胡河清君的应答者,也许知音如朱大可者已真正走入了他的内心。那篇《朱大可:文化恐龙的休蛰》实际上是除了《灵地的缅想·自序》之外真正透露胡河清心绪的又一篇自白。通过朱大可之口,我们可以看见胡河清的侠骨柔肠:

> 你有一种混乱而怪异的精神分裂气质。你的人格显现彻底分裂的状态。其中一半的灵魂浸透着自卑,另一半却十分高傲。你内心是不屈服的,外表上则有妥协的一面。

……你是一个非常孤独的人。

……你的一生中始终承受着巨大的精神压力。

……你不会有世俗的福缘。

朱大可"命中"了胡河清的过去，还推断了他的中年和晚年，说中年是他与社会联系最紧密的时期，晚年则又将逐渐淡薄同外界的关系，返回到自己内心孤独的王国中去。看来朱大可并未预料到胡河清之死，可是他却指明了胡河清的致命伤：人格的彻底分裂状态。这种分裂一旦无法弥合，即如《易·象》中所说"剥，剥也，柔变刚也"，胡河清人格中的脆弱最终占了上风，"柔变刚也"，其锐顿失。

你能领受胡河清君这种悖论人格吗？他由于热爱生命而结束生命，这本身就是一种两难境地。对生命的意义、价值进行思考的人过分执着于生命，反倒是那些不思生死、无论今昔的人活得轻轻松松。胡河清追求审美的境界，迷恋充满密码的小说世界，他在幻想与世俗的夹层中逍遥与沉迷，活下去的愿望一点点消失……

我记起了胡河清高悬卧床之旁的许浑诗，它像谶语一样预示了胡河清之死：

劳歌一曲解行舟，
青山红叶水急流。
日暮酒醒人已远，
满天风雨下西楼。

昨夜初听春雷时我心一惊，那一道闪电也让我目眩。打破沉静照亮暗夜的雷电的确会震醒沉睡的人吗？胡河清或许是听到了风雨的应答才纵身跃出高楼的，他跳出了永远的孤独，投入了真正的逍遥之中。此时此地空余我穿越零点的沉寂去呼唤胡河清君的声音。是的，很多话，在他死去之前，他已经作了应答。我原只是想走进胡君的内心深处，却又无端指指点点起来。胡君有知当会理解我此中真意。

呜呼！诗人远去，诗心犹存。我本不愿在这儿为胡河清之死寻根探源，却又惋惜他年轻的生命。我钦敬他的为人，却又怨他太执于一端，没有走出王国维的樊笼。也许胡河清把死当成了他最后的诗篇，吾凡俗辈还未及读懂。

这篇文章断续写成时海尔-波普彗星更模糊遥远了，不知明天能否再见？而2000多年后海尔-波普彗星还会光临我们这个星球。想那时，胡君安在？河清可矣！

看哪，这个爪哇土著人

——致敬王小波

一

王小波曾说，他很喜欢福柯的一句话："通过写作改变自我。"他之所以写作，是想以此"提升"自己，他之所以"赖在文学上"，是想在这个圈子中"找到一个立脚点"，从而"攻击这个圈子，攻击整个阳的世界"。他未以"文弱书生"自谦，也没自诩为"独立文化人"，只是常以嬉皮、不正经的态度拿"伟大一族""哲人王"开涮，他没有"炫耀和卖弄自己的灵魂"，只是写出了沸腾的"自我"，所以我们看到的不是畸形的"犬儒""人瑞"，而是一个可爱的顽童。

王小波总是没正形，写的小说没地方发，"连作家协会和文联也没参与"，不过他倒是很有作家的自信，而且是十分自觉的"严肃作家"——他的严肃是对小说艺术的严肃，他追求从语言到结构的"处处完美"。但是不自恋，不装，他没有一笔一画地塑造作者的完美，只是试图用文字开创一种"有趣的事业"，顺便刺激刺激这个"无趣"的世界。也许这就是他的"立脚点"吧。如果没有这样的立脚点，他能否从可怕的、模式化的泥坑里站起来，成为一个不甘没落的作家？如果缺少与庸俗势力对抗的勇气，他能否远离浮嚣，以澎湃的想象力造就自己的精神家园？王小波年轻时就在情书里说："你知道我这世界上最珍视的东西吗？那就是我自己的性格，也就是我自己思想的自由。"可见，在他内心深处，早就埋下了一颗蒺藜的种子，它生根发芽，长出恣意伸展的枝蔓，也开花，也结实，也长刺，那刺先是鲜软，后是干硬，它会扎人，更会扎自己。王小波确是这样，他不愿意当别人手里的"行货"，只想写出一两部"一流的小说"，虽然他表面上大大咧咧，老要绕着弯子耍贫嘴，但总未抛弃他的立场，因此，他的人和作品一样诚实，让你觉得他的作品真的像一些"发出的信"。他以他的个人独白，和未知的收信人对谈。

作家的魅力不就是由此而来吗？起码，他不是养在圈里的乖乖猪，不是老虎身上的老狐狸，他有脑子，敢怀疑，能断决，他自我而不唯我，他像一个孩子，任性地退回自己的房间，仿佛遗忘了整个世界，却又惦念着整个世界。土耳其作家奥尔罕·帕慕克2008年在北大附中的演讲中有一段话深得我心，他说："一位小说家也许貌似整日都在游戏，而他其实担负着最深沉的信念，深信自己比他人更加严肃地看待人生。这是因为，他能够以孩子独有的方式直抵事物的核心。他能找到勇气，为我们曾经自由自在地玩耍的游戏设定规则，同时他感到，自己的读者也会为同样的规则、语言、词句，乃至整个故事动容。所谓好的创作，就是要读者们说：'我自己也想这样说，只是羞于让自己变得那么孩子气。'"作家不是需要"伟大的品质"么？这伟大品质就是"孩子气"？这"伟大"的标准竟是这么"低"？然而就是这样"低"的要求又有几多人能达到呢？我们总是过于老练，过于清醒，总是拿麻木当理性，把肉麻当有趣，所以我们的艺术总是恶俗的艺术，我们的人生也总是荒谬的人生。人类之所以还需要纯正、轻逸、睿智的艺术，不就是因为我们的生活太过秽浊、太过繁重、太过乏味？从事艺术就是捕捉存在的诗意，寻找活命的理由，不然，这世界岂不成了物的垃圾场、欲的幽冥地？真正的诗人（作家）、艺术家就是那些身上藏着"孩子气"的人，他们忘我、忘情地投入到没有尽头的游戏中，为了在白天观察星辰，不得不沉到痛苦的井底。唯其如此，这世界才不尽是晦暗昏聩的世界啊！

这世上的泥污何其多，能够干净逃脱的心灵又何其少。就像王小波所说：

"有很多的人在从少年踏入成年的时候差了一步，于是生活中美好的一面就和他们永别了，真是可惜。"

"在人世间有一种庸俗势力的大合唱，谁一旦对它屈服，就永远沉沦了，真是可惜。"

人都是要长大的啊，为什么有人留住了美好，有人倒向了庸俗？也许就是因为"差了一步"。这一步如此关键，诗与非诗的分野因此产生，于是有人走向澄明，有人堕入泥污。年轻时的王小波就是一个对"平庸生活"，对"庸俗的一切"，对"渺小的行为"，对"粪便一样的文化"怀有"狂怒""沸腾的愤怒"的人，他说"世俗所谓的东西我是一件也不要的"，他把"不甘没落的决心"引向了文学。人可以拥有什么样的生活？谁能给出一个"美妙的答案"？王小波这样考量"文学的基本问题"，因此才将写作视为"人文的事业"。他的"狂妄的野心"便是，"希望明白什么是这世界上最美好的东西，我这样的人能做到的东西里什么是最美好的。我要把它找到，献给别人"。他希望可以像维特根斯坦那样度过美好的一生，像司汤达那样"活过，爱过，写过"，所以他可以用"宁静的童心"，把自己选择的事业看作一条开满紫色牵牛花的竹篱小径。

二

现代人甚至一出生就已老了，稍稍有点孩子气就很奢侈。如果能够永存一片赤子之心，不就是一位遗世而立的诗人？反之，一个谙于世故精于算计的人即便成为作家，八成也是借文学沽名钓誉的文侩。王小波虽未专意写过诗，骨子里却充满了诗人气，其根源大概就在于他一直都没有"长大"，没有"成熟"，他把小时候遥望星空，对着星光感悟的那"一瞬"延长到了一生一世，所以他常说，他的个性是从童年继承下来的："我常回到童年，用一片童心思考问题，很多烦难的问题就变得易解。"王小波表面上"冷漠、嬉皮",内心里却"很幼稚和傻气",所以他看待问题的眼光才是澄澈而又无所畏惧的,他有包容心,更有自己的原则,落实到写作上,他才不会人云亦云,不会巧言令色,没有变成文学呆子或文学混子,也没变成文学贩子或文学骗子。

  王小波太看重他的"人文事业",为了好好写小说,干脆辞掉了大学的教职,当了"自由撰稿人"。虽然只是一个没有级别、非国营的"编外作家",他却心甘情愿地为文学——为他钟情的永恒之美背水一战。比起那些专而废业的专业作家来,他更专心,更敬业;比起某些高产高收的职业作家来,他更沉着,更严苛。他活着,爱着,写着,不为登堂入室,不为成名成家,只为"向无限进军",为了菩提树下的甜梦,为了留住美好的一切,为了寻找活生生的灵魂。他是那样的珍爱自己的"事业",不仅有一种精神上的自觉,真心实意地待它,而且在行动上与它一致,甚至不惜把生命交付给它。他倾心于文学(美),也要自己当得起文学(诗)。在凡夫俗子看来,王小波的文学生涯显然成本太高,就算他的想法无可挑剔,也没必要自讨苦吃。很有一些文学从业者,尽管从文学受益,得利甚多,却从未对文学动过真感情。我就常听有同行吹风说,文学(写作)也就是那么一回事,不能太拿它当回事,否则就是跟自己过不去。他们通常把文坛上的破事等同于文学,把自己的腌臜事迁怒于文学,就像无能的嫖客反要大骂婊子无情一样,那些不把文学当真的人,当然只会逢场作戏,得了便宜还要卖乖,得不到便宜更要放臭屁耍无赖了。

三

  按照"正常思维",王小波那样的体制外作家,应该最有理由"为稻粱谋"才对,以他的"字"力,即便没有先富起来,至少不会发不出来吧?可他却宁愿去开大货车,也不要用小说换馍馍,他写出的全都是推着自行车也推销不掉的"自(滞)销文学"。虽然王小波也感叹出一本书要比写一本书更加艰难，但是他仍旧听从内心，写出了更多的"艰难"。他的书确是经过一番搏斗，以血写成的。这不正是一个诗人的坚忍与孤绝么？他有自己的主心骨，他笃信自己的理想，他敢于和强大的"主流"分道扬镳，敢于向"好"的、"阳"的世界发起进攻。也就是说，王小波在把写作"爱好"发扬光大时，并没有把它养成娇媚的宠物，也没有把它赏玩成一种趣味，而是对它寄予了无限期待，无论是讲好看、幽默，还是讲智慧、有趣，他都没忘记关心"人间的事情"，他要"把一切真正美好的东西当成全人类的财富"。

年轻时的王小波很有一种义不容辞的责任感，他曾多次在情书中讨论过"人民群众"（这个词至今还遗留着浓重的政治色彩）的幸福问题，"人们不懂得应当友爱、爱正义、爱真正美的生活，他们就是畸形的人……"，"如果我不爱他们，不为他们变得美好做一点事情的话"，他们就会"在劫难逃，要去作生活的奴隶"。他为很多人享受不了真正美好的东西而觉得他们"可怜"，为他们"难过"，假如不为他们"做点儿什么"的话，那么"他们的不幸正是我们的卑鄙"，因为青年人"应该负最重的担子"。由此可见在未成作家之前，王小波尚有"启蒙""宏道"之念，很想通过文学"学雷锋，树新风"，让这世界变成美好的人间。不过，在后来的写作过程中，他那种高人一等的精英气概消失了，介入性的文学观念也逐渐淡化，轻于表现，重于表达。在"一切都在无可挽回地走向庸俗"的时候，他"不得不强忍着绝望活在世上"。当然，这并不意味着王小波向现实低头了，他的正气依然强烈，他的爱更为深沉，他不再"可怜"那些"沉默的大多数"，而是在思考和追问：美、诗意、真相，被什么剥夺了？被什么扭曲了？被什么压抑了？被什么利用了？所以，他不但要反戈一击——"攻击整个阳的世界"，还要在想象中创造一个布满阳光的世界。

在谈及文学与弱势群体的关系时，王小波曾表示："科学、艺术不属福利事业，不应以关怀弱势群体为主旨。这样关怀下去没个底。"我说："我国的文学工作者过于关怀弱势群体，与此同时，自己正在变成一个奇特的弱势群体——起码是比观众、读者为弱。"这样的话似乎很没心肝，弱势群体不爱听，关怀弱势群体的肯定更不爱听，难道"关怀"也有错么？"关怀"也有限度么？"关怀"也有负面影响么？非常不幸的是，王小波辞世十年间，他批评过的现象非但没有改观，反而愈演愈烈，并且形成了以"底层文学"（底层写作）为主导的文学潮流，许多作品打起了关怀底层、关注小人物的旗号，许多作家也俨然成了高屋建瓴、纡尊降贵的慈善家，把文学的功德箱简化成了扶贫文学、弱者文学。那种迎合市场、取媚高端的所谓底层写作，像庙堂里的香火一样被极端乌烟瘴气化、庸俗化，甚至得意地沉醉于以头抢地的低层次写作，即便那捐来的高香烧得再旺，也不过是把底层的香灰变得更厚而已，它所体现的不是文学的美，只是堆积出来的一坨热乎乎的"关怀"罢了。因此，当众多的"文学工作者"一窝蜂地"关怀文学"的时候，不仅糟蹋了"关怀"，也糟蹋了"文学"，那种廉价的同情、声援、救赎，纵使不是隔岸观火，也是隔靴搔痒，看起来贴得很近贴得很紧，其实"隔"得很呢。

不，我不是说底层不值得写，不是说弱者不需要关注，我的疑问是：你站在哪儿？当你身为"作家"的时候，当你发表"关怀"的时候，你站在哪儿？你和谁站在一起？

四

苏珊·桑塔格在《文字的良心》（2001年耶路撒冷奖受奖演说）中谈道，"严肃的作家们，文学的创造者们，都不应只是表达不同于大众传媒的霸权论述的意见。他们应反对新闻广播和脱口秀的集体噪声"，"作家要做的，则应是使我们摆脱束缚，使我们振作"。在另一篇题为《文学就是自由》（2003年德国图书交易会"和平奖"受奖演说）的演说中，她又强调："文学的一个任务，是对各种占支配地位的虔诚提出质疑、做出抗辩。哪怕当艺术不是对抗的时候，各种艺术也会受引力作用而朝着对抗的方向运动。"这些观点或许称不上新奇，可是，对于我们的"文学工作者"来说，却可能不好消化。这样的作家岂不太担风险，这样的文学岂不太讨人厌？然而我们究竟还有"严肃的作家"，他会说："一个人怕这、怕那，就什么事也不要做了，还算个人吗！"此话出自王小波之口，他和桑塔格应该是神气相通的，在《艺术与关怀弱势群体》这篇文章中，他就说过："我以为科学和艺术的正途不仅不是去关怀弱势群体，而且应当去冒犯强势群体。使最强的人都感到受了冒犯，那才叫成就。"王小波站定了他的立场：人的立场，作家的立场，文学的立场。他把自己归入了沉默的大多数，他和大多数人一样有着卑微的灵魂，有着人性的尊严，他的生命的每一笔、每一画都凝集着诗人的热望与活力，他的作品不用贴金不用大写就是人的文学。

苏珊·桑塔格说，作家应是一个注意世界的人，他试图理解、吸收、联系人类做坏事的能力，但又不会被这种理解腐蚀，不会因之变得犬儒、肤浅。"文学可以训练和强化我们的能力，使我们为不是我们自己或不属于我们的人哭泣。"（《文学就是自由》）王小波年轻时也曾说过："现代作家对别人永远不及对自己的八分之一关心。我因为这个恨他们。他们写自己的满腹委屈，写自己的无所事事，这怎么可以呢？人不能不爱别人啊。"也许王小波和他所恨的"现代作家"相比，不同之处即在于，他没有把文学当成敕造的尿壶，也没有把它当成讨饭的钵盂，他是把文学变作了午夜的星光、蓝色的蜻蜓，又把它炼成了打神鞭、自鸣剑。

五

2009年2月，日本作家村上春树获得耶路撒冷文学奖。当时以色列正对加沙进行空袭，外界舆论普遍反对他前去领奖，然而他还是不忘小说家应负的社会责任，顶着巨大压力来到了漩涡的中心，并且发表了令人钦敬的受奖演说。在以色列总统佩斯面前，村上春树公开谴责该国采取的强大军事攻势，同时道出了一个严肃的写作者所应坚持的立场，那就是：在强硬的高墙和与之相撞的鸡蛋之间，永远都站在鸡蛋的一边。

他说："我们每个人，也或多或少都是一枚鸡蛋。我们都是独一无二、装在脆弱外壳中的灵魂。你我也或多或少，都必须面对一堵名为'体制'的高墙。"照理这堵墙应该保护我们，但有时候却会呈现出它的另一面：它残杀我们，或迫使我们冷酷、有效、系统化地残杀别人。那么，面对高墙的威压，小说家的职责就是通过他创造的故事"给予每个灵魂以尊严，让它们得以沐浴在阳光之下"。并且给人以警醒，避免那强大的体制驯化我们的灵魂、剥夺灵魂的意义，"让人们意识到每一个灵魂的唯一性"。

站在脆弱的鸡蛋一边，就是站在穷困者、无权者、零余者、失语者一边，就是站在人性、良知、勇气、梦想的一边，他不是代表国家、总统、炮弹、领导或财神爷去解放、恩典、清除、关怀某一颗鸡蛋，他不是站在高墙上把鸡蛋封为同志、朋友、亲人，他不是冒充的鸡蛋，而是一枚真正的鸡蛋，他不是向往、屈从、附丽高墙的鸡蛋，而是一枚盛着刚毅灵魂、撞向高墙的鸡蛋。选择鸡蛋，就是选择作家应有的良知。

王小波写过一只特立独行的猪，它敢于冲破"被设置的生活"，摆脱了圈养、阉割、兜捕和杀戮，最终跑进了甘蔗地，取得了猪的自由。这个涉嫌夸张的故事显有讽喻之意。王小波之所以怀念这只不听话、不正经、不得了的猪，是因为见到很多人想要设置别人的生活，还有很多人对被设置的生活安之若素。他的险恶用心昭然若揭：很多人活得不如一头猪。通过这个故事，我们还可以看到另一个问题：在强大的生活现实与一只不讲现实的猪之间，你选择站在哪一边？首先，当时的猪倌王小波把他的"猪兄"引为同类，他喜欢、尊敬这只与"猪"不同的猪，自然，他与潇洒的猪兄是站在一起的。但是，当这位猪兄遭到几十支火器的围剿时，他没有与猪兄"并肩战斗"——因为他不敢对抗领导，没有胆量站在猪的一边，所以只得选择中立：别人包抄喊杀，他"在一边看着"。也就是说，他和猪兄的交情不敌他对现实的恐惧，他对猪兄的命运采取了听之任之的消极态度。幸好这只猪极冷静极会钻人类的空子,他大难不死,由"生猪"变成了野猪。只是后来长出獠牙的猪兄已对昔日的老友非常冷淡,虽然还认得他,却不容他靠近了。王小波对此很是"痛心",但也表示理解猪的敌意——因为是他绝情在先嘛。本文的关捩是"托猪言志",与"志"无关的小枝小节完全可以按下不表,所以,在引出"人不如猪"的主旨后,似乎也不必多说什么。

可是,假如我们按下"猪"的主旨不表,只说人——假如那遭到追杀的不是一只猪,而是一个人,你是不是也会"在一边看着"?假如那个人没有幸运逃脱,而是死于非命,你还会只是"痛心"一下吗?是的,当大家都是同一类别、处于同一层次、相安无事时,总可以站在一边,同看潮起潮落夕阳西下;然而当人们存在差异,或是出现利害冲突,面临两难选择时,站在哪一边都不像看风景那样轻松了。设若王小波写的是一个特立独行的人,这个人超凡脱俗,敢于蔑视"被设置的生活",是令人敬仰的"仁兄",当他相对安全时,可能会有人站在他一边;一旦他被判为异端,成为"公害"时,还会有人站在他一边吗?那时候恐怕多数人都会避之不及,甚至还会拿起屠刀,毫不留情地向他的"仁兄"砍去。站在"异端"的一边,就意味着站到危险的一边,就意味着将自己置于死地,谁能具备这样的勇气呢?没有落井下石就不错了,这个关口最不坏的选择竟是"在一边看着"。

是的,"高墙"总是强大的、残酷的、不讲人性的,哪怕你是铜头铁臂,也难以与之抗衡,更糟糕的是,可能你只是徒有其表,你只是一枚不堪一击的鸡蛋。是的,虽然最高贵的原则是"站到鸡蛋一边",但是真要站到鸡蛋一边,又何其难也!通常情况下,鸡蛋有自己的原则,按照惯例,鸡蛋并不一定要站到自己一边,反而会倾向于高墙,我们不得不承认——鸡蛋最喜欢站到高墙的一边。

在拉斯·冯·提尔的电影《狗镇》(*Dogville*)中,鸡蛋们陷在无形的高墙中,竟而形成了高墙的一部分。准作家汤姆虽也只是一枚鸡蛋,却自以为人在高墙。当整个狗镇只剩下一个"鸡蛋"(葛瑞丝)时,他没有选择站到鸡蛋一边,甚至没选择"在一边看着",他积极主动地选择了更霸道的高墙。作家不是要与各种有支配地位的强权对抗的么？作家不是要为不属于自己的人哭泣的么？作家不是更要与被污辱、被损害的人站在一边的么？作家不是要更人性，更人道，更爱别人的么？为什么，在我们最需要一个"作家"的时候，我们最需要一个"人"的时候，他却躲到了高墙后面，既没有担起作家的责任，也没有拿出人的良心？不错，站在鸡蛋一边是好的，然而，站在鸡蛋一边却是非常困难的。我们都知道做人要有一个立场，但是如果这个立场只会让你众叛亲离，让你吃亏受累，让你得不到一点实际的"好处"，你还会坚持这个立场吗？就算能坚持，又能坚持多久？一天两天？一年两年？一辈子？

就拿那个黑白颠倒的十年来说吧，当人们必须选择立场的时候，有多少人选择了高墙，又有多少人选择了鸡蛋？中国作家——那些常以灵魂工程师自居的人，又有几个选择了鸡蛋？比如那位写过《女神》的大诗人，当其亲人危如累卵时，他选择了什么？再如那位后来主编过《读书》的出版家，在其被贬为鸡蛋的时候，他选择了什么？还有，当胡风、顾准、老舍、傅雷、陈梦家们——沦为鸡蛋的时候，谁和他们站在一边？或许多数人会"在一边看着"；有的人则会和鸡蛋势不两立，还要把它打碎；至于极少数像林昭、遇罗克、李九莲、钟海源那样站在鸡蛋一边的人，只会和鸡蛋一起毁灭。的确，选择什么立场并不是买彩票，如果站在鸡蛋一边注定要完蛋，你还敢于选择鸡蛋吗？

六

作家也是人——就像《狗镇》的汤姆说的——作家也会势利，也会害怕；作家也要分清理想和现实的关系。除非你心如磐石，除非你一无所惧。所以，中国作家在非常时期的集体失语似也情有可原。那就再退一步，拿遽为盛世的当下来说吧。我们的生活质量日益提高，既无冻馁之虞，亦无发展之忧，不必文攻武卫、斗私批修，也不必早请示、晚汇报，只要你舍得驰骋想象，足可以思接千载，视通万里。现在想要像王小波那样看到几十个人追杀一只猪的场面恐怕也很难，当然更少有直接考验你站在哪一边的沉重命题。很多问题不必"触及灵魂"，只需"触及皮肉"，便可轻松解决。如果还有人为"活着还是死去"大伤脑筋，肯定是比哈姆雷特还死心眼的大傻瓜。现在大家都开窍了，想开了，谁还稀罕一柄自断生路的秃剑？因此，就像苏珊·桑塔格所不幸言中的那样，中国作家轻浮于生活，更沉没于生活，他们吞咽着美艳的现实，同时又被这种美艳所"腐蚀"，变得"犬儒、肤浅"。如今我越来越觉得王小波的说法一点也不过分，有些作家的确是把自己变成了卑鄙小人，把写作变成了龌龊的事业。

在这个被王小波遗弃的时代，还有多少信守精神家园的人？多的是写东西的，少的是真正的作家；多的是文化名人，少的是真正的诗人；多的是最高指示、意识模式的拥趸、同谋，少的是独立、慈悲的自我。世上已无王小波，作家死了。在这个灵光消失的时代，谁是作家？谁还会像西西弗斯一样，满怀激情地推动巨石，全心致力于一种"没有效果的事业"？现在，谁还会像王小波那样，像他那样选择沉默的大多数，像他那样敢于攻击"阳的世界"、敢于冒犯强势群体、敢于颠覆"花剌子模"，为了说出真相，不惜成为以身饲虎的"坏消息信使"……然而，作家死了，世上已无王小波。想想真是悲哀，作家死了，在"利润最大化"的高墙里，"阳的世界"更强大了。好在，活着的并不全都是站在高墙一边的人。好在，我们还可以借王小波的预言安慰自己：要高升的尽管高升，要堕落的尽管堕落，最后剩下的才是真正的诗人。

萨义德曾在《人文主义与文化批评》一书中指出：自上个世纪末以来，"作家在各种行动中越来越呈现出知识分子的反抗特征，比如，对权势说真话，成为迫害和苦难的见证者，在与当权者的冲突中发出反对的声音"。同时，他例举了赛尔曼·拉什迪、纳丁·戈迪默、大江健三郎、加西亚·马尔克斯、君特·格拉斯等十数位具有国际影响力的作家。可见，这世界并未全然溃败，许多真正的作家果然"剩下"了。

村上春树的耶路撒冷演说，还是令人感念的："我们都是人类，超越国籍、种族和宗教，我们都只是一枚面对体制高墙的脆弱鸡蛋。无论怎么看，我们都毫无胜算。墙实在是太高、太坚硬，也太过冷酷了。战胜它的唯一可能，只来自我们全心相信每个灵魂都是独一无二的，只来自我们全心相信灵魂彼此融合，所能产生的温暖。"他的呼告虽不比"芝麻开门"那么灵验，却可以帮我们打开封闭的心灵，哪怕是一条缝隙，也能露出一线光，得到一点慰藉。

还有萨义德的一段话，我也很喜欢："知识分子的临时家园是一种紧迫的、抵抗的、毫不妥协的艺术领域——唉！他既不能由此退却，也不能从中寻求解决方案。但是，只有在那种动荡不安的流亡地带，一个人才能第一次真正领会那种无法把握的东西之艰难，然后，无论如何，继续努力。"你看，虽然他也叹气，也不免四顾茫然，可是仍要涉入未知之途，为"无法把握的东西"而奔走于"动荡不安的流亡地带"。萨义德为"作家－知识分子"确立了局外人、放逐者的形象，他们独立于一切利益集团之外，对任何体制化的集体力量都保持足够的警惕，他们的追求基本没有实用目的，尽管总是失败，也要为真理、自由而战。在我们的国家，一直都有"这样的战士"，远如屈原，近如鲁迅，他们无惧"无物之阵"，"知其不可而为之"，做出的是无用的事业，留下的是无限的精神。这样的人从来都是寥若晨星，假如你不肯早起仰望天空，也许一辈子也不会看到。

王小波曾说他就像本世纪初的一个爪哇土著人，这种人生来勇敢，不畏战争，但是更注重清洁。这句话即道出了他的几个基本特征：他率真、无畏、爱干净。一个人，倘若有此三样，就算从不写作，其本身不就是一首美好的诗吗？每个人都要做自己的诗人。

我们何以求生，何以爱

一

没有悲怆和毁灭往往无以成奇文，伟大的作品往往是惨烈的、颠覆性的，写作者把人间大恸灌注到字里行间，不但刺痛了大地的神经，也让读者（观众）黯然自照，心生哀怜。这个世界悲惨太多，伤害不断，可是在这个娱乐至上的时代，我们更热衷于制造喧嚣，更习惯于消费一切，还有谁愿意探寻悲剧的源头，有谁愿意汲取悲剧的力量？有些苦难是不可捉摸的，有些缺失是永远无法弥补的，面对种种幸与不幸，你只能为命运嗒然叹息。人为什么活着？活着有没有理由？活着需要理由吗？如果必须寻找一个理由，又该是什么？你一再问自己，又总陷入虚无，找不到一个冠冕堂皇的理由，似乎某些切身的体悟也只能当作自我安慰的借口。所以有时候只好认为活着便是寻找借口，只要不愿放弃借口，就一定能找到活下去的理由。那么，对人类来说，哪怕相互之间差别再大、分歧再严重，都有一个借口是共通的，那就是发自本能的爱，对生命对自身的爱，对他人对尘世的爱，正因有了爱，人才不会绝望，才能代代相传……

二

　　无疑，苏联作家瓦连京·拉斯普金的小说《活下去，并且要记住》（吟馨、慧梅译，上海译文出版社2004年出版）就是一部歌咏生命、歌咏爱的作品。没有曲折离奇的情节，没有惊心动魄的场景，简简单单的几个人，故事甚至也有点单调，作者就是那样不紧不慢，像冰雕艺术家那样，用一把柔婉的刀子，刻出琐屑而缜密的印痕，几乎每一处都细致入微，真切而又冷峭，字字句句都足以打动人心。很难想象，假如没有那种繁复的、甚至有点絮叨的叙述，这个故事还会有多少韧度，如果去掉那些翻来覆去、不厌其烦的"重复性"情节，也许这个故事就会立刻变得索然寡味，平庸不堪。

　　这个发生在1945年的故事是平缓推进的，作者只不过是在不断堆砌那无法规避的命运的石礅，直至把主人公完全压垮，只能以结束生命作为最后的了断。尽管如此，作品的支撑点还是"活"，是那种"活下去"的渴望。通过纳斯焦娜的死，拉斯普金提醒人们"要记住"的还是"生"：无论生活多么沉重，永远都不要放弃生存的信念。

　　诚然，小说是在控诉战争，展示出的却是伟大而又卑微的人性。在苏联卫国战争即将结束时，伤兵安德烈从医院逃回西伯利亚故乡，只能在村子外的荒山老岭躲躲藏藏，苟且偷生。为了保证他的安全，维持他的生存，妻子纳斯焦娜始终誓守秘密，一次次越过安加拉河，频频与他相会，给他送去食物、猎枪、蚊帐等生活必需品。小说就这样两头铺开，一条线叙述困顿无助、提心吊胆的纳斯焦娜在河这边费尽周折，偷偷摸摸为安德烈提供"后勤保障"；另一条线则叙述惶惶不安、缺吃少穿的安德烈在河那边焦急地等待纳斯焦娜前来补充给养，也补充温情和安慰。这两条线时分时合，正像纳斯焦娜与安德烈一样，被一条河远远隔开，只能偶尔见上一面。然而这种胶着的状态并没有丝毫令人乐观的余地，他们只能无望地、消极地等待着，只能一天一天地挨下去,忍着,对付着。尽管安德烈变得像个"妖怪",还学会了狼叫,尽管纳斯焦娜的负担日益沉重,可他们俩还是"套在一辆车上",仿佛正是因为这种连在一起的绝望,使他们之间的爱变得纯粹而且炽烈,让他们甘愿"死在一起"。也许正是这种不计后果的爱最会创造奇迹,多年不育的纳斯焦娜竟然有了身孕。对小说来说,这个意外使本来平淡的情节出现了起伏,原本沉闷的节奏也一下子紧张起来。更重要的是,对故事的主人公来说,这是更为严峻的考验,安德烈可以继续躲下去,纳斯焦娜可以继续伪装下去,但是鼓起来的肚子是藏不住的。所以,他们的抉择就使故事的走向出现了摇摆。在这种境况下,安德烈偏偏要挑战业已岌岌可危的事态,非要留下这个孩子,因为他寄望于留下后代,既然自己的生命朝不保夕,那么确保孩子的顺利出生就是最好的结局。

纳斯焦娜说:"安德烈,我不知道该怎么办,不知道该怎么办。我已经慌了手脚。"

安德烈说:"纳斯焦娜,命中注定的事,你再逃也逃不了,不管你怎么违背它,它还是我行我素。"

在这种情况下,他们只好被动地跟着时间往前走,虽然若无其事,但真相终要败露。纳斯焦纳亦被推到最为薄弱的边缘,似乎一捅就破,然而她的承受力仍然惊人地强大,婆婆骂她找野男人弄大了肚子,公公再三盘问她关于安德烈的下落,她还是守口如瓶,不惜玷污自己,甚至不惜诬赖他人,为的只是掩护丈夫安德烈。不过,她最终还是没熬到孩子出生:为了不暴露安德烈,也为了"求得永恒的解脱",在给安德烈报信的途中,她被人追踪得走投无路,投河自尽了。

在整个故事里,安德烈都是一个逃避者、索取者。"你什么都别去理睬,把心事通通扔掉,只顾给我生孩子""不过,再一次提醒你记住,你要是对谁说了我在这儿待过,我可饶不了你。我的阴魂也会来找你算账",这些话都出自安德烈之口。纳斯焦娜养活了他,却未赢得他的信任,为了活命,他变得自私又多疑,一切都以自己为中心,全不顾妻子的处境。然而纳斯焦娜却还是心甘情愿地、义无反顾地迁就、安慰着安德烈，因为害怕丈夫失去活下去的勇气，她曾向安德烈许愿说："要是你走绝路的话，我也决不再活下去——你可要记住啊。"小说的题目大概即源于此，纳斯焦娜就是这样小心翼翼地维护着安德烈的自尊，并把渺茫的希望寄托于战争的结束和孩子的出生。然而她等到了战争结束，却未等到孩子的出生。结果是纳斯焦娜走上绝路，安德烈闻风而逃。

不知作者是不是在有意做出种种对比，以纳斯焦纳的坚忍、柔弱的爱来对比安德烈的外强中干，以夫妇二人的卑微、恐惧而又渺茫的爱情来对比战争（以及战争观念）的暴虐和不人道，以个人求生的本能对比社会律令和国家规范的冷酷，从而对人类自身的反人性、反理性行为提出了痛切的控诉。活着是美好的，爱是美好的，可这美好又是那么脆弱，有时候你越是追求它越是痛苦，有时候你不得不亲手毁灭它。在强大、僵硬、残酷的社会机制中，个性和自由是可望而不可即的，甚至俗世的幸福也被分解得支离破碎，处在这等严峻的生存环境中，保住生命已经难能可贵，如果再去奢求情感的需要、内心的熨帖，就不单是跟整个社会过不去，也是跟自己过不去了。然而，安德烈偏偏是这样的男人，纳斯焦娜偏偏是这样的女子，他们偏偏脱离了"正常"的轨道，成了为社会"正统"所不容的人。"社会"就是那么虎视眈眈，不依不饶。安德烈可以逃走，可以一意孤行，可他一旦做出选择，就只能接受惩罚。回去是死，不回去也是死，既然他越位了，就不可能重新复位。所以，这种情况下，能够容忍他的，只有被社会遗忘的荒野，而纳斯焦娜要容忍他，也必须与社会背离。

但是，谁又能割断对社会的依赖，谁又能摆脱社会的挟制呢？虽然安德烈可以学狼叫，吃生鱼，甚至去偷牛犊，暂时摆脱生存危机，但他依旧不得不寄望于妻子的接济，更何况，他还需要妻子的温存呢。在恶劣的生存环境中，安德烈变得自私、残暴，人性在慢慢退化，露出了动物式的野性。与此同时，纳斯焦娜则在竭力维护他的人格，竭力把他拉回人间的温情中。所以，纳斯焦娜显示出了一种母性的宽广无私的爱，不但要抚慰安德烈心灵的创口，还要拯救他日益迷失的灵魂。在纳斯焦娜身上，显示了一种不计得失的圣母情怀，她带着深深的负罪感和羞耻感,替安德烈分担——其实是承担——逃亡的罪过、耻辱,她把羞愧藏在自己心里,一个人,挺着,撑着,"不去寻求公道",也"并不抱怨",只是"把自身置之度外",毫无指望地承担,再承担。那么,是什么力量让一个纤弱的女性,敢于冒天下之大不韪,窝藏一个背叛国家利益的逃兵?最主要的是亲情和爱。亲情和爱使她能够毫不犹豫地遵从安德烈的警告(安排);另一方面,大概还出于她对生命的怜悯,出于对安德烈作为人的尊严最起码的看重。在那样的情况下,假如纳斯焦娜也无法容忍自己的丈夫,无疑会把安德烈推向更为无助的境地,那样的世界岂不更令人绝望?所以,我愿意把纳斯焦娜比作人类生存信念的守护神,尽管安德烈的表现并不出色,后来甚至完全成了见不得阳光的缩头乌龟,可纳斯焦娜还是甘愿"驯服而顺从地默认了所发生的一切",她不认为那些苦难是谁强加的,而是"她所应得的",她只是领受着,仿佛到世间来,就是为了受难。

就像《新约》记载的那样,假如耶稣不上十字架,人类也许永远不会明白生的价值。在《活下去,并且要记住》这部小说中,假如没有纳斯焦娜的死,也许我们就无从感受到大美大善的爱。纳斯焦纳以她的绝望刺痛活着的人,正因她绝望的承担,才让生者看到希望,让人们不会接着绝望。必须记住:在我们犯下罪过时,还有人在爱我们,还有人在主动承担罪过,还有人在默默赎罪!

让人略感诧异的是,这样一部拷问民族灵魂、充满人道主义情怀的作品,会在苏联时代写作、发表出来(1974 年),并且获得了国家奖金,或许这也正是俄罗斯民族的可贵之处。再来看我们的文学作品,又有多少文字直面历史、直面心灵?

三

其实,美国电影《冷山》(*Cold Mountain*,意译"寒山",安东尼·明格拉导演),也是讲一个逃兵的故事。战争加爱情——在这个俗套的模式中，它几乎具备商业大片所需要的一切基本元素：既有极具冲击力的战争场面，也有如诗如画的自然风物，既有血腥的屠杀和惊心动魄的追杀，还有沧桑悲怆的乡村民谣。当然，更主要的，它还有一个感人至深乃至略显煽情的故事：一场穿越生死阻隔的爱情。这样，从视觉，到听觉，到心灵，全都调动起来了，你也尽可以深入到19世纪60年代美国南北战争的硝烟中，去感知人类何以涂写历史，何以生生不息。

　　有人把《冷山》比作《奥德赛》，因为它们的主人公同样都经受了战火的洗礼，同样是历尽磨难才回到故乡。不过，《荷马史诗》中的奥德赛是一位凯旋而归的大英雄，而《冷山》中的英曼则是一个厌倦了战争、渴望爱情的小逃兵，从这一点看，他的情形与《活下去，并且要记住》中的安德烈大为相似。在电影中，英曼听从了爱情的召唤，毅然踏上返回冷山的漫漫长途，故事在英曼返程和艾达的思念之间交错展开，着眼于二人的漫长而又艰难的重逢过程，一边叙述英曼艰难返乡的过程，一边以他的恋人艾达在故乡坚强应对生活的困境遥相呼应。爱的距离由近拉远，又由远拉近，爱的实质也被诠释得刻骨铭心。然而当他们冲破艰难险阻走到一起时，英曼最终还是倒在了自卫队追杀逃兵的枪下。与小说《活下去，并且要记住》相比，电影《冷山》的冲突性、戏剧性更强，男女主人公也都性格鲜明，他们敢爱敢恨，敢于反抗，勇于追求属于自己的幸福。虽然都是悲剧性结局，电影《冷山》的色调无疑更明朗些，甚至它那生硬的尾声（英曼留下了遗腹子，活下来的人都生活得其乐融融）也是在努力制造美好的镜像。之所以如此，除了电影本身投合观众的需要，大概还跟美利坚那种新大陆精神有关，要反对战争，就大张旗鼓地反对战争，不管收获战争果实的是南军还是北军，要歌唱爱情，就声嘶力竭地歌唱爱情，不管那爱情是否合乎时宜，是否适应形势。所以，影片不但着力表现了主人公顽强的抗争力和生命力，也没有忽视那些在战争的煎熬中仍然保持善良、乐观的"大多数"，正是有了许多人的关爱，英曼和艾达的爱情才不会陷于无援的绝望。

　　比之《冷山》，《活下去，并且要记住》无疑是凄冷的，或许这与小说面对的故事焦点有关，试想英曼潜回故乡之后，是不是也会像安德烈一样永无出头之日呢？怀孕的艾达是不是也会像纳斯焦娜一样有苦难言呢？如果把两部作品放在一起看，它们更像一出完整的跨国大戏，《冷山》演绎的是跌宕起伏的前半场，《活下去，并且要记住》截取的则是更具心理张力的后半场。《冷山》以武力（暴力）冲突陪衬人之至爱，《活下去，并且要记住》则以不露声色的心理冲突昭示人类求生的本能。同是反观战争，相对来看，当是小说《活下去，并且要记住》更发人深省些，因为它揭示了人类更为隐秘的焦虑与缺憾。

但是，我还是怀着怜惜的心情看待《冷山》，甘愿被那直白、执着的爱情打动，我珍视那种从不轻易绝望的精神，也要在自己的心里注满热诚。正因如此，我才第一次因为看电影产生阅读原著的愿望，所以犹豫再三，还是买了一本小说版《冷山》（周玉军、潘源译，接力出版社2004年版），虽然有人说它是二三流作品，我还是相信这本书值得一读。

四

通常，逃兵总是可耻的，哪怕他的理由再充分。求生也好，求爱也罢，在战争、国家的大背景中，哪里还有自我选择的空间？所以，如果按照常规评断，安德烈、英曼、纳斯焦娜、艾达肯定都是走上末路的人，他们都背弃了国家、大家的利益，被微不足道的个人得失牵住了鼻子。好在人类还没忘记自己首先是一个"人"，我们还没忘记用人的目光去审视那些不守常规的人。像拉斯普金、弗雷泽这样的作家，就是从逃兵身上看到了被人类普遍忽视的基本权利，那就是拒绝屠杀的权利，更是拒绝被屠杀的权利。

求生是人的本能，自我保全是人的本能，当生命受到威胁时，逃命也是人的一种本能。那么，战争，杀戮，进攻，是不是也是人的本能？我想，处于野蛮时期的人类或许需要这种本能，但是随着文明程度的提高，当前人类最基本的需求应是完善自我，达成普遍的谅解和平衡。然而，人类并未停止相互仇视、相互残杀，局部战争、恐怖袭击仍在以各自神圣的名义制造着一场又一场的血腥惨剧。在重重血腥的浸染中，敌对双方都会产生自己的"英雄"，双方也都可能出现贪生怕死的"逃兵"。不过，假如双方的"英雄"意识都淡泊些，假如双方都不是那样骁勇好战，假如双方都产生大量的"逃兵"，那么暴力冲突会不会得以缓冲乃至消解呢？当然，与国家利益、民族尊严比起来，这种想法未免幼稚，一当战事发生，公民就必须为义务而战，这是人类共同遵循的惯例，你只能听从差遣，没有丝毫选择的余地。

据美国《新闻周刊》报道，海湾战争后，萨达姆为了惩罚"不愿入侵科威特"的逃兵，竟然割掉了3500人的耳朵。这场"割耳战役"持续了三天，从1994年的5月17日到19日，遍及伊拉克所有城市。逃兵们留下了耻辱的标志，即使四年后被"大赦"，他们也因此找不到工作，找不到老婆，只能把这"失耳之痛"携带一辈子。

此方有逃兵，彼方也有逃兵。自2003年美伊交战以来，就有媒体多次报道美军官兵休假后不归队，或者擅离职守，甚至有人脱下军装、穿上阿拉伯长袍当了逃兵。据披露，目前驻伊美军逃兵总数已超过5000人。在这些逃兵中，还出现了两个逃得更"离谱"的人，一个是18岁的布兰登·休伊，一个是25岁的杰里米，他俩不仅逃离了即将开往战场的部队，而且还在加拿大寻求避难，甚至现身说法，在媒体面前公开指责布什政府发动的伊拉克战争违反了国际法。布兰登·休伊说，伊拉克战争"完全是建立在谎言上的一场战争。如果不愿意参加这场战争，我认为，（逃往）加拿大也可以是一个选择"。杰里米则说："我认为在伊拉克发动战争违反了国际法，因为并没有任何证据显示伊拉克拥有大规模杀伤性武器。我不会参与这场战争。"

也许这就是逃兵的尊严吧。无论失去耳朵的伊拉克逃兵，还是失去祖国的美国逃兵，他们失去的已很多，但唯独没有失去尊严。你可以骂他胆小鬼、卖国贼，但你不能骂他没有良知，不能骂他没有人性，不能骂他没有宽广博大的爱。

但是，谁肯给逃兵应有的尊严呢？对于怕死的逃兵，似乎怎么处置都不为过。就拿美国来说，按照军事法，在战时逃离战场，通常会罪加一等，严重者还可能被判处极刑。最近，美军事法庭即以擅离职守罪判处卡米洛·梅希亚———一名据称出于"反战"动机失踪的美军上士———一年监禁。美国国内的舆论普遍认为，一旦战争结束，强硬的美国军方定会找这些逃兵秋后算账，其中首当其冲的就是那两名逃到加拿大的士兵。但是，人类毕竟在前进，人们对逃兵的态度也较之从前宽容。在电影《冷山》中，逃兵英曼不就被塑造成一个正面的英雄形象了吗？与130年前的美利坚合众国相比，与60年前的苏维埃社会主义共和国联盟相比，2004年的梅希亚没有像英曼那样死在同胞的枪口下，休伊和杰里米也没有像安德烈那样变成难见天日的野人，至少他们的生命没被随意剥夺，像杰里米还可以与妻子儿子在异国团聚。

1998年6月29日，克林顿在北京大学演讲，引用了胡适先生的一段话："现在有人对你们说：'牺牲你们个人的自由，去求国家的自由！'我对你们说：'争你们个人的自由，便是为国家争自由！争你们个人的人格，便是为国家争人格！'"这位美国总统拉出北大前校长，其目的不纯粹是跟北大学子套近乎，大概最终目的还是为了进行自我表扬，贩卖他的自由理念。不过我们倒可以拿这段话来理解美国逃兵。胡适还说："自由平等的国家不是一群奴才建造得起来的！"或者可以问克林顿，梅希亚、杰里米是不是在为国家争自由，是不是为国家争人格？他们是不是在努力不当"奴才"呢？尽管这种奋斗可能会被判为"个人"的、违例的，然而自从莱克星顿的枪声响起，"违例"便造就了一个狂飙突进的民族，正是因为有了不断逃出、胜出的"个人"，其国民性才得以提高，公民的自由精神才得以升华。也正因这种文化背景，才会出现"勇敢"的逃兵。

人类会彻底结束争斗吗？面对这个令人悲观的问题，我们还要满怀期待。在那次演讲中，克林顿曾提出"必须享有心灵上的自由"，而胡适也曾说过，"我们现在讲的'自由'，不是那种内心境界，我们现在说的'自由'，是不受外力的拘束压迫的权利。是在某一方面的生活不受外力限制束缚的权利"。所谓内心与外力，应当是相辅相成的，所以胡适又多次提出，"容忍比自由更重要"，"容忍是一切自由的根本"，不单个人要有"大胆怀疑的自由"，社会也应有对异己"容忍的气度"。所以，我们亦无妨认为，"逃兵"也有权利追求自由的，至少有权利保护自己的生命，或者再往前延伸：一个人，应当有选择战与不战的自由，应当有对社会伦理、集体意志进行判断的自由，进而具有中立乃至规避的自由。

五

至此，才终于接近了我要寻找的借口：做一个中立的人，带着容忍，带着爱，自由地活在世间。这时，弗雷泽在《冷山》扉页摘引的两句话也玄机乍现：

"很难相信，在静谧的树林和微笑的田野间，生物正无声地进行着可怕的战争。"

"人问寒山道，寒山路不通。"

一句出自英国进化论者达尔文，一句来自中国唐代诗僧寒山。弗雷泽引用东西方两位先贤的话，无非是在为他的小说破题：可怕的战争无所不在，诗境中的寒山却几乎无路可循。这样想不免令人无奈，然而，我还是愿意带着幻想和感恩，活着并爱着……

上了岸，何去何从？

　　《海上钢琴师》（原名 *The Legend of* 1900：《1900 的传奇》，意大利导演朱塞佩·托纳托雷执导），《猎人格拉胡斯》（作者弗兰茨·卡夫夫），一部电影，一篇小说，本来毫无瓜葛，却偏偏在我内心的缝隙中撞到一起，迸射出令我战栗的寒光。

　　海上钢琴师是一个传奇式人物，猎人格拉胡斯是一个传奇式灵魂。

　　海上钢琴师名叫 1900，那是他出生的年份，他是一个弃儿，他生在船上，长在船上，一生从未离开过那艘维尼吉亚号，只是守着一架钢琴，往返于从欧洲到美国的大海之间。

　　格拉胡斯是一个死去的猎人，却又"在某种程度上"仍然活着，他躺在运尸船上，既不能进入阴间，也无法登上天堂，只能航行在尘世的河流上，永无休止地漂泊下去。

　　1900 是一位钢琴天才，他无师自通，指尖一点就是美妙琴声，他沉醉于黑白相间的键盘中，沉醉在这个"有限"的世界里，只为看见世界的尽头，只为弹奏出"无限的音乐"。1900 本是一个没有来历的人，不知被谁遗弃在钢琴上，没有国籍，没有姓氏，没有身份，没有任何官方"印信"，从法律意义上来说，他就是一个根本不曾存在的人。可是，在那艘轮船上，1900 就是他，他就是 1900，他是一个声名远播的钢琴高手，对他来说，最重要的就是拥有独立的"自我"。如同他所说的，"这艘船每次只载客 2000 人，既载人，也载梦想,但范围离不开船头和船尾之间"。船就像浮动的世外桃源,可以让他始终在梦想中航行,避开世俗的干扰,最大限度地"成为自己"。为了成为自己,他不但可以去他的规矩,去他的战争,去他的功名利禄,甚至还可以去他的爱情,正是凭着这种"去他的"心态,1900才会不断地拒绝,不断地放弃,丢掉了所有的身外之物,直至不惜丢掉生命,最后剩下的只是——也只能是——灵魂。为什么1900这样决绝?为什么他至死不肯上岸?他说,"陆地是艘太大的船,是位太美的美女,是瓶太香的香水,是篇无从弹奏的乐章。"表面上看,他是对岸上的生活没有信心,进一步看,这是对整个世界的怀疑。只有船是安全的、可靠的,船是他的诞生地,是他的寄居地,是他的避难所,也是他借以安身立命的立足点,下船无异于剥夺他全部的人生积蓄,无异于让他重新活过一次,可见岸上的生活对他只会是一种毁灭,即使那里有他爱着的少女,也无法使他离开甲板,投入到陌生的环境中。只有钢琴是伸手可及的、可以把握的,音乐拓展并丰富了他的精神领域,使他不至于变成绝望的囚徒,不至于麻木或疯掉,他拒绝了一切负担和救赎,只在艺术的道场中自我超度。所以在我眼里,1900才称得上一个完整的人,直到最后他选择与维尼吉亚号同归于尽,在巨大的爆破声中被炸得了无踪迹,他也还是在用自己的方式完成自己的一生。有谁,能像1900那样,可以孤傲地、决绝地活着?即便有这样一艘船,又有谁,能够弹奏出震动心灵的琴声?

再看猎人格拉胡斯。生前他"愉快地活了",凭一支猎枪成了"伟大的猎手",但是当死亡来临时,他却毫无留恋之意,他要"愉快地死去",于是"幸福地"扔掉了弹药匣、背囊、猎枪这些谋生的家当,一心只想快点完全死掉。可是,这个习惯于山区生活的猎人,虽然穿上了尸衣,成了尸体,却没办法真正死亡,只能躺在破旧的船上,在荒凉的水面上漂泊流浪。死去的格拉胡斯既不能到阴间报到,也不能登上天堂,当初所谓的"死去"就成了一个"可笑的错误"。可是"究竟又是谁错了呢"?格拉胡斯说,是船主错了,是船主的疏忽大意将他留在了人间,使他处于一种半人半鬼的暧昧状态———具活着的尸体。留在人间,又不是人,那该怎么办?可是格拉胡斯一直沉默着，根本不想改变什么。当他漂到意大利的里瓦城时，市长问他是否打算留下来，他也断然拒绝了，他说，"谁也不会读到我在这儿写的东西，谁也不会来帮助我。即使把帮助我作为一项任务定下来，所有的房屋仍会门窗紧闭，所有的人仍会躺在床上，用被子蒙上脑袋，整个世界就像个深夜里的大旅店。当然，这样也好，因为这样一来就没有谁知道我；即使有谁知道我，也没有谁知道我在哪儿；即使知道我待在哪儿，也没有谁把我拦住，于是乎也就没有谁知道该如何帮助我"，"……我明白这道理，因此没有大喊大叫要人来帮助，即使是在我失去自制非常想叫的时刻……因为，只要我朝四周瞧瞧，弄清楚了我现在在哪儿，弄清楚了我几百年来住在什么地方，就足以使我打消喊叫的念头了"。可以看出，格拉胡斯之所以不再上岸，还是出于对岸上世界的拒斥，他像一个醒着的灵魂，冷眼观望着尘世的蒙昧与渺茫。

  1900与格拉胡斯都是向往天堂的人。1900希望天堂有钢琴。格拉胡斯希望像蝴蝶一样飞进天堂。他们对熙熙攘攘的人类世界都怀着强烈的规避心理，只是孤孤单单地追随着自己的灵魂。他们像是整个世界的弃儿，又像是整个世界的叛逆，他们所能拥有所能依恃的就是自己，自己，自己。所以，1900，这个新世纪的影子，不知道自己是谁，不知道从哪里来，也不知道该到哪里去，人们抛弃了他，最后还要把他除掉——就像那艘维尼吉亚号，人们制造了它，利用了它，最后仍要把它炸掉。人间太虚妄，天堂太遥远，飘荡的灵魂永远没有可停靠的岸。在这两部作品中，"船"似乎承载了相似的象征意义，无论是那艘气吞万里的大客船，还是那只木笼子似的运尸船，无论是1900，还是格拉胡斯，都不是船主，不是舵手，他们充其量只是船上的一名乘客而已，他们的命运只能取决于船。在《海上钢琴师》的结尾，废弃的维尼吉亚号终被引爆，当一团红色的火光逐渐充满整个银幕时，我禁不住眼睛潮湿，好像我也被同时引爆了，仿佛永远消失的不是一个1900，不是一艘船，而是全部人类，是整个地球。

  1900，格拉胡斯，两个追求速朽的人，都具有一种潜在的自杀倾向。

1900不愿上岸："我宁可舍弃自己的生命，也不愿意在一个找不到尽头的世界生活，反正，这个世界现在没人知道我。我之所以走到（指船的跳板）一半停下来，不是因为我所能见，而是因为我所不能见……"

格拉胡斯不愿留在里瓦城："我现在在这儿，除此之外一无所知，除此之外一无所能。我的小船没有舵，只能随着吹向死亡最底层的风行驶。"

二人的说法如此接近，有一句话——"这个世界没有谁知道我"——则是他们共同的理由，在活了一遭之后，他们唯求一死。在西方传统文化观念中，自杀者的灵魂是不能安宁的，1900和格拉胡斯虽未自杀，对生命的态度却是消极的，当死亡来临时，他们竟是那样平静，甚至那样兴奋，像是去奔赴一个期待已久的梦。这又是何等的无畏，何等的超脱，或许他们才是真正的勇者，为了灵魂的自由，可以放弃一切。面对未来，1900的疑问是："上了岸，何去何从？"回顾过去，格拉胡斯的疑问是："难道是我错了？"虽然都缺乏足够的自信，但是他们的内心深处，有一片自己的岸，实际上，他们一直在自己的心灵中行驶，他们依靠自己的灵魂掌握方向。

据介绍，《海上钢琴师》改编自阿利桑德罗·巴里科的独白体小说《二十世纪》（*Novecento*）。对这位从未听说过的意大利作家，不管他的原著如何，仅因他所创造的1900，我也要表达由衷的敬意。不知巴里科与卡夫卡有无渊源联系，我只是感觉到他们精神上的一致性，通过1900和格拉胡斯，两位作家都用一种冷抒情的调子，让人看到了生存的些许真相。真相不可说破，哪怕是全知全能的上帝，也有所不忍，要给人类留下一份顾念。然而，世上偏有卡夫卡这样一意孤行的思想者，非要把心中的宇宙层层剥开，只剩下一个神秘莫测的黑洞。有人说，《猎人格拉胡斯》源自卡夫卡在意大利小城里瓦的一次旅行，格拉胡斯的原型是一位没落的老将军，不过即便事实如此，我还是认为卡夫卡是在为自己招魂。我们知道，卡夫卡的小说人物大都取名为K——即其姓氏Kafka的缩写，那个无所不在的K正是作者的自我写照，他一直在试图把K涂抹得越来越模糊，就像他自己一样，既高傲，又单薄，只好做一个形影相吊的"异类"，不惜变成一只丑陋的大甲虫，一只藏在地洞中的小动物，或者一名锁在笼子里的饥饿艺术家。在希伯来语中，Kafka的意思就是生活在地窖中的"穴鸟"（jackdaw），据说卡夫卡的父亲就曾用这种鸟的图案作为商铺的徽标，而意大利语中"格拉胡斯"，意思也是"穴鸟"，可见卡夫卡写作《猎人格拉胡斯》，还是在强化那种自我孤立、自我放逐的形象，还是在绕着弯子说他自己，以至在小说中出现了"谁也不会读到我在这儿写的东西"这样的句子——这句话一直让我费解，如果译文没有问题，从上下文来看，猎人格拉胡斯根本没有"写"过什么，何谈"读到"？我倒怀疑是作者一不小心说漏了嘴，认为人们不会读到他的小说。

卡夫卡曾表示："我最理想的生活方式是带着纸笔和一盏灯，待在一个宽敞的、闭门杜户的地窖最里面的一间里。饭由人送来，放在离我这间最远的、地窖的第一道门后。穿着睡衣，穿过地窖的所有房间去取饭将是我唯一的散步。然后我又回到我的桌旁，深思着细嚼慢咽，紧接着马上又开始写作。那样我将写出什么样的作品啊！我将会从怎样的深处把它挖掘出来啊！"这样的生活和1900有什么两样？只是一个在船上，一个在地窖，一个弹琴，一个写作，都是在用极端的方式做他们最想做的事而已。

可是，活在世上，你能不受打扰吗？即使死去，你的灵魂能不受打扰吗？所以活着的卡夫卡，就像死去的格拉胡斯一样，无法更生，也无所皈依。而死去的卡夫卡，虽然超越了他生前的形象，超越了布拉格，却仍像格拉胡斯一样，在许多陌生的国度里流浪……孤独者永远孤独。

现在，进入21世纪已久了，谨以此文祭奠逝去的20世纪，纪念虚构的1900和格拉胡斯，也怀念真实的弗兰茨·卡夫卡。

到灯塔去？在深渊中？

几年前，我在一家杂志社做编辑的时候，曾跟一些文学爱好者打过交道。虽然他们多为"业余作者"，亦不乏俊才，有的人冷不丁就拿出了漂亮的文章。但是，在我的印象中，有不少人像是被文学魇住了，显得愣愣怔怔神经兮兮的，让你拍不得，打不得，哭笑不得。

记得有一个女孩，给编辑部写来一封信，第一句就是"自杀是我唯一的一条出路"！——是用红笔写的。其后便说，她从8岁便开始写文章，写了20年，却没有"成功"，没得到"重用"，没有成为"名家"，如果这次投稿还不能发表，她就不活了！"文学是最高尚的"，可是她却"工作不顺，学习不快，恋爱失败，这一切都与文学有关"。她虽这样说，可在信的末尾，还是对文学满怀期待，希望她的作品能够获奖，那样或许能够改变她"不好的命运"。这封半是绝望半是威胁的信真把主编吓住了。就给她发一篇吧，免得出了人命。后来，我曾回了一封信，记不起说了什么，假如放到现在，也许我会说，文学不是自缚的绳索，而是灵动的杠杆，爱文学的人不该被它套住，应该与它相濡以沫才是。那女孩再也没了音信，不知那一次发表对她是福是祸，不过我情愿她早已把文学抛开，过上了平常日子。

还有一位退休教师，曾经多次来到我办公室，希望早日加入市作协。在托我转交的"申请书"上，他讲了三个理由：一是小学三年级第一篇作文得到老师当众赞扬，便一直喜欢作文，人送外号"诗人、文豪"，还曾得到某杂志社编辑亲笔鼓励，从此有了作家梦；二是任教40多年，一直坚持课余写日记、诗歌等，先后有几百篇文稿发表或获奖，被某杂志聘为创作员，进了《中国专家大辞典》；三是退休后全心致力于文学创作，迫切需要作协指出创作方向，在作协指导下，提高写作水平。当时看到这份申请书我就觉得像黑色幽默，四五十年的"作家梦"，竟做成了这个样子，60多岁的老先生，还要找作协要求进步，就算真能明确"方向"，是不是有点晚了？我翻了翻他的作品，大都是时代颂歌、节日抒怀之类，严格说来离"文学"还很远。当然我不好打击他，只得说他写了这么多年真不容易，其实只要通过写作能得到自我愉悦就够了，为什么非要入作协呢？最后他才说出了真实的想法，之所以要加入作家协会，是为了得到一个正当的"作家"名分，既能向亲朋好友证明自己，也不枉爱了文学一辈子。爱了一辈子文学，却没挣到有说服力的名分、证明，想来岂不太窝囊？所以老先生三番五次递交申请书，大有不达目的誓不罢休的劲头。可是他不知道那时作协正处于涣散状态，他的强烈意愿根本没得到正式的回应，最后我也不敢充当他的义务联络员了，只得故意躲开他，尽量不被他逮着。看着他颓丧的样子，我甚至想过设法弄个会员证给他，不管真的假的，至少可以给他点安慰呀。

我们不得不承认，多数人对文学的爱是一种病。如果抗得了它的侵害，或可获得足够的免疫力，使作品与人品相得益彰，透出凛然的风骨；如果抗不了，那么就遭罪吧，或被它折磨得没了人样，或者被它降伏，写出的东西也免不了带着阴风邪气。说起来作家都有可能是文学病毒的感染者或携带者，只是有的人因文学而重生，有的人被文学所异化，有的人嗜文学如饮酒，喝下的是佳酿，吐出来的是秽物，有的人好文学如抽烟，吸入的是毒气，呼出的是更浓重的毒气。像上面两位执着的文学爱好者，都只是把自己典押给了文学，其本质应该不算坏，他们并没有像一些人那样走火入魔，没有打着文学的幌子招摇撞骗，他们的行为既或可悲可笑，也仅止于在自己挖的坑里跳舞，就是有危险，也不会累及无辜。可怕的是那样一种人：他迷信文学但不会忠贞不渝地爱文学，他抬高文学只是为了抬高自己，一旦抓住了话语权，他就可以黄袍加身荣登大宝了。

是不是作家、文学爱好者都要有一个放不下的梦想：用文学的登龙术，尽享浮世的尊荣？如今公益广告成天宣扬"知识改变命运"，其实老早以前，"文学改变命运"已是一条黄金定律，激励着一茬一茬的"文青"们前仆后继。就像前面提到的那个要自杀的女孩，虽然饱受挫折，却仍想着创造奇迹，一夜成名天下知。在我认识的"业余作者"中，对文学怀有灰姑娘情结的大有人在，有的还没把句子写顺，就盘算着撞到慧眼识珠的王子，像谁谁那样走红全国。

曾有一位年轻人，拿了一大沓稿子来，问我看看能不能帮他出个专辑，因为工友们都说写得好，要是重点推一推，说不定能一炮打响。他的口音和我差不多，一问果然与我同乡。他激动得不得了，抓着我的手说这下可好了，没想到一开头就这么好，以后不愁写不出头了。我自嘲说我可没那么大能量，我自己写的还愁着发不出呢。翻了翻他的稿子，多数是诗歌，内容基本都是新近发生的"国家大事"，其中有一首写的是"热烈庆贺中央颁布《领导干部选拔任用工作条例》"。他是一个农民工，在建筑队推小车，竟有这么高的政治觉悟，着实让我惊讶。问他怎么不写点自己熟悉的生活，比如打工经历，农村的事情。他说，那些有什么好写的？成天就是干活受累吃喝拉撒，有什么意义？"文以载道"，不就是要紧跟社会潮流，传播国家的大政方针？我说："你说得不错，写东西的确不能脱离现实，问题是像'干部条例'这样的东西，跟你有多大关系？它能帮你把拖欠的工钱要回来不？能让你老家的村干部多干点人事不？"他说："你这个人，我这么说你别生气啊，你的观点有点狭隘，国家的事怎么能跟个人的事相提并论？虽然你可能一时得不到实惠，可是你想想，要是整个国家的领导干部都干好了，咱小老百姓的小日子不就好过了？搞文学就得有大胸襟，要突破小我，突出大我。我这么说你别笑啊，我也是自己瞎琢磨，不知对不对。"我说："是是是，你说的都不错，但是，像你这样写下去也太吓人了，恐怕没几个人欣赏得了，至少我欣赏不了。"他似乎很不解："怎么，和中央保持一致不对吗？我写的每个字都是积极向上、鼓舞斗志的，对国家的精神文明建设有百利而无一害啊。"我不得不直接告诉他："你的想法好是好，不过，诗歌不该是这样的，严格地说你写的这些不是文学。你应该有很多可写的啊，哪怕是写写打工日记，写写你熟悉的人熟悉的事，就算没什么文采，也比这些空洞的口号有意思。"他挠了挠头皮，显得有点困惑："那些鸡毛蒜皮的事，写出来也没人看啊！再说，要是我照实写了，写农民工遭的难受的罪，那不是跟主旋律唱反调吗，谁敢发表那样的东西？"我没想到他也会讲"主旋律"，竟被问得一愣，只得给他现场发挥："也不能把主旋律理解得太狭隘啊，你写的阳光灿烂、干劲冲天当然是主旋律，但是，大多数普通人的真实生活、真实想法就不属于主旋律吗？只要你踏踏实实地写，你发出的声音不也是主旋律的一部分？"我知道这样说有些牵强，未必得到他的认同，可是我也只能这样开导他，面对一个满脑子主旋律的文学爱好者，你总不能一下子毁了他的崇高信仰吧？

一个跟主旋律貌似不搭界的农民工，却具有那么强烈的主旋律意识，乍看起来很奇怪，想想也很正常。在我们的生活中，主旋律就是无孔不入嘛，哪怕是最偏远地区的文（学）盲，肯定也能来两句主旋律——谁不会说几句好听的呢，像感谢感谢再感谢这样的话恐怕连三岁小孩都会张口就来。这种好听的话不就是主旋律？所以，主旋律根本不用专门学习，任何人都能无师自通。至于专业作家，就更不在话下了。不用专门强调，不用硬性要求，搞写作的大都能主动自觉地为主旋律鼓与呼，并且视之为神圣使命。

我认识一位农民作家，确是靠写作改变了命运——先是全家"农转非"，后又破格评为"国家二级作家"，公开场合他常把"感谢……"挂在嘴边，私下里却牢骚满腹，动不动就骂某些小官僚不是人玩意，骂单位头头给他小鞋穿，当然也骂他村里的土皇帝太过飞扬跋扈。不过他写的小说永远都是风清月明、歌舞升平，永远都是甜甜蜜蜜、其乐陶陶。我问他："既然你满肚子不合时宜，为什么不说点真话，写写真相呢？"他却反问我："你安的什么心？你当我傻，会往火坑里跳？真话谁不会说？真相谁不知道？可是大家都不说，都不写，为什么？因为人家不需要真相，人家只需要你逗他玩。再说，我不写真相，人家都说我写得好，写得真实，还给我奖，给我饭吃，让我当专业作家，要是我写了真相，人家就会说我不会写，说我不了解社会现实，说我思想保守、观念落后，说不定还会砸了我的饭碗，把我赶回乡下去。你说真相重要还是吃饭重要？作家不是铁打的，作家也要为稻粱谋，连五柳先生都不能免俗，何况我辈？所以到什么山上唱什么歌，人家需要主旋律我就主旋律，需要我蒙事我就蒙事，这就叫双赢，谁都不吃亏。"

我嗒然。主旋律就是饭碗，你怎么忍心把吃饭的家伙砸了呢？不过我还是难以接受他的说法。主旋律就只能好好好是是是吗？主旋律只有"太阳最红毛主席最亲"？这样千篇一律的主旋律也太僵化太教条了吧？所谓主旋律，绝对不是那么单一那么浅陋，至少应该是鲜活的包容的，应该不限于一种节拍一个声调吧？然而我们的作家——尤其是"国"字号作家，往往把主旋律理解成描龙画凤的献礼工程，却懒得去丰富它、提炼它、深化它、升华它，结果写出的作品总是喧嚣有余而底气不足，顶多热闹一番罢了。不仅如此，有时候"主旋律"又是某些作家"述而不作"的托词，明明是自己写不出东西，却说不屑于写主旋律，好像是"主旋律"缴了他的枪，毙了他的才华。既然主旋律那么可怕，你可以离它远点呀，可以写点不主旋律的嘛，难道少了主旋律就什么也不能写了？所以，一听到有人把写不出、写不好归罪于主旋律，我就特别反胃，你的能力有限倒也罢了，何必再摆出一副洁身自好的架势呢，好像占了茅坑不拉屎也很高尚似的。

装大、装高尚是一种策略，装小、装庸俗也是一种策略。前面说的那位农民作家，则既会装大也会装小。在作家群体中，有一大批这样的人。在务虚谈空的时候，他们可以表现得像圣人；在涉及实际利益的时候，他们又不胜愉快地做小人。在台面上，他们是救世主、作家；关起门来，他们又说自己是普通人、俗人。他们把道德的咒语施于别人，用"人之常情"宽宥自己。一说"我们也是人，是平常人"，似乎一切都可通融，一切都可谅解，作家不也是一种职业吗，和掏大粪的、引车卖浆者之流没有本质的区别，大家都要凭本事吃饭，所以作家也要接受现实，也要有一颗平常心。"咱们都是俗人，没办法。"我最烦听到这句话,你勇于自轻自贱倒也罢了,为何把别人"都"拉去为你垫背呢?要肮脏都肮脏,要堕落都堕落,这种喜欢以臭掩臭的人不也太可怕?尤为可怕的是,一些把人格操守、人格魅力挂在嘴边的道德操盘手,他们在纸上或公众场合谈起良知、灵魂来总是冲高上扬,一落到现实中就跌破了做人的底线,其龌龊程度绝不亚于某些无耻小人。更令人恶心的是,龌龊者不单以龌龊为荣,还要把龌龊的粪球抟得光滑可鉴,把一切都填到他的粪球里,并且教唆我们推崇它、追从它、甚至委身于它,真真是屎壳郎卖臭豆腐——甭指望它能干出什么香事来。

前不久又看到,一位已"封笔"的著名作家愤怒撰文,"无所畏惧"地"从文化上"讨伐了那些"向中华民族泼污""糟践中国,糟践中国人"的败类、"汉奸""利益集团",为的是通过"发生在自己祖国的奇迹","说明中华民族在集体本性上具有非常优秀的潜质",从而维护"中国人在全世界面前的集体形象"。看看,该作家多么会倒腾,明明是自己遭人诟病,他却转嫁给了全体有良心的中国人,反过来又充当了仗义执言的民族英雄。充便充吧,反正也不是第一次充了,好笑的是,这位惯于装大的国宝级人物,竟然一本正经地装起了"文弱书生"——"我是一个无职无权的独立文化人,居无定所,不交权贵,连作家协会和文联也没有参与,只是凭着我的亲眼所见和内心良知说话……"。"文弱书生"这个词在戏文中多用来形容青年书生,现在乍一用在一位年过六旬的老男人身上着实肉麻而滑稽,再加上那一串"无……""不……""没有……"的辩白,怎么看怎么有此地无银三百两的嫌疑,如果他那样的"成功人士"也文弱,如果当大师做明星也是弱势,如果满世界蹦跶(行者无疆?)就叫"居无定所",那么可怜的"屁民"们又该弱成啥样子?装小,装弱,装无能,装无辜,竟也成了显示低调、高姿态的手段,莫非只有这样才能给"内心良知"打高分不成?可是联系到他造出的那些拿撒谎当饭吃的噱头,我只能相信他的"内心良知"不过又是一个噱头,不过又是一粒"以小搏大"的人工饵料。

写作,当作家,究竟为了什么?为了发表获奖、加入作协、成名成家、飞黄腾达,似乎都没错啊!文学不该是解放我们的心灵、为我们争取自由的吗?可是在文学的魅影里,为什么有人看到了灯塔,有人跌进了深渊?为什么有人用它照亮了自我,还有人用它迷惑了更多人?写作没有错,文学没有错,问题是我们应该如何写作,让文学成为文学,让作家成为表里如一的人。

为何狗镇只剩一条狗

一

常有机会听到文人、学人们闲聊,免不了扯到文学、作家,当然也少不了表扬和自我表扬。其中最具人气的说法是:爱好文学的人都是好人。理由是中国作家的违法犯罪率几乎为零,不但作家遵纪守法,大凡文科出身的都很本分,学"中文(汉语言文学)"的就更不用说了。所以,有人开玩笑说,如果一个人是写诗的,就算让他坏,又能坏到哪儿去?写诗的人必定有诗情有诗心,必定正气浩然啊!接着,一位诗人又以实例证之。很多年前,有一个文学爱好者(作家?),到一家旧书摊询问有没有米兰·昆德拉的书。因为书放在家里,摊主要回去拿书,就让买书的帮忙看着摊子。书拿来后,那人问摊主怎么这么放心,就不怕他心生歹意,把东西连同钱匣子都卷走吗?摊主却很坦然,他相信一个喜欢米兰·昆德拉的人,就算再不怎么样,也不会干出这么不怎么样的事。的确,摊主的见识非同一般,那时正值米兰·昆德拉热,这位流亡作家不仅象征了一种品位,也象征了一种品格,所以,米兰·昆德拉的追慕者也便获得了相应的人格担保,成了值得信赖的人。因此,一位教授不失时机地阐释道(大意):热爱文学艺术的人心里就是有一块柔软的部分,所以会有温情、宽容、善意，这样的人怎么会忍心伤害别人？另一位老诗人，则十分乐观地预言，文学还会热起来，因为这个社会什么都不缺，就是太缺文学了。

然而我却不敢相信，文学真的一好百好么？作家真的坏不起来么？文学之于作家真的可以像神仙头顶的光环一样，可以普照万物，恩惠生灵？对于人类——尤其是对作家本身来说，文学是一粒神乎其神的还魂丹，还是一颗自欺欺人的泡泡糖？且不说文学常有变成蒙汗药的危险，就算它总体是好的，制造文学的作家也未必当得起一个"好"字，有的作家甚至当不起一个正常的"人"字。不是说作家与违法犯罪无缘吗，可是分明就有作家坐进了班房，他们可都是领过证的作协会员呐，谁知坏起来也和坏人没什么两样。原来，作家一样会招摇撞骗，一样会作奸犯科，一样会卑劣不堪，只是他们在使坏的时候也能大言不惭，比起某些毫不掩饰的凶徒来，作家不用装就已太像一个好人了。

二

在拉斯·冯·提尔编导的电影《狗镇》（*Dogville*——译为《狗村》更贴切些，2003年上映）中，有一位堂而皇之的"作家"，他的名字叫汤姆·爱迪生。确切地说，这位"作家"从头到尾都只是一名不立文字的空想家，除了口头上表现出一点点的创作冲动，他从未写出一件文学作品，他的"作家形象"不过是一种廉价的装清高的方式罢了。一旦自命为作家，游手好闲的汤姆就拥有了精神上的优越感，他看不上村民的愚昧落后，所以要进行所谓的启蒙，让狗村变得文明、开化起来。为了实现自己的作家梦，他所做的仅是 postpone（谁知是等待、酝酿，还是拖延、磨蹭呢？）最佳的写作时机（灵感？），他没有训练基本的写作能力，没有面向内心的自我审视，也没有投入到真实的生活中，他把全部心思都用到了发挥"作家"的"使命"上。什么使命呢？大概就是充分施展作家的专长，尽快给狗村带来文明的曙光。也就是说，汤姆的作家情结不在写作，而在救世度人。因此，在顶着"作家"的鸭舌帽时，他也戴上了"精英"的棉手套，他跟别人不一样，他一亮相就成了伟大、光荣、正确的化身。然而，尽管汤姆做出了太多作家的姿态，却没有塑出作家的灵魂，他撒下了空阔的捕鲸之网，却没有力量驾驭它、驯服它，结果只得被它拖上可悲的不归之路。

《狗镇》是一个极端的故事，汤姆更是一个极端的"作家"：为了拿出有力的"论据"，他把逃难来到狗村的葛瑞丝视为正中下怀的"礼物"。一边好人似的挺身而出，救她，帮助她，与她谈情说爱；一边不惜为虎作伥，把她一步步推向万劫不复的深渊，甚至在葛瑞丝沦为狗村的性奴时，汤姆——这唯一的好人，葛瑞丝的"心上人"，非但没有施以援手，反而也要侵占葛瑞丝的肉体。当他遭到葛瑞丝的拒绝，当他被葛瑞丝质问"你怕不怕自己还有人性"，这位作家终于耗尽了自己的人性，完全倒向了魔鬼一边——他要和村人合力出卖葛瑞丝，把她交给黑帮处置。可他万万没有想到，那黑帮老大正是葛瑞丝的父亲，罪孽深重的狗村撞上了灭顶之灾：本性善良的葛瑞丝走向了极端，为将罪恶彻底剪除，她下令将村民全数剿杀，最后只留下一条忠于职守的狗。汤姆，这个热衷于召开道德集会的作家，这个把道德重建挂在嘴边的作家，连最起码的恻隐之心也荡然无存，他所开启的"好人事业"，却是一只所罗门的瓶子。尤其可怕的是，在狗村遭到屠戮时，汤姆没有为村人求情，在浩劫之后，汤姆也没有主动领罪，甚至没有为他父亲的死哭泣。当然，我们可以理解为他已被吓傻了。眼看着狗村化为一片焦土，只剩下他一个人，葛瑞丝又拿枪对准他，他即便没有吓傻，魂也差不多丢了。然而，就在个当口，汤姆竟还念念不忘他的"文学使命"，他没有指斥葛瑞丝出手太黑，没有向她求饶，反而大呼"bingo"（好极了），赞叹她的"阐述"（illustration）更有说服力，还十分虔诚地提出："我能拿它当作写作灵感吗？"可惜这句话成了汤姆的临终遗言，葛瑞丝没被那种虔诚感动（要是再听他说下去估计会当场疯掉），而是很不耐烦地爆掉了这位"作家"的脑袋。"作家"

"作"到这个份儿上，只能说纯属自作自受，谁让他把"人性"全都押给了"文学"呢？

不妨设想一下，假如没有汤姆这样的文学牧师，假如他不曾贩卖虚高空泛的道德，狗村的人性底线会不会完全崩溃？他惺惺作态的说教、表演除了造成"道德膨胀"，除了加剧"良心贬值"，除了让人越来越不相信他的"金玉良言"，还能给狗村带来什么？文学让汤姆自以为占据了精神高地，文学让他自觉不自觉地生出了道德强迫症：他的思想是一流的，他的行为是神圣的，他所做的一切都是为了大家好——"即使坏也坏不到哪儿去"。所以，当黑帮救出葛瑞丝后，汤姆显然很害怕，他找到葛瑞丝，十分诚恳地表示sorry，那可怜巴巴的样子好像泪眼都要滚出来了，可是sorry之后，他仍旧相当自负："虽然利用别人不太好，但这次的实例还是异常成功，它揭露了人性，虽然很痛苦，但有益教化，不是吗？"眼看就要大祸临头，他却大获"成功"——这样就可以成为"揭露人性""有益教化"的"作家"？文以载道——恐怕许多作家都有这样的文学抱负，作家就是要探索人性的，文学就是要引导人类的，哪怕他根本就是一条丑陋的毛毛虫，也要爬上这个制高点，变幻成绚丽的花蝴蝶。汤姆就是如此，他扑闪着文学的翅膀，实际上却与文学相去甚远。文学之于汤姆，不过是一层彩色奶油，涂抹在他的舌尖上。爱好文学不是很风雅吗？当作家不是很美好吗？为什么一落到汤姆身上，就成了巨大的灾难呢？

以《狗镇》为例，"文学"岂非一剂诱人走火入魔的迷药？倘若汤姆不曾染上作家病，是不是可以少丧失一点人性，是不是可以做一个心地纯良的正常人？可惜，经过他的现身说法，文学非但不美妙，反倒非常可憎、非常可怕：作家不但可以坏起来，而且可以坏到极点，一直坏到骨子里，坏到灵魂深处。难道这仅是一个虚构的特例？或是拉斯·冯·提尔不怀好意的毁谤？在我们的现实生活中，有没有吞噬人性的文学？有没有人性扭曲的作家？

三

　　文学是什么？虽然我拿不出它的确切定义，却也可以说几句大路边的话，比如：文学是语言的艺术，它反映现实，表达情感；文学要有想象力和创造力，要有审美价值和思想内涵；文学不但可以模仿生活，还可以发现真理，慰藉心灵，等等。还有一种更广为人知的说法是"文学即人学"。可见，文学不单是运作语言，更重要的是要说人话，揭示人的存在，呼唤人的觉醒。通常，文学总是以人为中心的，它探究人的本质，让人成其为人。由此来说，文学应该让人更像人才对，可是为什么有的人沾染上文学，就变得不人不鬼了呢？这倒让我想起另一种很摩登的说法：搞艺术的（当然包括诗人、作家）大都精神有问题，即使不是疯子，至少也得有点怪，有点异禀，有点神经质，总之，正常的人即使搞艺术也搞不出大名堂来。尼采说艺术家是"患病动物"，普鲁斯特说"所有的杰作都出自精神病患者之手"，甚至有心理学家相信艺术家多受益于某些偏向精神分裂的基因。支持上述观点的实例并不难找，比如凡·高、叶赛宁、康德、徐渭、海子……这些患有"才智过度症"的人，都留下了堪称伟大的作品。对他们来说，好像精神分裂、精神错乱、抑郁症、妄想症什么的都很"有用"——他们就该是那样的人，不疯不狂反而不正常了。不过凡·高、尼采们毕竟还是少数，或许伟大的艺术家都有某种伟大的特质，可是疯狂并不是成就伟大的必要条件啊！所以我还是把话题限定在正常范围内，至少我所说的人脑子没有毛病。比如汤姆，他便是一个少文才（艺术特质？）而多心机的势利之徒，他非常清醒，非常现实，只是"适度重视真诚和理想"，当其"作家生涯"受到威胁时，他首先考虑的是实际利益，不会像司马迁那样为写作而忍辱求生，也不会像卡夫卡那样将文学视如性命。然而吊诡的是汤姆·爱迪生这种人偏偏傍上了文学，并且志向远大，时时幻想写出皇皇巨著，为人类指路照明，从而扬名立万，成为炙手可热的大牌作家。他看重的是文学的附加值，而不是文学本身的价值，所以，他的靶标仅是作家，而不是文学。

作家——何为作家？《狗镇》中的作家就是 Writer——只要会写、能写或从事写作的人都可称为作家（作者），这个算不上标准的标准，使汤姆不必写出作品就先确立了"作家"身份。至于如何实现他的作家梦，他所做的仅是延迟最佳写作时机，他没有做写作能力的训练，没有对社会生活的体察和省思，也没有对自我人格的审判和调养，他把全部心思都用到了发挥"作家"的"使命"上。什么使命呢？大概就是充分施展自己在思想境界方面的优势，尽快带领狗镇冲到人类文明的前列。也就是说，汤姆的作家使命不在写作，而在度人救世。因此，在顶着"作家"的鸭舌帽时，他也戴上了"精英"的棉手套，他跟别人不一样，他一亮相就代表了先进的道德风范。然而，汤姆做出了太多作家的姿态，却没有塑出作家的灵魂，他撒下了空阔的捕鲸之网，却没有力量驾驭它、驯服它，结果只得被它拖上不归之路。爱好文学不是很高雅的事吗？当作家不是很美好的理想吗？为什么一到汤姆身上，就成了洪水猛兽呢？

四

某些资深写作者喜欢自称——"我是干作家的"。起初听来觉得好笑，作家就作家吧，有必要多此一"干"吗？后来听得多了，也慢慢顺溜起来：因为，"干作家"的"干"不像"干部"的"干"那样强悍，而是一个轻来轻去的前缀，重音落在"作家"上，听起来倒有点谦虚的意味。我们的干部本来就是人民的公仆，当然用不上谦虚，也就不必"干干部"；而对于占大多数的人民来说，干木匠、干瓦工、干保安、干餐饮、干中介等等则是他们挣饭吃的营生，一天不干就可能断了口粮，这样的实实在在的"干"一般会带上三点水，是拼命流汗的干；至于干铁路、干银行、干教育、干公检法，则是笼而统之的说法，主要是指其从事的行业带有可资骄傲的光辉，所谓一家几代、几口人"干铁路",未必真的要与铁路较劲,不过表达了作为铁老大的自豪罢了。所以,俺们家种了八辈子的地——如今千把口人仍在村上种地,也没有一个人敢以"干农业"自诩,因为无论你怎么去"干",也还只是"干活"的"干",既干不出金山银山,也干不成赵本山、张悟本,对于这种祖传的职业,大伙的理想非常一致:干掉它。

由此看来,敝人算是幸运的,靠考学跳出了"农业社",先后干过教师、职员、编辑等,几经辗转又干上了"专业作家"。说实话,在学校教书、在衙门听差时,我成天想着能够不干那个职业,而是专心致志地去干我的"事业"——我把文学看成了一项神圣的事业。那时我只是想做一个纯粹的写作者,我以为那样就能名正言顺地写作,就能将自己的爱好与"不朽之盛事,经国之大业"接轨,从而写出明心见性、力透纸背的锦绣文章。那时我还羞于自封或被封为"作家",只是觉得自己不够格,没有意识到作家也是一种职业,也没有想到如何"干作家",更没有想过怎样才能把这个职业干好。后来认识的作家多了,我也渐渐进入角色,一天天"作家"起来,反正大家都是干作家的,咱也没必要把这个称号供起来。如此,我对"作家"的认识有一个祛魅的过程,所谓作家,不过是一个 writer——只要会写、能写或从事写作的人都可称为作家(作者),没必要给它涂脂抹粉勤于糊上什么高帽子。既然作家也是一种职业,自然也和木匠、医生、老师一样,既有手艺技能的高下,也有品行格调的差别,就像一些云山雾罩的大法师,并不因为登上神坛就成了神——充其量只是一个装神弄鬼的人。然而,一直以来,我们常把作家混同于神职人员,作家也常把自己干成了跳大神的,好像一干作家就神明附体,具备了不同于凡俗的先进性。可惜事实往往并非这样,尤其是看惯了各色作家的花样表演之后,我更倾向于让"作家"还俗,不管你作什么家,首先要做一个正常的人。呵,以正常与否要求一位作家,这样的起点是不是太低了?要我说,这个要求一点也不低,最可怕的却是把作家高抬到云端,让它和正常偏离得太远了。那么,我们应该怎样看作家,怎样,干

——作家？

那么，我是怎样"干作家"的呢？说来惭愧，我的阅历竟比狗镇的汤姆还要贫乏。他总忙着"采矿"——直攻人类灵魂的最深处，要召开道德集会，还要积累写作素材；要教育人，还要欺骗人；要救人，还要害人。他在渺小的狗镇忙活伟大的事业。我则偏安于某小城一隅，平日除了读书、写作、听歌、看电影，剩下的时间就是上网发呆做梦了，除了接触家人和三两个朋友，几乎不需要跟人说话——有时不免担心，长此以往会不会丧失说话能力？会不会变得胸无丘壑、胆小如鼠？作家竟是这样干的吗？汤姆把作家干砸了，我该怎样"干作家"？

小时候，我认识最多的人是农民，我们住在一个村子，种地，收粮食，那时我干的最多也最讨厌的活儿是拾麦穗；现在，我认识最多的人也许是作家，大家不在一个村子，写东西，或不写东西，如今我干的最多也最头疼的活儿是"奉旨填词"。与农民相比，作家当然金贵多了，就算当下好多作家哀叹自己被边缘化，比起连边缘也挨不上的农民来，恐怕作家还是难获边缘的资格，除非他甘愿自我放逐，把边缘辟为重生之地。其实在没干作家之前，我也颇有些汤姆情结，一度把文学当成了"参天地、赞化育"的琼浆玉液，把作家供成了超拔高迈的精神楷模，很是相信诗歌、小说之类有启蒙、救疗之效，可以明心、立人、新民、强国。那时，文学是我的神龛，我膜拜它迷信它，我以为依靠它就能促进社会进步，让这个世界变得更变好。后来我才发现，文学不但很难归化人心，甚至连我的初恋也挽留不住，我所发出的诗意的嗥叫还不如街头巷尾的叫卖声来得动听，因此我愈发怀疑文学的号召力，进而怀疑自己是不是走上歧途，是文学把我劫持了，还是我强奸了文学？当我意识到文学只是一种生命冲动时，方才回过味来，文学首先是自己的事，就像一匹落单的狼，没必要用歇斯底里的叫唤驱赶内心的恐惧，只需守住那片辽阔的荒原，静静地领受那种明澈的孤独。对我来说，文学就是那样一片贫寒的不毛之地，无须流奶与蜜，无须遍地珍宝，只要能容得下我心里的风暴和沙尘也就够了。我想，在文学没有成为一门艺术之前，在作家没有成为一种职业之前，写作本该是一件很个人、很惬意的事吧，应该像打水漂一样简单，像吹口哨一样自由自在，它的原动力就是人性的自然流露，是作者的自我映照。所以，写作从根子上看最终还是写自己，无论你写了什么，都是在写自己的人性。基于这样的认识，我更愿意向内心深处掘进，把畏缩的灵魂展开撕碎重塑激活，我只要在与自己重逢时看清自己。或许我与汤姆的分野即在于此：我骑着文学的瘦马，挑战的是自己的影子；他登上了作家的宝座，威慑的是同一片天空下的假想敌。

最终还是这个问题：应该怎样"干作家"？汤姆是不是"干作家"的料？——我呢？我的作家干得怎样？毋庸讳言，《狗镇》把汤姆设计成"作家"有其讽喻意义，对此有些作家同行可能会大发雷霆：有这么不堪的作家吗？简直是对作家恶毒的攻击和侮辱嘛！一个热爱文学的人，怎么可能这么不文学？不过依我看，汤姆式的作家不但有，而且非常之有，只是狗镇的汤姆不那么走运，没有及早地"化无耻为光荣"而已。就汤姆的表现而论，至少可以揪出他的七宗罪：一，见风使舵；二，助长邪恶；三，撒谎作伪；四，趁火打劫；五，薄情少恩；六，心狠手黑；七，装腔作势。这样一个没心肝、没德行、没信义、没操守的伪君子，哪一点可以偿还他发行的"道德债券"？哪一点可以配合他心无旁骛地"干作家"？在没"干作家"之前，他就跳过了做人的底线，把自己提拔成了高人、圣人、神人，在着手"干作家"的时候，他更是放弃了做人的底线，把自己塑造成了一个为文学（灵感）而不惜任何代价的伟大作家！且不论他是不是真的在乎所谓"灵感"，哪怕那灵感写出来就是惊世巨著，也难冲抵他造的罪，也难让他复归于"人"。是的，圣人（包括高人、神人）本该是人中极品啊，可我们看到的圣人往往不是"假人"就是"非人"，这样的人往往越是"圣"，越是害怕人间烟火——害怕人性。同理，也有的人往往一为作家，便把为人的根本断送了，他只知道自己是个作家，却忘了他首先是一个人。

五

不止一次听到有作家说，要提高作品的境界，就要上升到全人类的高度，要加强作品的深度，就要狠狠地挖掘人性。可是，上升到人类的高度就是高度？挖掘到人性的深度就是深度？人类、人性——成了文学的口香糖，什么时候都可以嚼，怎么嚼都不为过，充其量只会吹出一个大泡泡，却永远不会吞咽下去，永远不会把它消化到自己的血肉之中。这样的人类、人性只能离心灵越来越远。就像一些叫嚷"为人民写作""为底层写作""为弱者写作"的"圣人型"（或曰"利他式""扶贫式""慈善式"）作家，也不过是玩着梁山好汉的游戏，写着上上下下都受用的水浒文学。所以我不得不说，写什么与写了什么无关，愈是像行神迹、做法事一样写人类、写人性、写弱者的作家，我愈是怀疑他的高度和深度，这样的作品可以写得"很好很强大"，却与它的帮扶对象无关，与文学无关。拥有话语霸权的名流大腕（当然也不乏哼哼唧唧的末流小腕），或为巩固其崇高地位，或为显示其社会责任感，常把"研究人性""解剖灵魂"挂在嘴边，喜欢对"待富者""待进步者"施以精神按摩，他们研究的总是别人，解剖的总是别人，在他们的聚光灯和手术刀下，别人总是愚人，总是病人，总是需要麻醉和救疗的，伴着这剂放之四海而皆准的大处方，文学便成了包治百病的狗皮膏药，可以糊住你的眼睛、鼻孔，也可以糊住你的脑子、你的心灵。我相信许多"干作家"的人干得非常投入，非常忘我，当他像汤姆·爱迪生那样达到"顶神"（通灵）状态时，自然会满嘴胡话（好听的说法是"谶语"），不管他自己信不信，但肯定是要让别人信服，或者信他的"神谕"，或者信他的"神"。把作家"干"到这种境界，当然非一般人所能为，即便干不上"大圣"，屈尊退一步干个"大师"则绰绰有余。至于该"大师"是清醒的还是自以为清醒的，谁知道呢。我只知道那些满天飞的大师们含泪唱着勾魂的高调，其魅力绝对远胜于塞壬的歌声。

好些"干大师"的都配得上这样一个经典口号:"我是××,向我看齐!"因为"××"都是特殊材料做成的嘛,××就是旗帜和方向,谁敢不向他看齐呢?以此类推,作家一定是高尚的,大师一定是无私的,圣人一定是完美的。所以他们经常说,"我是作家,向我看齐""我是大师,向我看齐""我是圣人,向我看齐"!只因文学(或其他艺术)的华盖是高贵的,所以被它罩着的人——乃至挑着它的人——也是高贵的,只要跟它沾点边的,即便够不上高贵,也不会不高贵。大凡"干作家"的——包括我——恐怕没有谁愿意看低自己,作家本身就是一个高端品牌嘛!"干作家"就意味着成大人、识大体、干大事,所以,再小的作家也可以极速膨胀,成为国之大者。在很多拿俸禄的专业作家的简历、名片上,大概总少不了"国家×级作家"几个字,作家以"级"而论倒也罢了,毕竟要排排坐吃果果呵,可我始终不明白"级"之前缘何冠以"国家"?突出作家的重要特征?标示作家的国有属性?总之不管有意还是无意,作家就是喜欢代表国家,或者被国家代表,说白了,还不是借国家之大掩作家之小?戴上"国家"的头盔,不单提高了"干作家"的安全系数,而且增强了"干作家"的额外收益,试想一下,国家天经地义就是神圣不可侵犯的,有谁敢不热爱国家,谁敢不敬畏国家呢?所以,国家作家也便有了国家干部的感觉。官老爷喜欢自贬为人民公仆,作家们则喜欢鼓吹平民意识,好像他们多么地不摆身架、屈尊下顾似的。不仅作家热爱国家,热衷于标称"国家×级"的还有编剧、导演、演员、播音员、报幕员、演奏员、美术师、书法师、工艺师、摄影师、剪辑师等等,似乎干文艺的都比较精明,非常懂得慷"国家"之慨。(至于厨师、烹调师、面点师、美发师之类,就更牛气了,有"国家一级",更有"国家特一级",看来比"国家一级文物""国家一级保护动物"还要高级。)凡此种种虽都是普通的职称级别,只因背上了"国家"之重器,便异常地显赫起来。好像不管是写字的还是做饭的,都深得国家的垂恩,都是于国于家有望的管、乐之才。可是,仔细推敲一下,这么多的"国"字号称谓,几乎都是自产自销,不过借着盖了官印的职称级别,揩"国家"之油而已。我没考证过作家是不是炮制"国家"封号的始作俑者，不过可以肯定的是，作家充当了这一"发明"的受益者和推广者，在"国家"效应的光耀下，作家的职业/身份也显得体面、金贵起来。同列"三百六十行"，同为国家的主人，为何没人自称"国家农民""国家工人"或者"国家木匠""国家打字员"呢？难道他们都太寒碜，不配与"国家"为伍？显然，与一级、特一级的作家、厨师们比起来，他们缺少高人一等的优越感，或者拉大旗作虎皮的想象力，怎么可能像极度稀缺的国宝一样挂上"国家"的名牌呢？

"国家"是至高无上的，也是可资开发利用的，所以有人动辄便搬出"国家"来，推行其圣人理论，好像因为有"国家"罩着，就不必以理服人，也不必以德服人，只要"以国服人"。《狗镇》的汤姆就曾很忧虑地说过："这国家忘了很多事，我只是想借阐述帮大家想起来。"我们也有不少至圣先师一流的大人物，最为擅长以"全中国""中国人民""整个中华民族"的名义去教育、抨击那一小部分"不明真相"或一小撮"别有用心"的人。的确，"识大体、明大理""大爱、至善""华夏子孙"之类的大词非常管用，不但可以装修出豪华气派的大文章，还可以帮作者装大，让那些锱铢必较的"小"无地自容。但凡"干大师"的，大概都有这样的本事，很会讲究"奉天承运"那一套，很会把他的"大胸襟"建造到许许多多的小心眼之上。然而从某些堪称庞然大物的大师、泰斗的实际表现来看，常感觉那所谓的"大"只是一种障眼法，他们只管把成堆的大道理慷慨地抛售出去，却鲜见有人反求诸己。可见，在当代文人的口中，"文学"依然是一颗顽强的泡泡糖，可以吹得又大又圆，即使吹破了，也能听到"嘭"的一声响，即使吹破了，也可以重新嚼过一吹再吹。因此，我们从不缺少八面威风的宏大叙事，不缺少口吐莲花的大师，缺少的只是实实在在的真话，和说真话的人。

帕斯卡尔说："当我们阅读一篇很自然的文章时，我们感到又惊又喜，因为我们期待着阅读一位作家而我们却发现了一个人。"然而，那种"很自然的文章"，那种又惊又喜的感觉，总是可遇而不可求，在多数作品中，想看到"作家"很容易，想要碰到"一个人"，难了。生活中也是如此，有的作家只是作家，只是"干作家"——就像《狗镇》的汤姆那样，他把"干作家"当成了第一要务，却忘了自己首先是"一个人"。"干作家"的干成了人精，"干大师"的干成了怪物，我们期待着文学让人成为人，让人更像人，为什么文学偏偏舍弃了人，只剩下了非人？

　　文学、作家、大师、圣人，如何才能靠得住？我，我们，应该怎样"干作家"？

像玫瑰和亚里士多德

一

　　大约20年前,作为一名满怀激情的文学青年,我曾骑了自行车窜至市内,为的是一睹某著名作家的神采。可是到了现场才知道,校园海报上宣称的名家并未驾临,我只好退而求其次,坐在最后一排连椅上,听几位不曾听说的名家高谈阔论。当时贾平凹的《废都》正热,余秋雨的《文化苦旅》要火,王蒙先生提出"躲避崇高",王晓明等人发起讨论"人文精神",虽我尚且懵懂,但下意识是倾向于"以笔为旗"的——所以,当听到台上某人大谈作家要有"平民意识"时,我很是迟钝了一下子。记不清他具体讲了些什么,大概意思无非是说作家不可以高高在上,应该放下架子,自觉地融入到普通百姓中,为他们写作,替他们说话,做他们的代言人。这话听起来自然十分讨喜,表现作家的低调尚在其次,更重要的却是显示了一种高姿态。这种"为老百姓写作"的表态,多数只是"人民公仆为人民"之类的说辞,大可不必当真。

　　后来作家莫言给"为老百姓写作"添了一个"作"字,亮出了"作为老百姓写作"的招牌,认为有了这样的态度,方可真正地和老百姓平起平坐,从而写出更容易被普通大众理解的作品。如果说

"为老百姓写作"的出发点仍是居高临下的,那么"作为老百姓写作"则进一步强调了一种完全的平等,因此有评论家指出:"这是真正回到了写作的起点——不是站在劳动者的启蒙和拯救者的高度上,不是站在权力附庸的角度上,不是站在知识分子的天然优越感之上,而是把自己降低到和普通的生命、普通劳动者完全平等的位置上,这实际上才可能出现真正的'为人民写作',能够体现出真正的'知识分子精神'、知识分子的价值观。"这里为了赞扬作家的"降低",先批判了知识分子的优越感,而为了肯定"降低"的意义,又拿出"知识分子精神"予以拔高,好像反说正说都有道理。看来,从作家降低到老百姓,再从老百姓上升到知识分子,采取的仍是屈尊就卑的迂回之术,走的也还是"独乐乐不如众乐"的群众路线。至于何为作家,作家何为?终是难得其解。

对中国作家来说,"人类灵魂的工程师"是一个无法推却的头衔。哪怕你自觉力有不逮,也要全面继承这一老旧的遗产,否则就似乎愧对人类,枉为作家。所以,被赋予神圣使命的作家就像被抬上神殿的泥塑,就算明知自己脑中无物,腹内空空,也要强打精神,接受众香客的顶礼膜拜。时间一长,便真的像炼成了金身,不由得神气活现威风凛凛起来。如此这般,作家也就远离了世俗烟火,成了位列仙班的大德高士。基于这一前提,身为作家,要是没有一点儿装神弄鬼的本事,只怕连半点儿供奉也捞不到。我们当然也就可以明白,为什么会有那么多鬼话连篇的"作品",为什么会有那么多念念有词的"作家"。不过,毕竟,群众的眼睛是雪亮的,随着时代变迁,"假大空"的香火不再旺盛,"高大全"们也跌下神坛,曾一度"居庙堂之高"的作家,亦失去了头顶的光环,重新归位于凡间。可是由于在莲花宝座上待上了瘾,作家们即使下了凡,一时半会儿也很难做到脱胎换骨,化成血肉丰满的凡人。因为牵扯了这样一番宿缘,我们的作家也就长期面临着一个如何转换角色——或曰如何定位——的问题。对于社会、官方来说,作家必然有其无可推卸的责任和使命;而就作家自身而言,则需要反躬自省,去伪存真,让恺撒的归恺撒,作家的归作家。

道理如此简单，但是说归说，做归做，我们的文学生态非但未见本质的改善，反而好像越来越糟糕了。

二

若从"平民意识""底层关怀""苦难叙事""作为老百姓写作""贴着地面写作"之类很显亲民的文学观点来看，作家们倒像是放下了本就不值一提的架子，很有了些以天下苍生为念的人间情怀。比如，贾平凹先生就有一句挂在嘴边的话："我的情结始终在当代，我的出身和我的生存环境决定了我的平民地位和写作的民间视角，关怀和忧患时下的中国是我的天职。"（《高老庄》后记）甚而更直白地说："我不是政府决策人，不懂得治国之道，也不是经济学家有指导社会之术，但作为一个作家，虽也明白写作不能滞止于就事论事，可我无法摆脱一种生来俱有的忧患，使作品写得苦涩沉重。"（《高兴》后记）贾平凹一再强调他的"敏感而忧患"，所以，他要考虑"怎样使世情环境苦涩与悲凉，怎样使人物郁勃黝黯，孤寂无奈"。（《古炉》后记）在写作《高兴》时，他不时由"刘高兴和他那个拾破烂的群体"产生物伤其类的感伤与不平，为他们的"贫困、卑微、寂寞和受到的种种歧视而痛心着哀叹着"，以至压抑难当、忧愤不已，乃至"替"他所写的破烂人厌恶、仇恨城市，结果"越写越写不下去，到底是将十万字毁之一炬"。照此看来，作家确有一颗相当朴素的仁惠之心，他的写作亦混杂着强烈的个人情感（情绪）。因此也就不难理解贾平凹宣称的文学抱负，"把自己的作品写成一份份社会记录而留给历史"，"为故乡树起一块碑子"。虽说法不同，意思是一样的：当过记录员的作家欲以史家之笔，写出能像"碑子"一样遗世独立的书。这既是作者对故乡、"刘高兴们"的一种交代，也是他孜孜以求的终极目标。或因致力于"史"，故要着力于"实"，也即有了贾平凹所谓还原真实生活的原生态写法。于是我们看到，他的"碑子"上刻着的，大体总是"一堆鸡零狗碎的泼烦日子"，或曰，

"社会最基层的卑微的人"，"蝇营狗苟的琐碎小事"，"生老病离死，吃喝拉撒睡"，"一群人在那个村子里过着封闭的庸俗的柴米油盐和悲欢离合的日子，发生着就是那个村子发生的故事"。照此看来这种秉笔直书像是没多少门道似的，作者亦曾自云无甚野心，"也是写不出什么好东西"——不过要是你把这话当了真，恐怕又会被作者判为不会"慢慢去读"能理解他的人、或存心不良"先入为主的人"（《秦腔》后记）。尽管贾平凹特别强调他只是"树一块碑子，并不是在修一座祠堂"，可又生怕你不明白：他的碑子绝不是一般的碑子，而是一块"大碑子啊"！要是你看不出它的"大"，那么就是把宜兴瓷碗里的浓茶当成了清水，把"理念写作""民族史诗"当成了"大而无当的空话、颠三倒四的胡话"，当成了"似是而非、不伦不类的怪物"（李建军：《是高峰，还是低谷——评长篇小说〈秦腔〉》）。所以，要是你耻笑穿了土布袄去吃宴席的人贫穷，只能说明你太老土；要是你以为写了《我是农民》的人真的是农民，只能说明你太不懂得作家的修辞。对于贾平凹这样一流的作家来说，怎么会不讲究作品的象外之象，味外之旨？

一个以写作为生的人当然不可等同于乡野村夫的流水账、扯闲篇，就像刘高兴（现实生活中的原型）以三万字写下的贾平凹，即便多么活灵活现，即便没有错别字——"写这样的文字发表肯定是不行的，他在那样的条件下写了只能是一种浪费精力和时间"，不只因为他不曾"上了大学留在西安"，关键是他并非一名具备文学自觉的作家，他所有的也许只是一时的冲动，或者再加上一点子不明就里的"野心"。其实在中国，莫说有了几十年写作经验的老作家，即便是一般文学爱好者，大概也不愿像鲁迅先生那样甘于"速朽"，所谓"文章千古事"，但凡有作品行世，总是希望它入世、传世，希望它不朽，这种根深蒂固的作家情结，或可称之为无可厚非的野心。虽然贾平凹先生不肯标榜自己有"多大野心"，但就其"留给历史""树碑子"的文学愿景而言，非止不允许写出的东西湮没无闻，还要让它历千秋万代而不衰。可见越是宣示没有野心的人可能越是怀有骄傲的野心，贾平凹先生即是鲜明的活例。比如，对于长篇小说《古炉》，他就颇为自负，"我的观察，来自我自以为很深的生活中，构成了我的记忆。这是一个人的记忆，也是一个国家的记忆吧"，"在我的意思里，古炉就是中国的内涵在里头……与其说写这个古炉的村子，实际上想的是中国的事情……把那个山叫做中山，也都是从中国这个角度整体出发进行思考的。写的是古炉，其实眼光想的都是整个中国的情况。"由一个人而及一个国家，由一个村子而及整个中国，作者种下的是小小的芝麻，售出的则是内涵无尽的大西瓜。这内涵不是卖瓜的王婆凭空夸出来的，而是源于作家本人的实力及自信力。当一个作家写到非常著名的份儿上，即便不敢说一出手就是名著，也不会比名著差到哪里去。要是作家在会写的同时还有很多道道可说，弄不好就能说出一个自足的文学体系，甚至可以开宗立派了。比如近些年，就有人拼命经营"大文化散文""反腐小说""新红颜诗歌"，有人发明了"下半身写作主义""安详主义""神实主义"，有人光大了"官场文学""打工文学"，还有人自称"痞子文学""小姐文学"的开创者。不管这种种名目是不是靠谱，反正都在为中国当代文学的学科建设增砖添瓦，让写家和研究家都能尝到甜头。

  仍以贾平凹为例。虽然他不热衷于三天两头提出一个什么主义，但他喜欢在长篇小说的结尾写长长的"后记"，用以明心见志，匡正视听。在《高老庄》后记中，他提到："对于小说的思考，我在许多文章里零碎地提及，尤其在《白夜》的后记里也有过长长的一段叙述，遗憾的是数年过去，回应我的人寥寥无几。"那么，让贾平凹遗憾应者寥寥的小说观念是什么呢？简而言之，无非是强调小说不应失去"本真"，而是"一种说话，说一段故事"。"现在要命的是有些小说太像小说，有些不是小说的小说，又正好暴露了还在做小说，小说真是到了实在为难的境界，干脆什么都不是了，在一个夜里，对着家人或亲朋好友提说一段往事吧。给家人和亲朋好友说话，不需要任何技巧了，平平常常只是真"，"《白夜》的说话，就是在基于这种说话的基础上来说的。它可能是一个口舌很笨的人的说话，但它是从台子上或人圈中间的位置下来，蹲着，真诚而平常的说话，它靠的不是诱导和卖弄，结结巴巴的话里，说的是大家都明白的话，某些地方只说一句二句，听者就领会了"，"这样的说话，……表面上看起来并不乍艳，骨子里却不是旧，平平常常正是我的初衷。……它消解了小说的篱笆"。(《白夜》后记)以上可称贾氏小说观——要害是"平平常常"，把小说写得如同随随便便的"说话"。在《高老庄》后记中，贾平凹对他的"说话"作了更充分的阐述："对于整体的、浑然的、元气淋漓而又鲜活的追求，使我越来越失却了往昔的优美、清新和形式上的华丽""我的小说越来越无法用几句话回答到底写的是什么，我的初衷里是要求我尽量原生态地写出生活的流动，行文越实越好，但整体上却极力去张扬我的意象"。他得意的上乘境界就是"汤汤水水又黏黏糊糊"。及至《秦腔》，作家说他做得"更极致了些"，是"还原了农村真实生活的原生态作品，甚至取消了长篇小说惯常所需的一些叙事元素"。贾平凹将他的原生态写法称为"密实的流年式的叙写"，并强调，"它只能是这一种写法"。在《古炉》这部"民族史诗"的后记里，贾平凹又进而点明，他的主张，就是"以实写虚，以最真实朴素的句子去建造作品浑然多义而完整的意境"。通过阅读这一系列絮絮叨叨的"后记"，我们可以看出，虽然贾氏没有扯什么杆子，但他确是有自己的"主义"的——这"主义"的手段是写实（逼真地还原生活），"目的"则是写虚（浑然多义）。可见贾平凹先生绝然不是没有"野心"的，他对文学的"野心"不仅有，而且非常之大，如其所言："最容易的其实是最难的，最朴素的其实是最豪华的。"他所要的"最满意的成功"便是让读者不觉得是在读小说，而是"相信""认同"他所写的朴素、简单和平常。

贾平凹有大才，写《高老庄》时，他自信满满："我熟悉这样的人和这样的生活，写起来能得于心又能应于手。"写《秦腔》时，却"一直在惊恐中"，写了三稿改了一稿还是不满意，第四稿被肯定为"大碑子"，才有了"反复修改的信心"，待最后一稿完成后，却"又一次怀疑我所写出的这些文字了"。因为他担心：这样的写法，城里人能进入吗？外省人能进入吗？再到写《古炉》时，他不单感慨"自己是老了"，更是一再感慨"自己的功力不济"。他试图将"西方现代派美术的思维和观念，中国传统美术的哲学和技术"跟自己的写作相结合——希望"如面能揉得到",然而想是这样想,"常常就写不下去",于是,"泄气、发火,对着镜子恨自己",想要不写了,最后只得以"终于写完了"作为解脱——"写得怎样那是另一回事,但我总算写完了"。我们当然不相信贾平凹老了、功力不济了,像他这样的大手笔,本应越写越容易的,何以会越写越难——越写越没底气了?其实对作家来说,写得难不丢份儿,写得没底气也不丢份儿,写的东西不咋样才真丢份儿。贾平凹之所以冒了风险加大写作的难度,当是铆足了劲寻求突破,给自己加点分。所谓"混沌而来,苍茫而去"大概即是他所骄傲的"中国气派"(或曰"中国叙述""中国风格"),这种气派听起来煞是唬人,实则就是严肃认真地摆八卦、推太极,让小说呈现出神龙见首不见尾的盛大气象。对于这种国家级的气派,我一直不甚明了,读贾平凹的作品,更觉得像一盆馊了的糊涂浆子,哪怕盛之以金鼎玉爵,我也不相信一个大国的气派该是这个样子。贾平凹说:"真和尚和要做真和尚是两回事。"真气派和要做真气派不也是两回事?——况且,要做真气派和怎么做真气派还是两回事。

贾平凹怎么做的呢?其实他翻来覆去已经说得够多,不过这里还是要摘录几句:"以我狭隘的认识吧,长篇小说就是写生活,写生活的经验……什么叫写活了?逼真了才能活,逼真就得写实,写实就是写日常,写伦理,脚蹬地才能跃起,任何现代主义的艺术都是建立在扎实的写实功力之上的。"总结一下,贾平凹的创作主张:写生活、写经验、写日常、写伦理;创作方针:写真、写活、写实。一言以蔽之,就是实事求是,实话实说,写实,写实,再写实!一开始表达原生态观念时,贾平凹即声称:无论写什么题材,都是其营造虚构世界的一种载体,载体之上的虚构世界才是他的本真,并且要在生活的巨大泥淖里绽出精神的莲花来。所谓虚构世界,说的还是"源于生活,高于生活"这句老话。尽管贾平凹后来更寄望于他的小说可以乱真——"让读者读时不觉得它是小说了",但他想的还是"写意",是"破笔散锋"。对于"写得过于表象,又多形成了程式"的作品,他是大不满意的。所以,他要从泥塘里长出一枝莲!可是从《高老庄》到《秦腔》《高兴》《古炉》一路写下来，我们只看到那泥淖越来越大，莲花却不知开在哪里——或许未待它浮出水面，莲藕早已沤烂。大自在如贾平凹者尚且如此，更不用说其他不自在的了。我们也不必奇怪，为什么市面上尽是些向生活看齐进而把生活看低的文学——我们的文学只剩下了黏糊糊的生活，我们的文学只剩下了生活的浑汤浑水。亦因此，在现实主义大行其道的今天，你看到的往往不是现实，充其量只是一团浑浑噩噩的生活。如果这就是所谓的中国叙述，我情愿离它远一点。

现实如此强大，文学却如此羸弱。现实扑面而来，作家却闭上眼睛。无法直面现实，无力抵达现实，才是中国作家最可悲的现实。中国当代文学的现状确是如此：你越是强调贴近什么，就越是远离什么，甚至自己的心灵也在千里之外。不可否认，对一些热点事件、热门话题，作家们常是积极跟进的，比如，贾平凹就写过背尸还乡的李绍为，李锐和刘继明分别写过爬着回家的孙文流，还有很多人写了底层的芸芸众生，写他们卑微的尊严，写他们的血泪辛酸，写他们的沉沦与挣扎，有的甚至写得很尖锐——当然，所谓尖锐也是柔软和温暖的尖锐，作者自会做好安全防护，不伤人也不伤己。这一类放心产品，大概就像腌渍过的糖蒜，辣也只是微辣，且酸甜爽脆，可以解腻去腥、预防疾病，但是此等美味用以佐餐可也，若是成了每餐必备的主菜，恐怕再忠实的拥趸也要掀桌子。所以，一些国字号作家和同样喜欢标称"国家×级"的厨子有所不同：厨子烹制燕窝鲍翅，做出的是档次，至于是否环保，则跟他们无关；作家腌渍底层文学，显示的是境界，说明他们眼睛是向下看的，关心一线群众的火热生活。习惯以"国家×级"自居的作家，即使愿意屈尊纡贵，也还是像揣了尚方宝剑的钦差大臣，虽无生杀大权，却可以广布圣恩，广施德泽。因此，作家要脱掉长衫微服私访，要站着喝酒深入生活，要感世上疮痍，做天下文章。贾平凹就曾为丰富《高兴》的写作素材而"广泛了解拾破烂群体的工作"，原则是，"去了就不要再想着要写他们，也不要表现出在可怜他们、同情他们，甚至要拯救他们的意思"，"每每到城南了，就要拐过去看看，而在大街上碰上拾破烂的人了，也就停下来拉呱几句，或者目视着很久"。想及此情此景，我差一点眼泪盈眶，一位大作家，能对拾破烂的人目视良久，该是那么动人的一幕啊。想想看吧，要让所写的故事"更生活化，细节化"，要让它"有声有色，有气味，有温度，开目即见，触手可摸"，还要"有层次脉络，渲染中既有西方的色彩，又隐着中国的线条，既存淋淋真气使得温暖，又显一派苍茫沉厚"，这样的高难度写作该真真是神鬼难为，我们的作家不仅做到了，而且不再"刻意作势，太过矫情"，只以生活、记忆为尊，"随心所欲地去做"，一不小心就树起了"碑子"，做出了"诗史"。可是，一个作家奋不顾身地跳到生活经验的洪流中，是不是需要弄清岸在哪里？当他一个猛子扎到个人记忆的深渊中，是不是需要到岸上来换口气？也许他做到了"要笔顺着我……要故事为人物生发"，做到了记录社会——还原自己。可是那泼烦的记录、恍惚的还原又像坍塌的沙雕，我们只能看到一堆颓败的沙子。作者的功力固然了得，可惜手里的刀下错了地方，甚至把自己也埋了进去。所以，尽管他们兜售现实主义文学，你却看不到现实，也看不到作者的存在。

　　同样的毛病在一些追求"当下感"的作品里有过之而无不及。瞅瞅那种过度繁殖的以扶贫问苦、消炎止痛为主要功效的抚慰文学、保健文学，我们不得不问一问擅长撵着大伙儿享受苦难、学习微笑的作家阁下：你呢？你在哪儿？你的心在哪儿？当孙志刚被毒打致死时，你在哪儿？当克拉玛依的孩子葬身火海时，你在哪儿？当富士康的员工们接连跳楼时，你在哪儿？当唐福珍、钟家兄妹为抗拒强拆点火自焚时，你在哪儿？事实上，艾滋村、癌症村绝非远在他乡，三聚氰胺、地沟油、PM2.5超标更是无所不在，你，我，我们，又能在哪儿？所以我不相信啃几口咸菜疙瘩就意味着进入了"中国民世界"，不相信写点苦难中的快活、幽默，写点"美丽中的美丽"就意味着写出了高蛋白的作品，也不相信作家回几次老家跑几个村镇就能获得烂熟于心的乡村经验，更不相信他"写活"的人人、事事与"本真"有关。我的不相信可能就是作者提前警告的"误读"，属于不识好歹，不识趣，肯定很讨人嫌。因为早有权威人士把贾著封为

"巨著"，把蝇营狗苟的琐碎小事命为"时代的生动写照"，把粗鄙俗陋的嘟嘟囔囔奉为"粗笔美学"，把腻腻歪歪的病态呻吟赞为"赤子情怀"。还有人说，读了贾平凹的小说，会换个农民脑袋想事儿。假如真的这样，倒是一件好事，除了应该推荐给国内读者，更应该推荐给国外读者，请奥巴马、马悦然好好读一读，以此证明中华文化的感召力，说不定诺贝尔奖评委会的那十几位瑞典老头就换了脑袋，把千万瑞典克朗的奖金颁给急红眼的中国作家。只不过——我还是有点不相信——马悦然们是不是也有此等重口味？

贾平凹说过："我是失却了一部分我最初的读者，他们的离去令我难过而又高兴，我得改造我的读者，征服他们而吸引他们。"我承认，我曾经也很喜欢他的作品。海峡文艺版《贾平凹集》是我拥有的第一本小说集，那是20世纪80年代，我那时还是一名中学生，贾平凹（熬）还没变成贾平凹（洼）。后来贾的名声越来越大，我读他作品的感觉却越来越差，至《高老庄》时，便只剩了厌烦，受不了他像饶舌的老婆子一般啰啰唆唆没话找话。看来我这样的读者当在"改造"之列，很有必要提高认识，以理解作家的粗犷苍茫，懂得他的大自在。可是当我小心检点自己——免不了要拿作家当参照——却发现他们藏头藏尾，面目多数暧昧不清，实在很难说有没有纯粹的作家模样。十数年来，中国作家的形象早已被他们自己消解得不成样子，作家们非但不再妄作灵魂工程师，甚而连最起码的风骨也丧失殆尽。

疲软，谄媚，没有一点儿主心骨，眼睛里只有功名利禄，以往这类人该是作家所不齿的凡夫俗子，现在很可能就是作家本人。一切坚固的东西都烟消云散了，作家们也成了无处挂单的和尚，纷纷蓄了发，还了俗，虽还披着袈裟充"半仙"，却满肚子都是俗气，既无力度人，也无以自度。事实上，作家对读者的改造可能只触及了皮下脂肪，对自己的改造才是深到了骨头里。不只是贾平凹所说"写作的重新定位"问题，更有作家的自我确认问题。比如，王蒙就曾倡导作家的学者化，号召"作家也应严肃治学"，"在思想、生活、学识、技巧几个方面下功夫"。而被王蒙抬举过的非主流作家王朔偏又自称

"码字儿的",写作的崇高性、严肃性就此倾覆,作家的主体地位开始变得可有可无,进而沦为写手、枪手,成了码字工具。此外,还有一些正统作家喜欢自称"手艺人",贾平凹就说过:"作家实在是一种手艺人,文章写得好就是活儿做得漂亮。"(贾平凹:《四十岁说》)对作家而言,把活儿做好是一种职业素养,也是一种谋生手段。学识、手艺大体应是码字的基本前提,所以,以上说法对作家而言也有祛魅的意义,或许会让作家找到自己的原点,确定自己的站位。但是,站位确定之后还不能说"事就这样成了",所谓学者、码字儿的、手艺人不论写作的技术多么高妙,还只是一个写字匠,要成为名副其实的作家,还必须再迈出关键的一步——至少要具备一种精神的向度。好了,我想说的是作家精神,我要说的是作家该有什么精神。

要说这精神意味着什么,还是先说它不是什么。中国作家自行祛魅的最大成果就是去掉了自家的门槛,使作家的队伍迅速壮大。这些作家和炸爆米花的一样凭手艺吃饭,只是他们的工作从不扰民,从不发出"嘭、嘭"的声响,最多就是累死几百支签字笔,或敲坏几个键盘。作家只需用作品说话。但中国作家的作品又常常是没有声音的。他们可以写得山呼海啸,写得鸡飞狗跳,但不会发出自己的声音。他们催眠,他们假寐,他们和大家一起打着微鼾假装睡着。所以,贾平凹们的至高境界就是让你昏昏欲睡,让你不知今夕何夕。他们不会唤醒,他们只会用丝丝缕缕的细节把你缠住把你淹没。细节是他们的暗器,生活是他们的无底洞,他们要把你化为一枝莲——但必须烂在污泥里面。他们宣示"平民意识"和另一种投名状形式的宣誓并无二致,只是这种姿态更有上下通吃的包容性,可以确保其个人才(财)能最大限度地发挥。用这种"意识"武装起来的写作者表面上强大了,内心却逼仄促狭,只装着一点针头线脑的小算计。他们共同的特征就是喜欢讨好卖乖,不翻白眼,不犯忌讳,自觉清洗肠道,满肚子正合时宜。

因此也就不必奇怪,贾平凹那样中产阶级化的大作家要做平民,要做老百姓,要返回民间;而一些无产阶级小作家就老是哭穷,叫屈,不甘心被边缘化,更不甘于沦为弱势群体。前者想要杀掉高处不胜寒的作家身份，后者企图救护业已沦陷的作家身份，其实根本不必挥刀自裁或进行重症监护，对于许多中国作家来说，最吊诡而又残酷的处境就是：作家已死。对他们来说，作家的肉身还在，但灵魂已经出窍，作家的精神已化为乌有。

由于作家群体无可逆转地溃败和衰亡，这些年发生的借作家之名演绎的非文学闹剧也就不足为奇了。回头看看文学界那点事儿，能拿到桌面上的实在少而又少。"梨花体"爆红、某男裸体颂诗或许能和文学扯上关系，棉棉等人起诉谷歌、百度侵权或许有点新闻价值，而"韩白之争"及其续集韩寒单挑作协众主席、某省作协副主席怒打用小说中伤他的另一副主席，这类糗事除了让我们见识口水和拳脚的威力，只能令文学蒙羞。

通常情况下，作家们总是两耳不闻窗外事的，但也有时忧国忧民出来参与国家叙事，比如一位"识大体、明大理"的首富作家，就曾亲创了一个叫作"秋雨含泪"的新词语。一位"为民族'蚂蚁负山'"的"普通的小说家"，因遭遇强制拆迁，给尊敬的国家领导人写了一封动之以情晓之以理的"告急信"。一位曾经先锋的过气作家，为抗议单位停发薪金，便举着"中国作家"的牌子，上街当了一回乞丐。去年，又有某省作协副主席致信《南方周末》，呼吁给专业作家涨工资，依据是国务院作出的决定。凡此种种，可以想见：这些"中国作家"，一般是不会轻易抛头露面的，除非"整个中华民族"受到海外反华势力的诬陷，他才会冒出来含一下泪；除了热衷于给自己弄故居、文学馆，还能让潜水的"中国作家"出来冒个泡，能让他们挺身而出的，只是利益——拔一毛而痛全身的个人利益。

是啊，劣质的校舍倒塌时你不说话，孩子们被掩埋时你不说话，家长们讨要说话时，你却以顾命大臣的面目出现了；鲁迅故居没了你不说话，那么多的民房被强拆了那么多人自焚了你不说话，轮到强拆你的违规别墅时，你才忍无可忍了；农民工被随意克扣工钱时你不说话，他们为讨薪而挨打而服毒而跳楼你不说话，直到你的荷包受到威胁，你才按捺不住了。我不是说作家就活该自吃哑巴亏，只要是正当权利，都可大张旗鼓地去维护。但是身为作家，若只盘算自家那点小九九，哪怕他拉出再大的旗，终是做不出虎皮来。中国作家的分裂性由此可见一斑。在谈到文学，涉及写作时，他们声称自己是平民，是农民，是手艺人；上街乞讨，要求涨工资时，他们又亮出"中国作家"的身份——那位写告急信的"普通小说家"，还委婉地向总书记、总理表明了一个"知名作家"的忧国之心。对他们来说，作家这个名头只是"一块红布"，可以骄傲地勒在额头上，也可以羞赧地塞在裤腰里。作家之于写作者，如果不是一种内化的精神认同，而是一个虚飘的幌子，如此作家怎么可能胸怀坦荡而有担当？

作家就要有作家的本分，作家就是作家，而不是别的什么。现在好像只有娱乐节目的女选手好意思自称作家，可惜这类美女作家又因把"黄河之水天上来"下句对成了"一江春水向东流"而贻笑大方。人们嘲笑一个作家竟然这么没文化，进而怀疑这样的人算不算真作家——作家的门槛也太低了。可见公众对于作家的真假还是有判断的，大概懂一点文学常识才能说明这个作家不是草包。当然真作家的起点绝非如此之低，除了会写作，能发表，应该还有一个基本的标准，在我看来，这个标准就是写作者的精神质地，是他的所思、所为，尤其是他在作品中做出的"英雄式的努力"。说到这儿不得不提知识分子——这个据说越来越有贬义色彩的词，把它和同样贬值的作家绑在一起，可能相当于老马拉破车，只怕会让人更加鄙夷。比如刘震云就认为：许多作家喜欢假装知识分子，实际上却是知道分子，有知识，没见识。所以他说，大知识分子未必是大作家、大教授，反而是像他舅舅那样，虽不识字但"见识特别深远"的人，有可能是真作家。刘震云的说法当有反讽的意思，他批评作家的"假装"，当然还是肯定名副其实的知识分子——他的目光"应该像探照灯一样"，"应该考虑如何照亮这个民族的未来和未来的道路"，"在日常生活中，如果我们能感受到知识分子的存在，这是民族的幸运；如果感受不到，就是知识分子的失责和缺席"。刘震云强调知识分子在日常生活中的缺位，实际也表明我们都处在琐碎生活的包围中，人们对英雄、理想等东西越来越不感兴趣，大家乐此不疲地享受平庸，并且不羞于成为庸人。关于庸人（philistine），牛津词典的定义是："一个欠缺人文文化的人；一个只对物质和日常事务感兴趣的人。"如果把中国作家拿来对照一下，不知其中会有多少志得意满的庸人？问题是庸人虽不是多么光彩，却不至于像知识分子的名声那样臭，很多聪明人宁可假装成平民百姓，也不会向知识分子靠近半步。我们的作家喜欢成为大学教授，成为农民作家，成为"无职无权的独立文化人"，或成为其他任何的什么，唯独不好意思或不敢于成为知识分子。这种状况有点类似于弗兰克·富里迪所说的"平庸崇拜"："不只是惯常认为的无知的平民化庸人对知识分子角色持怀疑态度，许多知识分子发自内心地接受了与他们的活动相伴的实用主义，并坚称他们并没有什么特别之处。"

三

作家，几乎可以说与"知识"无涉，甚至"见识"也只是一个前提，重要的是他的立场、态度及其具体表现。萨义德在《知识分子论》中说："知识分子的代表是在行动本身，依赖的是一种意识，一种怀疑、投注、不断献身于理性探究和道德判断的意识；而这使得个人被记录在案并无所遁形。知道如何善用语言，知道何时以语言介入，是知识分子的两个必要特色。"弗兰克·富里迪在讨论怎样才是知识分子时也说："定义知识分子的，不是他们做什么工作，而是他们的行为方式、他们看待自己的方式以及他们所维护的价值。"他们都突出强调了知识分子的"行动/行为"，也就是说，要把见识（价值观念）充分而有效地表达出来，"在公开场合代表某种立场，不畏各种艰难险阻向他的公众作清楚有力的表述"。所谓"善用语言，以语言介入"对作家来说应该就是一种本能，一种本分。萨义德强调知识分子所要面对的"公开场合"，还曾在《作家和知识分子的公共角色》一文中使用了"作家－知识分子"的表述方式，并以赛尔曼·拉什迪及近年来诺贝尔文学奖获得者纳丁·戈迪默、加西亚·马尔克斯、大江健三郎、奥克塔维奥·帕斯、君特·格拉斯等作家为例证明作家和知识分子可以相互契合。不过萨义德看重的是"作家作为知识分子的特殊象征角色",因为他们"参与了远离文学世界的争论"。可见,萨义德更关心作家的业余——他们直接介入文学之外的公共领域,进而以实际行动干预社会。实际上,此即公共知识分子——这个本来代表社会良知的群体,最近几年也被中国化得失去了应有的尊严,"公知"竟被糟蹋成了过街老鼠一般的垃圾物种。不过中国作家一向老实内敛,总是事不关己高高挂起的,只有极少数人不小心成了公共知识分子。比如,不入正统文学界权威法眼的作家王朔、韩寒就曾入选《南方人物周刊》评选的"影响中国公共知识分子50人"名单。虽然他们本身就对知识分子没什么好脸色,却无心插柳成了萨义德所说的那种"作家-知识分子"。这对那些"甘愿以大地上的一蚂蚁背驼(驮)着民族文化的理想",以"关怀和忧患时下的中国"为天职的中国作家,不知算不算一种讽刺。

拿文学之外的事来指摘中国作家直如河里捞星,我们还是实际一点,不谈分外,只谈分内,退一步回到文学的基点。作家的本分即创作,其根本要务就是极尽可能地追求作品的原创性。然而这"原创"若只是贾平凹式的"中国叙述"(汤汤水水又黏黏糊糊)、或如刘震云式的"民族思维"(绕来绕去、搅成一团),恐怕还仅流于表象,只是讲故事的方式怪了些,所谓以"国""族"命意的宏大架构,恐怕只是作者一厢情愿的写作企图。尽管贾平凹忙着体验生活,以一个村子"写中国的事情",刘震云坚信"生活扑面而来"、"从世界看村庄",两者看似打了两盏灯,照着两条道,但其原动力是一致的——都是"底层人民",他们无疑都是"拜人民为师"的模范。"人民"不可冒犯,"底层人民"亦不可怠慢,一旦我们的作家指靠"人民"为后盾,便也格外尊崇起来,就如得了黄马褂,见官可以大三级,说话也会硬两分。所以中国作家向来会拿"人民"(包括底层、百姓、农民)做文章,即便他写的只是个别,也是着眼于全体,归根结底两个字还是——人民。人民是中国作家共同的红利。人民是中国作家统一的主人公。如果说人民太显空泛,"底层"则是人民的优质样本,作家们以之争宠、邀宠,并互为表彰,甚嚣尘上的底层书写不啻某些成功学文本,可以让各个层次的人们都能从中找到所需的东西。总之,底层是一个被非底层着意放大的词。鉴于"底层"这个词如刘震云反感的"有点扯",为了表示回避,这里且用较为中性的舶来词"草根"(grassroots)代之。我不知有没有"草根崇拜"这一说法,但是我想说中国作家大多有草根崇拜的倾向(或曰底层情结)。他们当仁不让地关注草根群体(即所谓普通人、小人物、弱势群体),为之代笔立言,写小人物的大感觉、小人物的大见识、小人物的大世界以及小人物的真感情真幽默等等,概括为"卑贱者最聪明"也不显过分。中国作家喜欢挖掘"国民性",喜欢塑造"大写的人",他们的人物哪怕再"小",也必镶嵌在一个大模具内,以期展示一个群体乃至一个民族的全貌。所以,当代中国文学的叙述者和被叙述者通常都具有集合性质,哪怕仅以单数人称表述,从作品背后发出的仍是"我们""他们""大家"的声音。不用说《丰乳肥臀》《古炉》《故乡面和花朵》这类宏大叙事作品,即便在《蛙》《高兴》《我不是潘金莲》这类单一主人公小说中,也几乎看不到"个人",作者连同他的人物及读者一起塑造的典型形象就是——"我们"。这个形象如此庞大,以至每一个身处其中的人都浑然不觉。

塞斯·莫斯科维奇在《群氓的时代》中提出,人类的视角原本总是"我们"(we 或 us),即他们的群体或家庭,直至文艺复兴时期,人们的活动视角才向"我"(I 或 me)转变。所以他说:"如果要问什么是近代社会最重要的产物,我敢说那就是个人。"表现在文学作品中,从《红与黑》,你遇到的是于连·索黑尔;从《包法利夫人》,你看到的是包法利夫人(爱玛);从《霍乱时期的爱情》,你认识的是阿里萨;从《城堡》《第二十二条军规》这种不以写人为要的小说,你也能感受到有生命的约瑟夫·K和约翰·尤萨林。因此我们才有理由相信福楼拜的话:"包法利夫人就是我!"也能够理解卡夫卡在一定程度上就是他笔下的K。但是中国的文学传统一直是由"列位看官"主导的,"我们"既是叙述主体的绝对控制者,也是其唯一表现对象。如果说在《世说新语》《红楼梦》《浮生六记》等古典文学作品中尚且跃动着"个人"的影子,那么自新文化运动以来的现代文学，则在总体上以宏大叙事为主导（后又一度以革命英雄题材为支撑），新时期以后，虽曾有过张扬个性（人性）、追从"现代"的异变，但是这一文学主流很快无疾而终，"人的发现"刚刚现出苗头，便让位于所谓"世俗关怀"，作家们纷纷沉溺于生活的沟槽中，他们"关怀"的只是毫无悬念的定局，只是溶化在定局里的"我们"。所以，我们谈文学——尤其是大作品，常要概括为反映某一时代大局，揭示某一阶级（群体）的总体面貌。作家是如此写法，读者（评论家）的读法也如是。比如，第八届茅盾文学奖授奖辞，基本就是这样的评述：《天行者》写了"一群民办教师"，《推拿》写了"一群盲人"，《蛙》写了"一个乡村医生"，折射的却是一个民族（莫言本人更是直言：他写的看似是一个人，实则是一群人），《一句顶一万句》塑造了两个人物，反映的则是"中国人的精神境遇"。我们总是要"一生二、二生三、三生万物"，却不论一就是一，不需要"那独一无二的人"。某些作品宣称的中国人之心、中华民族之魂乃至人类文明精神很可能是画在纸上的大饼，非但不会让人亲之近之，反而会让人厌之弃之。

　　帕斯卡尔说过："当我们阅读一篇很自然的文章时，我们感到又惊又喜，因为我们期待着阅读一位作家而我们却发现了一个人。"可是，现在我们的阅读感受往往相反：在一些匠心巧运、人物众多的作品中，你看不到"一位作家"，当然更难以发现"一个人"。你能发现的或许只是失望：作家们正襟危坐如扶乩一般写出的东西总是如此一致，好像他们的头脑里住着同一位笔仙。所以，我们的作家很多，但作品很少，尽管他们写了不同的人，不同的事，可是一经勘验，就会发现，虽然他们鼓是鼓锣是锣，排演的却是同一出戏。同理，我们的作品很多，但作家很少，尽管文学作品的产量大得惊人，但它们的作者多为同类项，一经合并，就只剩下一个常规系数——"我们"。

　　还是让我们突破"我们"——还是让作家作为作家吧。布鲁姆在《西方正典》中说道："自品达以降，力争经典地位的作家会为某一社会阶级而战，正如品达为贵族而战那样。但每一有雄心的作家主要还是为了自己，因此就常常背叛或忽略自己的阶级，以便增进完全以'个人化'为核心的自我利益。"这话之于"我们"可能只有前面半句中听，不知我们的作家有多少敢于表示他的写作是"为了自己"？布鲁姆认为，经典作家之所以能够写出经典作品，是因为他把自己的写作当成头等大事，比任何典范的社会事业都重要。这个观点和萨义德所说的"作家-知识分子"看似相左，其实并不矛盾。布鲁姆强调的是作家的本分——既然以写作为业还是先当好作家再说其他。一个作家最根本的原创性是他自己，也就是说，他首先要成独一无二的"那一个"。如此，他自然不是左右逢源的诺诺之人，而是宁愿居于主流之外的谔谔之士。实际上这一特征也正符合萨义德刻画的知识分子：流亡者和边缘人，业余者，对权势说真话的人。在这里我要借用他的说法，把"作家-知识分子"调换一下顺序，用"知识分子-作家"来界定我心目中理想的作家角色。

　　一个人身为作家，就不再等同于凡夫俗子，他是以文学立命的知识分子：他的人格、才识、见地都应不同凡响，他的为人要有知识分子气度，他的写作要有知识分子立场。其实，在我们的本土文化中，有一个古老的称呼——"士"，大致相当于今天的知识分子。孔子说："士志于道，而耻恶衣恶食者，未足与议也。"（《论语·里仁》）又说："士而怀居，不足以为士矣。"（《论语·宪问》）孔夫子对士的要求堪与萨义德所说的知识分子互文见义。古代中国的士是作为道的承担者出现的，现代西方的知识分子要充当"社会的良心"，二者都要面临同样的困境：以一己之力对抗强大的政治权势、人民意志。如余英时所说："一方面中国的'道'以人间秩序为中心，直接与政治权威打交道；另一方面，'道'又不具备任何客观的外在形式，'弘道'的担子完全落到了知识分子个人的身上。在'势'的重大压力之下，知识分子只有转而走'内圣'一条路，以自己的内在道德修养来做'道'的保证。"也就是说，有志于"道"而无所凭借的"个人"必须严于"修己"，才可做到"守道不笃"。但是，单方面强调"修身"，又何其难也。虽自孔子以来，以道自重的知识分子传统从未断绝，但是也不可避免地会出现乡愿式的士人，他们虽也会装腔作势地维护道统，但从来不会有所担当，只是披了伪道学的罩衣浑水摸鱼而已。从士到伪君子可能只隔了一层窗户纸，所以，当士化而为文人，文人无行又几乎成了通例，执贽干谒、打秋风成了谋求功名、敛聚钱财的正当手段，鲁迅所称御用文人、帮闲文人便也不断滋生。当今时代，"士气"早已被戕灭，"文人气"却被"俳优"（Fools）型的作家携带传播，像脚气一样蔓延不绝。

有人说过，20世纪80年代起来的那批作家中，以贾平凹最具传统文人气质。不过我觉得这个文人有"气"是一定的，"质"则未必。贾平凹说"作家又称闲人"，他这个闲人除了写作，还善玩书画古玩，喜欢谈玄弄禅，好以苏东坡自况，如此等等，若再加上作品里的意淫意识、意奸意识、意欲意识，庶几可定为"道学、风流合而为一"的学士文人。闲人贾平凹比作家贾平凹活得风光而滋润，其字画收入能让他安静地写，其名气之大都能被城管认出来。因此，林贤治称之为"名士化"，并指出：虽则贾平凹大谈"平民意识"，实际却是一种狭隘的农民意识。一个名士化的人，却还一味以"农裔作家"的血统自豪，显然缺乏明确的角色意识，也就可能具有知识分子的警觉和自我批判，不可能像苏东坡那样关心民瘼，身体力行，挑战权贵，傲岸不阿。贾平凹一边说，任何艺术，其成就的高低最终取决于"作品后边的人"，一边又很明白地说，自己的孱弱是胸腔太窄、眼睛太小，不足是灵魂的能量还不大，感知世界的气度还不够，形而上与形而下结合部的工作还没有做好。看起来，他像是很有自知之明，很知道量力而行。但是，他还有一个推己及人的结论：这个年代的作家普遍缺乏大精神和大技巧，文学作品不可能经典。我不知他的"这个年代的作家"范围有多大，想来应是以他本人为标高的，作家之大如贾平凹者尚且如此，普天之下恐怕再难找出堪称"大精神、大技巧"的作家了。照他的说法，中国作家完全可以心安理得地孱弱下去，他们完全不必在意写出的只是一种内分泌。一个闲人名士，他的卖点也就是闲笔闲情，指望他做出点儿名山事业，还不如指望蚂蚁下出恐龙蛋。

贾平凹曾写过《世界需要我睁大眼睛》，但若只是"出外好奇看世事，晚回静夜乱读书"，这眼睛睁得大小也无所谓。鲁迅也曾写过

《论睁了眼看》:"中国的文人,对于人生,——至少是对于社会现象,向来就多没有正视的勇气。"还说过:"中国人向来因为不敢正视人生,只好瞒和骗,由此也生出瞒和骗的文艺来,由这文艺,更令中国人更深地陷入瞒和骗的大泽中,甚而至于已经自己不觉得。"鲁迅像是看到了80年后,他的话放在贾平凹等中国作家身上仍是一针见血。不错,贾平凹是曾说过:"我是作家,作家是受苦与抨击的先知,作家职业的性质决定了他与现实社会可能要发生摩擦,却绝没企图和罪恶。"好些中国作家正是这样,看起来也是站在鸡蛋一边的,但是这些"先知"又一个劲地嘀咕"犯不犯忌讳呢",还要表白自己"不懂政治""怕政治"(《秦腔》后记),可见这些作家从未打算以卵击石,更没想到要去战胜太高、太硬、太冷酷的高墙,他们之所以选择鸡蛋,只是为了表示一下"政治正确",甚而为了借着鸡蛋的抬举,爬到高墙上面。这样的作家,不管眼睛睁得多大,也不过是看看稀奇,却不会去正视任何的真相。他们要说,就说:这就是生活。他们要写,就写:生活就是这样。他们要思考,就思考:人生大抵如此。他们只听到了哈姆雷特的"to be",却听不到"not to be",当然也不会认为眼前的世界有任何问题。他们只是要把所有的鸡蛋都搅和在一片混沌中。

陈寅恪曾为纪念王国维之死而撰文曰:"士之读书治学,盖将以脱心志于俗谛之桎梏,真理因得以发扬。思想而不自由,毋宁死耳。斯古今仁圣所同殉之精义,夫岂庸鄙之敢望。"今者"士"已茫然无存,"仁圣"都躲在故纸堆中,只有许多以庸鄙为荣的"先知",陈寅恪所标扬的"独立之精神,自由之思想",大概只能作为一声绝响,让因袭桎梏的我们姑妄听之。但,值此喧嚣时势之中,那微弱的声音又总被热闹的高谈阔论淹没。当有人把《古炉》所谓的"藏污纳垢"提升到一种伟大的美学境界,并大力推崇贾平凹的"通天地""生命能量大"时,你只能恨自己的眼睛睁得太小,竟没有看出那种浑然一体和大气磅礴。即便并非如此,你也必须承认:作者的手艺真是不赖,因为他用很中国的方式画出了"一个圆"。呜呼,既然"藏污纳垢",这个圆岂不是一颗巨大的粪蛋?

写作《废都》时，贾平凹尚要安妥灵魂的，可后来似乎把灵魂安排好了，就再也不去管它，只是忘我地下力地做自己的手艺。这手艺可能就像他多次写过的拿石头把屎砸飞一样，其最佳境界就是看它溅得有多远，脏的面积有多大，被人踩到的概率有多高。鲁迅曾讥讽清高通达的士大夫之流善于"屎里觅道"，贾平凹也是有这方面专长的，不过，他做得更绝，他不必"上穷碧落下黄泉，动手动脚找东西"，只消把他的原材料搞成一片狼藉就够了。假如一个作家的写作只是一门"手艺"，他的所谓"丰厚、独特"又会是什么样子呢？作家是手艺人——北岛也这样认为——不过作家也是知识分子，这一双重身份是写作的动力。"写作是一门手艺，与其他手艺不同的是，这是一门心灵的手艺，要真心诚意，这是孤独的手艺，必一意孤行。每个以写作为毕生事业的手艺人，都要经历这一法则的考验，唯有诚惶诚恐，如履薄冰"。所以，作家的手艺不同于锔盆锔碗锔大缸的，作家的手艺并非出之于手，而是源自于心。你的心里盛了些什么，你的作品就投映出什么。布鲁姆说过："一位大作家，其内在性的深度就是一种力量，可以避开前人成就造成的重负，以免原创性的苗头刚刚展露就被摧毁。"所谓"内在性的深度"，也许就是一颗纯净、勇敢且坚强的心，当心里有了信靠，才可能有省察，有持守，有担当，从而敢于正视——"这才可望敢想，敢说，敢作，敢当。"（鲁迅：《论睁了眼看》）

余华曾在一篇文章中引用过一首来自 12 世纪的非洲北部的诗："可能吗，我，雅可布·阿尔曼苏尔的一个臣民，/会像玫瑰和亚里士多德一样死去？"余华说，这是一首关于平等的诗，诗里的"我"——一个普通臣民，要求的是美好而有尊严的死亡。我觉得还可理解为一种生命的向度，作为一个作家、诗人，如果可能，就要像玫瑰和亚里士多德一样活着。不必为了显示草根情怀而神往狗尾巴草，也不必为了追求众生平等就到猪圈里滚一身泥，人类之所以创造文学，之所以写诗，不就是为了驱赶这尘世的浊晦，不就是为了让我们的心灵飞扬在冗贱的生活之上么？所以，我还是喜欢骨子里有血性、精神上不失高贵的作家，他们生如亚里士多德，死亦如带刺的玫瑰。